SANS NOUVELLES DE TOI

Ann RULE

SANS NOUVELLES DE TOI

Traduit de l'anglais (États-Unis)
par Jean-Pascal Bernard

DU MÊME AUTEUR
AUX ÉDITIONS MICHEL LAFON

Si tu m'aimais vraiment
Et ne jamais la laisser partir

Toute reproduction, même partielle, de cet ouvrage est interdite. Sa copie, par quelque procédé que ce soit, photocopie, bande magnétique, microfilm, disque ou autre, constitue une contrefaçon passible des peines prévues par la loi du 11 mars 1957 sur la protection des droits d'auteur.

Titre original :
In the Name of Love

© Ann Rule, 1996.

© Éditions Michel Lafon, pour la traduction française, 2001.
7-13, boulevard Paul-Émile-Victor - Île de la Jatte
92521 Neuilly-sur-Seine Cedex

À Jerry Lee Harris et au sergent Ralph Springer, de la police de l'État de l'Oregon, qui se croisèrent un jour par le plus grand des hasards, et qui partageaient le même esprit d'aventure et la même générosité.
L'un est un ami que j'ai connu, l'autre est un ami que je n'ai jamais rencontré.
      Bon vent à tous les deux.

Avant-propos

Rien n'avait préparé Theresa Susan Hannah Harris à cette soudaine et implacable solitude. Transie d'effroi, terrassée par l'angoisse, elle tentait désespérément de résoudre les questions qui la taraudaient nuit et jour. Elle était prête à tout entendre, pourvu qu'on lui dise enfin *pourquoi* : pourquoi l'homme de sa vie avait disparu. Son imagination lui infligeait les scénarios les plus sordides ou absurdes. Surtout la nuit, dans ses cauchemars.

La maison qu'elle habitait dépassait tous ses rêves de petite fille : une somptueuse demeure au crépi rose avec, répartis sur deux niveaux, six cent cinquante mètres carrés de grand luxe : six chambres avec salle de bains, un billard, une salle de gym, un sauna et un jacuzzi. L'édifice du 3158, Blackhawk Meadow Drive, à Danville, Californie, avait immédiatement séduit les jeunes mariés. Si Susan avait tressailli devant le prix affiché – plus d'un million et demi de dollars –, Jerry Harris avait simplement souri. Pour lui, les désirs de son épouse étaient des ordres, qu'il se faisait fort de devancer. Savait-il seulement que rien ne comptait plus aux yeux de Susan que Jerry lui-même ? De leur première rencontre jusqu'à la veille de sa disparition, chaque jour avait eu la saveur des contes de fées. Presque trop beau pour être vrai...

Trop beau pour durer ? se demandait-elle à présent.

Ses nuits à Blackhawk Meadow Drive tenaient du film d'épouvante. Les innombrables fenêtres n'avaient ni rideaux ni volets. Certaines donnaient sur la cime des arbres plantés en contrebas, d'autres sur la colline jaunie s'élevant derrière le jardin. Ils étaient installés depuis trois petites semaines, et elle avait préféré prendre son temps pour parfaire la décoration et choisir les tentures. Mais aujourd'hui, elle se sentait livrée aux regards malveillants de la nuit. La hauteur des plafonds et l'immensité des pièces lui donnaient le vertige, et l'écho lugubre de ses pas sur les dalles marbrées du couloir lui glaçait le sang.

L'amour qui unissait Susan et Jerry Lee Harris était peu commun, de ceux qui inspirent les plus belles chansons d'amour. Ils s'étaient vite épris l'un de l'autre, et leurs sentiments s'approfondissaient d'année en année. Ces deux-là auraient littéralement donné leur vie l'un pour l'autre.

Susan et Jerry étaient à la fois très semblables et très différents. Issus tous deux de familles de cinq enfants de la classe ouvrière de Medford, Oregon, ils avaient vu le jour dans le même hôpital, au mois de juin, lui le 1er et elle le 2, à dix-huit ans d'intervalle. Si Jerry était expansif, sûr de lui, fougueux et passionné, Susan, avec son tempérament effacé et sa petite voix timide, abordait l'existence avec sagesse et conformisme.

Grande et gracile, Susan avait des yeux de poupée et de longs cheveux blonds. Quant à Jerry, malgré ses trois fractures du nez, c'était un bel homme. Mais son physique avantageux n'avait pas frappé Susan immédiatement :

— Il portait une épaisse barbe, et je n'avais aucun moyen de deviner ce qu'il cachait en dessous !

Il ne fait aucun doute que, du jour où Susan Hannah apparut devant lui, Jerry n'eut d'yeux que pour elle. Doué d'une rare intuition pour les relations humaines, il comprit tout de suite que Susan incarnait tout ce dont ses trois précédents mariages l'avaient privé : rien moins que la perspective d'un amour éternel. Il savait déjà que seule la mort pourrait les séparer.

Theresa Susan Hannah – personne n'utilisait son premier prénom –, troisième d'une fratrie de trois filles et deux garçons, avait connu une enfance heureuse. Son père, Pete, dirigeait la scierie de Boise Cascade pendant que sa mère, Mary Jo, élevait Kathie, Bill, Susan, Jo et Julie. Pour financer ses études de marketing à l'Oregon State College d'Ashland, à vingt-deux kilomètres au sud de Medford, Susan faisait du gardiennage le week-end dans la scierie paternelle. Elle s'y fit une bonne amie, Sandra Harris, qui l'invita à son mariage, célébré dans l'intimité en mai 1981. Susan, qui allait avoir vingt et un ans, savait juste que Sandra avait quatre frères : Jerry, Jim, Don et Sandy, le jumeau de Sandra.

Jerry s'était installé dans la région de San Francisco, mais le sud de l'Oregon demeurait sa véritable patrie. Il avait passé les douze premières années de sa vie à Tokatee Falls, un hameau dressé sur les contreforts de la chaîne des Cascades, dans un univers aux antipodes de celui de la baie. Son père, Jim, avait d'abord exercé le métier de trappeur, mais le commerce des fourrures ne suffisait pas à nourrir sept bouches. Aussi, les Harris s'étaient-ils exilés en Californie où Jim avait intégré une aciérie de Mountain View, à quelques encablures de Palo Alto.

Étant donné leur différence d'âge, et sachant que Jerry avait quitté l'Oregon six ans avant la naissance de Susan, tout indiquait que le mariage de Sandra était leur unique chance de se rencontrer un jour.

Il serait faux de prétendre que Susan fut conquise au premier regard :
— À vrai dire, je ne voyais que sa barbe, jusqu'à ce que Sandra, qui le préférait glabre, lui demande de la raser sur-le-champ. Il obtempéra et, lorsqu'il ressortit de la salle de bains, je pris toute la mesure de son charme.

La jeune fille, qui n'avait alors aucun homme dans sa vie, s'éprit du regard pétillant, de la joie de vivre, de l'humour et de la spontanéité de Jerry, et elle se demandait déjà quelle attitude adopter s'il lui proposait un rendez-vous. Mais cette question demeura sans réponse, puisque Jerry prit congé sans lui proposer de la revoir. Quoique soulagée sur le moment, elle se sentit un brin déçue. Elle ne pouvait savoir qu'il n'avait pas dit son dernier mot.

— Quelques jours plus tard, il a chargé sa sœur de me demander si notre grande différence d'âge me dérangeait. À vrai dire, cette question ne m'avait pas effleurée. Jerry ne faisait pas son âge, ni physiquement ni dans son attitude. Alors, j'ai accepté de sortir avec lui.

Pour leur premier rendez-vous, Jerry proposa à Susan l'alternative suivante :

– Soit je choisissais un endroit dans l'Oregon, soit il m'emmenait à Las Vegas, se rappelle-t-elle en souriant. Or, je n'avais jamais vu Las Vegas.

Elle attendit ce week-end galant en proie à l'excitation et à la peur ; elle allait passer trois jours dans une ville fascinante avec un homme qu'elle connaissait à peine. Mais ses craintes s'avéreraient vite infondées.

– Jerry est venu me chercher en voiture et nous sommes redescendus sur San Francisco. Nous avons fait un tour en calèche, dîné dans un merveilleux restaurant, puis pris l'avion pour Las Vegas.

Conscient des appréhensions naturelles de Susan, Jerry se montra très attentionné :

– C'était un vrai gentleman. Il avait réservé deux chambres séparées, et il fit preuve d'une délicatesse exemplaire, surtout pour une ville comme Las Vegas, où les gens s'agitent dans tous les sens. Il m'ouvrait les portes, marchait toujours sur l'extérieur du trottoir... Nous avons goûté les meilleures tables, joué aux machines à sous, musardé dans la ville et vu de nombreux spectacles. Jerry avait une âme de crooner et il aimait découvrir des artistes encore inconnus du grand public.

Elle était ébahie par sa fraîcheur et sa vivacité :

– C'était un optimiste-né. Il me faisait penser à ces psys qui animent des séminaires de développement personnel. Le même dynamisme, le même entrain. Sauf que chez lui, c'était vingt-quatre heures sur vingt-quatre ! Il lui fallait très peu de sommeil, et il avait toujours quelque chose sur le feu. Durant toutes les années que nous allions passer ensemble, il ne gaspilla jamais une seule minute. Quand il se laissait tomber sur le canapé, c'était pour regarder un film, et même là, il éprouvait le besoin de se relever pour régler le téléviseur.

Au terme de leur fabuleux week-end, Jerry reconduisit Susan jusqu'à Medford. Elle avait le cœur serré en le voyant repartir seul pour la Californie, mais elle était persuadée qu'il la rappellerait sans tarder. Tous deux avaient décelé les prémices d'une grande histoire sentimentale.

De ce jour, Jerry Harris passa tout son temps libre dans l'Oregon. Il prenait l'avion, posait ses bagages à l'hôtel, et emmenait Susan pêcher la truite. Leurs existences ne seraient jamais ordinaires, pas plus que leurs escapades en amoureux, où l'effervescence des grandes villes rivaliserait avec la quiétude virginale des plaines et forêts de l'Oregon.

— Au début, quand il s'est mis à venir régulièrement, je craignais que ce ne soit avant tout pour la pêche. Et puis, petit à petit... Ces histoires de prince charmant doivent paraître un peu plan-plan, et pourtant je sentais qu'il se passait quelque chose d'extraordinaire. Il n'était pas seulement sexy et séduisant. J'avais trouvé une véritable âme sœur.

Elle en savait peu sur les activités professionnelles de Jerry, sinon qu'il possédait un commerce de plantes exotiques ainsi qu'un petit studio d'enregistrement dans la baie. Mais le montant de ses revenus ne lui importait guère. C'était lui qu'elle aimait, pas son portefeuille.

Après plusieurs semaines faites de séparations et de retrouvailles, Jerry montra quelques signes d'impatience :

– Je vivais dans un petit appartement en sous-sol qui n'était pas relié au réseau téléphonique, explique Susan. Pour le joindre, je devais l'appeler d'une cabine publique. Je comprends qu'il en ait eu marre.

Jerry prit alors le taureau par les cornes :

– Écoute, Sue, entre nous, soit ça marche, soit ça casse. Pourquoi ne viendrais-tu pas vivre avec moi ? Au moins, si ça doit casser, nous serons rapidement fixés.

Susan hésita. Il lui restait encore une année d'études avant l'obtention de sa licence. Mais Jerry trouvait réponse à tout :

– Tu sais, Sue, si le monde des affaires t'intéresse vraiment, tu en apprendras bien plus à mes côtés que sur les bancs de la fac. Cela dit, si tu tiens à fréquenter l'université, aucun problème : tu pourras toujours t'inscrire en Californie.

Touchée par tant d'insistance, Susan se laissa convaincre sans mal.

Si Pete et Mary Jo Hannah appréciaient Jerry, ils ne furent guère emballés de voir leur fille de vingt et un ans lâcher ses études pour s'exiler à des centaines de kilomètres avec un homme plus âgé – et de surcroît en dehors des liens sacrés du mariage. Mais ils n'étaient ni les premiers ni les derniers parents à sacrifier leurs principes au bonheur de leurs enfants.

Jerry Harris et Susan Hannah s'étaient croisés lors d'un mariage à la fin mai 1981. Deux mois plus tard, à l'heure où lady Diana et le prince Charles convolaient en grande pompe devant les caméras du monde entier, Susan remplissait cinq valises et sautait dans l'avion pour San Francisco. Elle avait prévu de s'y rendre par la route, mais Jerry ne l'entendait pas de cette oreille :

— Je ne veux pas de ton vieux tacot dans mon allée de garage. Tu conduiras une de mes voitures.

Et de lui confier, dès son arrivée, les clés de sa Porsche marron.

Le comté d'Alameda et la ville de Fremont, dans le sud de la baie de San Francisco, étaient une nouvelle planète pour Susan. Même la végétation lui paraissait insolite. Elle s'y acclimata toutefois en un clin d'œil. En vérité, n'importe quel endroit eût fait l'affaire du moment que Jerry s'y trouvait.

Elle fut néanmoins surprise en découvrant l'intérieur de la maison, aussi dépouillé qu'une chambre de célibataire. Le « mobilier » se réduisait à un téléviseur 16/9e et une vieille literie aux ressorts dénudés. Mais Jerry possédait aussi une belle collection de lampes en pâte de verre, et des centaines de plantes vertes qui remplissaient l'espace à elles seules. Susan décida de reprendre les choses en main et, peu à peu, la maison prit l'aspect d'un véritable chez-soi.

— À la fin de l'été, nous avions remeublé toute la maison. Jerry avait tellement peur que je m'en aille qu'il se mettait en quatre pour moi. Mais il se fatiguait inutilement, car pas une fois je n'ai songé à partir.

À l'époque, vu de l'extérieur, le mariage du prince et de la princesse de Galles semblait autrement prometteur que l'idylle entre Susan et Jerry. Sauf que Susan n'était pas fille à tout plaquer sur un coup de tête. Quitter à la fois sa famille, l'Oregon et l'université représentait une véritable épreuve. Et pourtant elle avait sauté le pas, convaincue que Jerry était son étoile, son avenir, son destin. Rétrospectivement, elle estime avoir eu beaucoup de cran. Mais elle n'ose imaginer quelle eût été sa vie si elle avait dit non à Jerry.

PREMIÈRE PARTIE

Octobre 1987

1

Nous avons tous côtoyé, un jour, un camarade de classe au tempérament d'entrepreneur, un petit futé toujours à l'affût d'un bon coup, d'un filon, d'un moyen de se hisser au-dessus de la mêlée. Jerry Lee Harris était de ceux-là. Peut-être était-ce dû à son enfance à Tokatee Falls, où le contenu de son assiette dépendait du nombre de peaux de bêtes vendues dans la journée par son papa. Ou à son statut d'aîné de la famille, qui lui avait très tôt valu des responsabilités d'adulte. Ou bien était-ce la prémonition d'être condamné à vivre deux fois plus vite que les autres ?

Il n'était pas bien vieux lorsqu'il tutoya la mort pour la première fois. C'était au milieu des années cinquante, quand Jerry fréquentait le lycée de Mountain View. En face de l'établissement se trouvait la boutique Eddy's Sport Shop. Une nuit, des gamins s'y introduisirent par une fenêtre et dérobèrent un sac de couchage, un pistolet de course et un calibre 22. L'un des malfrats en herbe apporta ce dernier à l'école et le montra à ses copains en déclarant vouloir braquer un drugstore. Horrifié, Jerry tenta de l'en dissuader, puis menaça de le dénoncer.

C'est alors que le gamin ramena d'un geste vif le pistolet devant lui et, accidentellement ou non, pressa la détente. La balle toucha Jerry à l'abdomen. Le tireur prit ses jambes à son cou, et le blessé fut conduit aux urgences.

Les médecins n'en revenaient pas : le projectile avait frôlé trois organes vitaux, et manqué de peu la colonne vertébrale. Quelques millimètres de plus dans un sens ou dans l'autre et c'eût été la mort ou la paraplégie. Les chirurgiens estimèrent qu'il était trop risqué de retirer la balle, et Jerry en fut quitte pour une longue cicatrice entre la cage thoracique et l'aine. Avec le temps, celle-ci s'était sensiblement réduite, et Jerry semblait surpris chaque fois qu'on le questionnait à ce sujet lorsqu'il était torse nu.

Après l'accident, l'état physique de Jerry le laissa muet pendant plusieurs jours, si bien que personne ne sut ce qui s'était passé. Un journal local créa la panique en titrant : « Un adolescent grièvement blessé par un tireur embusqué. » Lorsqu'il recouvra l'usage de la parole, Jerry donna sa version de l'histoire, et les familles du voisinage purent de nouveau dormir tranquilles. L'agresseur fit un séjour de quelques mois en centre de détention pour mineurs et, à sa sortie, se retrouva convoqué avec sa victime dans le bureau du proviseur. Tous deux écopèrent d'un avertissement, ce que Jerry vécut comme une criante injustice.

Des années plus tard, lorsque Jerry invita dans l'une de ses boîtes de nuit les anciens élèves de Mountain View, il retrouva Jerry David, qui avait repris Eddy's Sport Shop à son père.

— Je te reconnais ! lança Jerry. J'ai une balle dans

le dos qui provient de ta boutique. Et à mon avis, elle y est pour longtemps.

Depuis cet épisode, Jerry n'eut de cesse de tenter le diable, de jouer avec le feu. Comme si le miraculé s'était soudain senti invincible.

Plus simplement, on peut dire que Jerry était un aventurier-né, l'archétype du fiston rebuté par le destin difficile de ses parents, et décidé à le transcender tant pour lui-même que pour eux. Sa mère, Faye, épouse blonde et élancée d'un Jim trapu et chauve, était sidérée par les idées loufoques de son Jerry chéri, et davantage encore par leur succès. Jim, pour sa part, se souvient que Jerry n'était jamais satisfait de son sort.

Le bambin à la houppette rousse possédait un cerveau ultrarapide ; il flairait les opportunités qui n'effleuraient pas l'esprit des autres. Dès l'âge de neuf ans, il instaurait une buvette payante dans les boums qu'il organisait pour ses amis. Avec ses frères cadets, il vendit en faisant du porte-à-porte des abonnements à des magazines. Plus tard, en Californie, il apprit à manier une caméra pour filmer les matchs de football universitaire à Los Altos, qu'il parvint ensuite à commercialiser auprès d'une clientèle d'amateurs. Il n'avait pas vingt ans lorsqu'il officia chez Parker's Flowers comme décorateur pour mariages et enterrements. D'églises en dépôts mortuaires, il charriait ses somptueuses compositions florales auxquelles il donnait, d'un simple changement de ruban, un caractère tour à tour festif ou funèbre.

Jerry suivit son père dans l'industrie sidérurgique, où il travailla comme ferronnier, mais juste le temps d'apprendre le métier ; il constata rapidement que la vue était bien plus belle depuis les étages de la direction que dans la fumée blanche des ateliers.

Jerry termina ses études secondaires en 1960, année de naissance de Susan Hannah. L'Amérique assistait alors à l'ascension d'un véritable mythe vivant : Elvis Presley, phénomène sans précédent dans l'univers de la musique populaire. Celui qu'on allait surnommer le King demeurerait la grande idole de Jerry Lee Harris. Il est vrai que les motifs d'identification ne manquaient pas ; outre une certaine ressemblance physique, ces deux gaillards aux yeux bleus avaient grandi dans la pauvreté et veillaient de près sur leurs parents. Mais surtout, Jerry Harris était un passionné de chanson. Doté d'une voix envoûtante, il imitait si bien Elvis qu'il fallait tendre l'oreille pour distinguer l'original de la copie. De quoi faire pâlir d'envie nombre de sosies professionnels... Jerry aurait d'ailleurs pu faire carrière dans ce registre, si le monde du show-business avait été son élément. Il admirait Presley, collectionnait ses disques, et n'hésitait pas à monter sur scène dans quelque club de San Francisco pour entonner ses titres devant un public hébété. Mais il n'y aurait jamais qu'un seul Elvis, et Jerry voulait exister par lui-même.

Sans grande conviction, Jerry résolut de goûter aux études universitaires. Il accomplit une année au Foothill College de Los Altos, qui acheva de le convaincre qu'il n'était pas fait pour ça. Il avait trop de projets à mener et d'ambitions à assouvir pour moisir dans un amphithéâtre. Âgé d'une vingtaine d'années, il créa sa première entreprise, Northwestern Steel, à Santa Clara. Par des moyens détournés, il décrocha un contrat pour l'agrandissement du stade de Candlestick Park, dans le sud de San Francisco – un ouvrage qui résistera au mémorable tremblement de terre de 1989, survenu en plein match de baseball. Mais pour Jerry ce premier succès n'avait rien d'une consécration. Sa curiosité et sa soif de réussite le poussaient à toujours aller de l'avant, traquant tous azimuts les moyens d'échapper au lot des classes moyennes.

D'un premier et bref mariage était né un fils, Mike. Sa deuxième épouse, Carmen, lui avait donné une fille, Tiffany, et il n'avait pas eu d'enfant avec Faye, la troisième. Jerry sut rester en bons termes avec chacune de ses ex-femmes, et très proche de sa progéniture. Tiffany avait dix ans quand Susan fit sa connaissance. C'était une ravissante fillette avec des bouclettes rousses, des taches de rousseur et des yeux marron. Elles s'apprivoisèrent instantanément, et Tiffany était toujours la bienvenue à la maison ou sur le yacht. En revanche, l'adolescent Mike se montra plus farouche avec la nouvelle compagne de son père.

Le grand regret de Jerry, véritable bourreau de travail, était de ne pas consacrer suffisamment de temps à ses enfants. Une lacune qu'il tâchait de combler de diverses façons, parfois purement symboliques, affublant, par exemple, la plupart de ses entreprises du prénom de sa fille.

En affaires, Jerry Harris fonctionnait à l'instinct, et ses meilleures idées jaillirent souvent de manière spontanée. Un jour qu'il s'occupait de son jardin, il songea avec dépit qu'il n'avait plus le temps de concilier jardinage et boulot. Et d'en déduire qu'il serait drôlement pratique de pouvoir *louer* des plantes. Or, si lui-même éprouvait un tel besoin, il devait en être de même pour ses confrères chefs d'entreprise. Ainsi naquit la société Tiffany's Limited Plant Rental. Si la location de plantes est aujourd'hui monnaie courante aux État-Unis, c'était à l'époque un concept tout à fait novateur.

C'est là qu'en 1977 fut recrutée comme dactylo à mi-temps celle qui deviendrait par la suite son indispensable et fidèle secrétaire personnelle : Molly Clemente.

En habitué des petits cabarets de la baie, Jerry entendait régulièrement la même complainte : contraints de partager la recette du soir avec les musiciens de l'orchestre, les chanteurs qui s'y produisaient ne parvenaient pas à joindre les deux bouts – pas plus qu'ils ne pouvaient chanter *a capella*.

– Jerry eut alors un éclair de génie, raconte Molly. Il rassembla ses économies, monta un petit studio d'enregistrement, et baptisa l'affaire Tiffany Productions.

Le principe était simple : offrir aux artistes un accompagnement musical personnalisé, sur bande magnétique, qu'ils diffuseraient pendant leur prestation. Une solution à la fois fiable et économique. Jerry dénicha un bâtiment désaffecté de General Motors dont il fit un studio à l'acoustique parfaite. Grâce à un matériel de pointe, il obtint des enregistrements d'une qualité remarquable pouvant presque donner l'illusion d'un orchestre jouant en direct. Il venait, en quelque sorte, d'inventer le karaoké avant l'heure.

— Il s'est vraiment donné à fond dans ce projet, se souvient Molly. Par le simple bouche-à-oreille, il attira vite une demi-douzaine de poulains. Il lui arriva même de jouer les imprésarios en vendant leurs spectacles aux restaurants et boîtes de nuit des environs. Il facturait à l'établissement près de 150 dollars, dont il reversait la majeure partie à l'artiste après avoir prélevé sa part... pour l'utilisation de sa musique !

Jerry réalisa une bonne cassette de démonstration en plaquant sa propre voix sur ses accompagnements maison. Il savait imiter Elvis, mais aussi Ricky Nelson ou Buddy Holly. On lui proposa plus d'une fois de monter sur les planches à son tour, mais il refusait de se produire pour de l'argent. Il poussait la chansonnette sous la douche, dans les soirées entre amis, les mariages, voire les enterrements, mais il s'en tenait là. Le chant était une passion, non un métier.

Jerry se retrouva vite débordé. Le studio exigeait plus de temps qu'il n'en avait : les artistes réclamaient sans cesse de nouveaux arrangements, et Molly voyait son patron se renfrogner :

— Il ne savait plus où donner de la tête, d'autant qu'il y avait du nouveau du côté de la pépinière.

Jerry Harris avait un cercle d'amis pléthorique, et il adorait l'élargir. Dans les derniers mois de 1979, un certain Al Jennings se présenta chez Tiffany's Plant Rental. Il venait d'acheter une maison sur la colline d'en face, et un vieux copain de Jerry, Gabe Knott, lui avait donné cette adresse. Les deux hommes sympathisèrent sur-le-champ. Jennings montra un vif intérêt pour l'aspect agricole de l'entreprise. À la fin des années soixante-dix, la culture de plantes était considérée par le fisc comme une activité agricole, et donnait droit à certains abattements d'impôts. Après moult palabres, Jennings proposa à Jerry l'affaire suivante : vendre des semis de palmiers à des investisseurs en quête d'exonérations fiscales. Tiffany's Plant Rentals assurerait l'hébergement et l'entretien des plantes qu'Agro-Serve, la société de gestion de Jennings, se chargerait de commercialiser. Le plan fonctionna à merveille, au point qu'il devint vite nécessaire de confier le volet financier à une troisième structure.

Molly Clemente se souvient d'une deuxième rencontre marquante, celle de Steve Bonilla, qui poussa lui aussi la porte de la pépinière en 1979. Bonilla était un vieux copain de lycée de Sandy, le frère cadet de Jerry.

Les deux hommes firent le tour du propriétaire en évoquant leurs amis communs, puis, Bonilla reparti, Molly se tourna vers son patron :

— C'est qui, ce type ?

Avec son costume trois-pièces, son faux col et sa cravate tape-à-l'œil, il avait tout l'air d'un mafioso.

Bonilla était en tout point le négatif de Jerry Harris. Yeux bleus et crinière brune pour le rejeton d'Irlandais, regard d'encre et cheveux de jais pour le petit-fils d'Italiens. Afin de compenser sa calvitie naissante, Bonilla se laissait pousser les favoris. De quinze centimètres plus petit que Jerry, c'était un homme terne, ni beau ni laid. Une ride lui fendait le menton et une pilosité surabondante recouvrait son corps. Et là où Jerry était la franchise incarnée, les paroles de Bonilla semblaient dictées par le calcul.

— Ne t'inquiète pas, répondit Jerry en tapant sur

l'épaule de sa secrétaire, c'est juste un vieux copain qui prospecte pour ses affaires.

À vrai dire, cette visite surprise tombait à point nommé, puisque Jerry et Al Jennings cherchaient du renfort pour superviser les ventes. Steve dirigeait une entreprise de restauration ambulante basée à San Jose, Independent Caterers, dont la flotte de camions venait de périr dans un incendie. Bonilla se dit enchanté par l'offre de Jerry, et rebaptisa aussitôt sa société Sun State Tropicals.

Jerry Harris était intraitable sur un point : le système d'exonération fiscale offert par Agro-Serve se devait d'être irréprochable sur le plan légal.

– Il n'était pas question de causer aux investisseurs le moindre problème avec le fisc, la commission des opérations de bourse, ou qui que ce soit, explique Molly. Il fallait un cahier des charges extrêmement rigoureux avant de réaliser les premières ventes, en 1980.

Les investisseurs pouvaient retrancher de leur revenu imposable les frais d'entretien facturés par Tiffany's Plant Rental, ainsi que les intérêts des prêts contractés pour l'achat des plantes et, le cas échéant, la valeur de celles qui avaient péri. Les arbres matures n'étaient rétrocédés qu'au mois de décembre, ce qui permettait aux acheteurs de concentrer leurs frais déductibles sur une même année fiscale.

Les douze premiers mois d'exercice drainèrent vingt-huit investisseurs – médecins, avocats, cadres supérieurs, etc. – qui achetèrent, par unité de huit mille cinq cents semis, de minuscules plantes vouées à devenir, en l'espace de quatre ans, de robustes arbres très prisés par les décorateurs et les détaillants. En botaniste averti, Jerry avait choisi l'espèce la plus résistante, le *Sophrytzia*, dont un ami texan lui fournissait les plants, et il se faisait un plaisir de guider à travers la serre les rares clients venus contempler leurs acquisitions.

Mais Jerry fut une nouvelle fois dépassé par son succès. En 1984, Agro-Serve était devenu un monstre, avec des millions de plants et quelque trois cent quarante-cinq investisseurs répertoriés. Outre que Jerry était seul pour empoter et rempoter les plants, le stockage tournait au casse-tête, au point qu'il se voyait, la nuit, enseveli sous des montagnes de palmiers. Jerry aimait la botanique, mais la pépinière devenait une usine, et il refusait de se laisser dévorer par les plantes vertes. Et puis, surtout, il souhaitait se consacrer à Susan, qui partageait sa vie depuis trois ans et demi.

Susan ne se plaignait jamais des cadences infernales de son homme. Le week-end, ils se promenaient dans les environs de la baie ou s'envolaient pour d'autres États, main dans la main, échangeant rires et baisers. Quoi qu'il voulût faire, où qu'il voulût aller, elle était toujours partante ; Jerry à ses côtés, elle rayonnait de bonheur.

2

Ainsi tournait le petit monde californien de Jerry Lee Harris, le monde qu'avait choisi Susan Hannah en gagnant l'aéroport lestée de ses cinq valises. Elle ne tarda pas à s'apercevoir que Jerry aurait facilement pu collectionner les conquêtes parmi les femmes qui gravitaient autour de lui. Mais il n'avait d'yeux que pour elle, et elle lui faisait confiance.

Susan l'avait d'abord connu dans l'Oregon où, l'espace d'un week-end, il se coulait facilement dans l'atmosphère d'une petite ville. Hormis leur étourdissante virée à Las Vegas, ils s'étaient toujours offert des week-ends bucoliques. Parties de pêche, pique-niques... Elle croyait avoir rencontré un gars de la campagne. Elle découvrait aujourd'hui un homme d'affaires doublé d'un night-clubber.

Mais qu'importent ses multiples facettes : c'était l'âme et le cœur de Jerry que Susan prisait. Pourtant, faute de l'avoir saisi, leur entourage ne donnait pas cher de leur relation. Ces deux-là s'étaient aimés trop vite, ils n'étaient pas du même monde, elle avait tout quitté pour lui... Elle-même craignit longtemps qu'il ne se lasse d'elle, maintenant que l'inaccessible jeune fille d'antan faisait partie de son quotidien.

Jerry était un bourreau de travail ; il enchaînait les projets sans prendre le temps de souffler. Quand ce n'était pas la pépinière, c'était le studio, et il y avait toujours quelque chose à améliorer, un détail de dernière minute à régler. Il ne fallait pas espérer le voir au dîner, ni même à l'heure qu'il indiquait avant de quitter le bureau.

Au début, Susan s'était plutôt réjouie de le voir dîner dehors – elle ne lui avait jamais avoué ses piètres qualités de cuisinière.

– Quand il m'a dit qu'il ne s'y connaissait pas davantage, j'ai pensé : « Nous voilà bien ! » Du coup, on s'y est mis ensemble.

Le meilleur moment pour amadouer son homme était le matin :

– Il n'y avait rien de tel qu'un bon petit déjeuner pour le retenir quelques heures. Je filtrais discrètement ses appels, jugeant seule lesquels pouvaient attendre et lesquels méritaient qu'on abrège notre tête-à-tête. Sa secrétaire avait deviné mon manège, et j'ai changé notre numéro un nombre incalculable de fois. Le téléphone sonnait sans cesse. Ils avaient tous besoin de Jerry pour une raison ou pour une autre.

De son côté, Susan ne nourrissait aucune ambition professionnelle. À vrai dire, elle épousait à merveille les clichés surannés de l'épouse dévouée. Elle avait choisi de s'épanouir dans l'ombre de son homme, et cette relation lui convenait parfaitement. Un autre l'aurait peut-être trouvée par trop accommodante, mais Jerry appréciait ce qu'elle faisait pour lui. Après des années passées dans son gourbi de célibataire, il redécouvrait les joies d'une maison propre et nette. Susan repassait toutes ses chemises, rangeait ses vêtements par coloris, alignait avec précision ses paires de chaussures. Et abattait trois heures de ménage chaque matin, par goût et par choix.

– Jerry était un ange. Il m'offrait des fleurs au moins une fois par semaine – en particulier lorsqu'il rentrait tard. Ce n'étaient jamais des roses, plutôt le genre de bouquet que l'on trouve à la supérette du coin. Mais je trouvais le geste charmant. Il me rapportait aussi des chocolats. Quand je souhaitais l'avoir à dîner, je l'appelais au bureau pour lui annoncer le menu. Il adorait mes petits plats et appréciait mes innovations. Il n'omettait jamais de me remercier, même quand c'était raté et qu'on était bons pour commander une pizza. Je découpais des toasts en forme de cœur, j'en dessinais sur sa viande avec du persil, et je griffonnais un mot doux sur sa serviette en papier.

Elle avait beau savoir que Jerry l'aimait plus que tout, Susan était parfois jalouse du monde extérieur. Jerry attirait les gens comme un aimant, et il appréciait les longues conversations avec des inconnus.

Un soir qu'ils prenaient un verre dans un bar, Jerry sympathisa avec un jeune homme éploré, qui brûlait de partir à Reno pour demander sa copine en mariage mais n'avait ni argent ni moyen de locomotion.

– Jerry lui confia les clés de la Mercedes, lui glissa quelques billets dans la main, et lui souhaita bonne chance. Le type nous rendit la voiture gai comme un pinson, et se maria quelques jours plus tard.

Les rencontres de Jerry restaient rarement sans suite, et plus d'une fois il rendit Susan chèvre avec ses invités-surprises. Au point qu'elle prit l'habitude de préparer de grands plats qu'elle stockait au congélateur au cas où.

— Il ne ramenait pas seulement ses amis et ses collègues, mais parfois des gens qu'il ne connaissait pas une heure plus tôt. Tout le monde était bienvenu dans la maison de Jerry.

Susan apprit la souplesse. Une souplesse extrême. Il leur arriva même, à titre de faveur envers la troisième épouse de Jerry, d'héberger pendant deux mois une jeune femme qu'ils connaissaient à peine.

— Nous avons aussi logé mon cousin du Wyoming, un ami en instance de divorce, et de nombreux hôtes de longue durée, ajoute Susan.

Plus d'une fois, elle attrapa son compagnon en flagrant délit de générosité, au point qu'elle lui demanda un jour :

— Pourquoi en fais-tu autant pour des gens que tu ne connais même pas ?

Il lui confia alors, d'un air gêné :

— Je ne sais pas, Sue. C'est comme si je me laissais guider par la main de Dieu.

Cette réponse la laissa sans voix, car Jerry n'avait rien d'un croyant fervent. Mais après tout, la vie avec Jerry n'était-elle pas une surprise permanente ?

Susan n'avait pas renoncé à terminer ses études, d'autant qu'une seule année la séparait de sa licence. Bien qu'il préférât la savoir à la maison, Jerry vit combien ce projet lui tenait à cœur, alors il l'encouragea à retourner en fac. Mais le marketing n'avait rien d'une vocation pour Susan ; elle s'y était engagée un peu par hasard, et Jerry ne fut pas surpris de la voir déchanter au bout de quelques semaines.

Pour lui, le sens des affaires ne s'apprenait pas dans les livres, mais sur le terrain. Il prenait un manuel de Susan, jetait un œil sur la quatrième de couverture, et le reposait en haussant les épaules :

— N'importe qui aurait pu écrire ce bouquin. Même moi, qui n'ai pas fait d'études.

Il lui dispensa alors le conseil suivant :

— Cherche une activité dont tu aimerais faire ton hobby, et étudie-la. Pense à ton occupation préférée, et jette-toi à l'eau.

Susan se mit à rire, en lui avouant que son activité préférée consistait à faire les boutiques de vêtements.

— Eh bien, étudie le sujet à fond, répondit-il le plus sérieusement du monde.

Susan s'inscrivit donc au Fashion Institute de San Francisco pour deux ou trois jours de cours hebdomadaires, et se plongea dans les ouvrages techniques. Loin de prendre ombrage de cette soudaine fièvre studieuse, Jerry l'aida à sa façon en lui offrant de bonnes plages de détente.

— Une fois, se souvient Susan, j'ai accompagné Jerry lors d'un voyage d'affaires en Floride. Au bout de quelques jours, il m'a remise dans l'avion pour San Francisco car j'avais un examen. À la sortie de l'épreuve, je me suis retrouvée nez à nez avec nos deux mères ! Ces deux-là, qui s'entendaient comme larrons en foire, avaient comploté dans mon dos avec Jerry. Nous nous sommes envolées toutes les trois pour Fort Lauderdale, en Floride, où Jerry nous attendait avec une seconde surprise : une croisière aux Bahamas !

Puis ce fut Miami, où Jerry invita le trio dans un restaurant sélect pourvu d'une piste de danse. Une fois installée, Susan se mit à frissonner. Et pour cause : la bouche d'air conditionné soufflait sur ses épaules dénudées. Jerry demanda aussitôt qu'on fît refermer les clapets. Au lieu de quoi, le garçon tira d'un geste magistral la nappe d'une table inoccupée et en recouvrit les épaules de Susan.

— Ma mère trouva que le rose de la nappe s'accordait parfaitement au bordeaux de ma robe. Jerry se leva et me proposa de danser sans rien changer à mon accoutrement. J'étais comme une princesse. Si jamais on se marie, pensai-je alors, ce sera dans du rose et du bordeaux.

Susan trouva un poste de vendeuse dans un magasin d'habillement. Mais jamais elle ne songea à faire carrière. Elle ne possédait ni le dynamisme ni l'ambition de son compagnon.

— Un soir, Jerry entra dans la boutique pour me demander à quelle heure je finissais le travail. Et soudain, je m'aperçus que je n'avais aucune envie de rester là jusqu'à 21 heures. Je préférais profiter de Jerry. Alors j'ai démissionné sur-le-champ et nous somme ressortis bras dessus, bras dessous.

Au total, Susan aura rendu son tablier six fois, et toujours pour le même motif : son unique « plan de carrière » était Jerry. Notons cependant qu'il ne lui demanda jamais de quitter un travail, pas plus qu'il ne lui reprocha de le faire. Elle était libre de ses mouvements, et cette liberté la rappelait toujours au même endroit : chez elle. Dans les années quatre-vingt, la mode n'était guère à revendiquer le statut de femme au foyer. Mais Susan Hannah n'en avait cure. Son dessein secret était de devenir Mme Jerry Lee Harris et de porter ses enfants.

Fraîchement initié à l'art culinaire, Jerry avait transformé la cuisine de Fremont en antre de grand chef, avec le nec plus ultra en matière d'ustensiles et d'appareils. Susan et lui y passeraient une grande partie de leur temps libre, toujours en quête de nouvelles expériences.

– C'était un de nos hobbys communs. Nous adorions inviter nos amis à dîner.

Quand ils ne recevaient pas dans leur maison, c'était sur le *Tiffany*, un somptueux yacht de 21 mètres, véritable résidence secondaire avec une cuisine aménagée, une vaste salle à manger, un salon moquetté, des meubles de style et une décoration dans le pur style Jerry Harris : statue de dauphin en or, lustre en cristal... On pouvait y coucher une foule d'amis, qui se bousculaient chaque week-end pour bronzer sur le pont. La passerelle de commandement ressemblait à un cockpit de jet, mais Jerry connaissait son affaire. Aux yeux de celui qui avait jadis aidé son père à traquer les bêtes, puis transpiré dans la fournaise d'une aciérie, le *Tiffany* incarnait l'accomplissement personnel, la réussite, la grande vie. Jerry n'était jamais aussi heureux qu'aux commandes de son navire.

Dévoré d'ambition, Jerry n'en était pas moins honnête et généreux. Pour cette canaille au grand cœur, le bonheur d'autrui avait valeur d'impératif catégorique. La pauvreté, la faim et le malheur le révoltaient, sans qu'il se sente pour autant coupable de sa propre opulence.

Il parvenait en général à enrôler ses amis proches dans ses opérations philanthropiques. Chaque année depuis 1977, Jerry faisait littéralement le père Noël, et ce dans le plus grand anonymat. Faye Marcil, sa troisième épouse, se souvient d'un réveillon où il avait acheté pour 7 000 dollars de matériel hi-fi, de téléviseurs et de jouets destinés à des familles nécessiteuses.

Le premier de ses complices était son meilleur ami, Steve King, un chanteur dont Jerry avait produit le premier 33 tours, *Prelude*, sur son tout nouveau label, Peak Records, petit frère de Tiffany Studio. Il avait également signé le texte figurant au dos de l'album :

Régulièrement surgissent de nouveaux artistes qui bousculent les conventions, lancent de nouvelles modes, et font souffler un vent de renouveau sur le monde de la variété ! Steve E. King est de ceux-là. Et le fait qu'il soit devenu un bon ami ne fausse en rien mon jugement de professionnel. Vous retrouverez sur cet enregistrement toute l'énergie que Steve déploie sur scène.

Ce texte est coiffé d'un cliché où Jerry, en bon producteur, prend la pose à côté de son poulain. Le premier, avec son feutre mou, a un petit air de Sinatra, tandis que le second donne dans le registre John Travolta, avec un costume blanc cintré et une chemise ouverte sur une chaîne en or rutilante.

Steve gagnait sa vie en imitant Elvis Presley, ce qui avait tout de suite rapproché nos deux hommes. Quand ils entonnaient ensemble les tubes du vrai King, c'était comme si ce dernier se réincarnait en stéréo.

Malgré les ventes décevantes de *Prelude*, Steve et Jerry restèrent intimes. Et c'est ainsi que Jerry persuada Steve de jouer au père Noël, en allant discrètement déposer des cadeaux ainsi que plusieurs kilos de denrées chez un pompier de San Lorenzo, père de sept enfants, qu'un terrible incendie avait rendu invalide.

Cette divine surprise devint un rituel auquel Steve et Jerry ne faillirent jamais. Déguisé en livreur, Jerry transportait son mystérieux père Noël à la hotte remplie de vélos, de chaînes hi-fi, de téléviseurs, et de provisions pour plusieurs semaines. Les proches du pompier veillaient à laisser la maison ouverte, et jamais ils ne tentèrent de démasquer leur mystérieux bienfaiteur. Ils lui faisaient confiance. Et ça, c'était pour Jerry le plus beau cadeau du monde.

Par le passé, il avait entrepris d'aider de nombreuses familles dans le besoin, en créant l'association Friends Helping Friends, mais son activité avait décliné en même temps que la motivation de ses membres. Alors, il avait continué en solo, veillant à offrir un bon Noël à *sa* famille d'élection.

Ainsi était Jerry Harris. Comme Elvis, qui distribuait maisons et Cadillac au tout-venant, il était en proie à de brusques accès de générosité. Et bien qu'il fût, de son propre aveu, un être démonstratif et bavard, il passait sous silence la plupart de ses bonnes actions.

La plupart des gens aimaient Jerry pour son sourire avenant, son panache, son exubérance et sa rage de vivre. Mais il avait aussi ses détracteurs, tel ce baron de la métallurgie qui le connaissait depuis vingt ans :

– Harris était impitoyable en affaires. Il fallait toujours qu'il écrabouille les pieds du voisin.

Et Dieu sait si Jerry en piétina, des pieds concurrents. Il avançait avec la force d'un bulldozer. Ce que d'aucuns appelaient de l'assurance, d'autres y voyaient de l'impudence, et son charisme en rendait jaloux plus d'un. Il lui suffisait de décrocher son téléphone pour obtenir un crédit, qu'il signait lorsqu'il trouvait le temps de faire un saut chez le banquier. Et si ses décisions n'étaient pas toujours avisées, il savait digérer l'échec, et passait directement à autre chose.

Quand ses palmiers commencèrent à souffrir du manque de place, Jerry se tourna vers Ben Burk, un ami banquier qui lui recommanda un terrain à vendre dans la région de San Diego, où le climat semblait idéal pour ses cultures. Jerry se porta acquéreur de la propriété, qui comprenait en sus un verger d'avocatiers ainsi qu'une belle villa, où il installa l'oncle et la tante de Susan.

Toujours sur les conseils de Burk, il racheta une station-service puis une entreprise de location de matériel de construction. Cette dernière traversait une mauvaise passe, mais Burk lui entrevoyait un fort potentiel.

– D'accord, répondit Jerry dans un demi-sourire, je l'achète si tu la diriges.

Burk le prit au mot et devint ainsi l'heureux gérant de Tool Bin, pour un salaire annuel de 90 000 dollars. Hélas, l'état réel des comptes rendait tout à fait illusoire la perspective d'un redressement. Mais Burk se garda bien d'alerter son patron qui, depuis San Francisco, lui faisait entièrement confiance. Jusqu'au jour où...

– Je rentrais d'un séjour au Mexique avec mon mari, se souvient Molly Clemente, et Jerry nous attendait avec les enfants à l'aéroport. Devant son teint livide, j'ai tout de suite compris que quelque chose n'allait pas. Il venait de découvrir le pot aux roses, et il en était malade. Ce n'était pas tant l'argent qui le minait, que le fait d'avoir été trahi par un ami.

Jerry s'accrocha néanmoins à Tool Bin et remplaça son gérant. L'entreprise vivota, sans jamais atteindre la rentabilité prédite par Burk.

Un malheur n'arrivant jamais seul, le climat de San Diego s'avéra inadapté à la culture des semis, et le terrain acquis à cet effet demeura en friche. Jerry se rabattit en catastrophe sur une vielle pépinière de Lodi, Californie, qui lui permit de soulager Tiffany's Plant Rentals, au bord de l'asphyxie. Malgré cela, les palmiers proliféraient à une vitesse vertigineuse.

– À ce stade, se souvient Molly, les stocks se chiffraient en millions d'arbres. Même en les bradant, il semblait impossible d'éliminer le trop-plein.

Steve Bonilla, dirigeant officiel de Sun State Tropicals, considérait le problème avec sérénité ; il laissait à Jerry le soin de trouver une solution. Molly exécrait Bonilla, qu'elle tenait pour un parfait fumiste, mais son patron s'était visiblement pris de pitié pour cet entrepreneur raté. Jerry était un modèle d'indulgence, et sa patience envers Bonilla semblait à toute épreuve, même lorsque celui-ci tentait d'impliquer Sun State Tropicals dans des combines pour le moins louches.

Jerry finit par jeter l'éponge au milieu des années quatre-vingt. Malgré de confortables bénéfices, le jeu n'en valait plus la chandelle. Trop d'embêtements et de stress. Il laissa donc Agro-Serve à Al Jennings et Steve Bonilla, sans se douter que l'opération palmiers reviendrait un jour le hanter.

Quoique désengagé d'Agro-Serve, Jerry conservera Tiffany's Plant Rental, dans sa formule originale, jusqu'à l'automne 1987. Jerry aimait le contact des plantes et l'atmosphère de la serre, avec ses effluves de sève, de chlorophylle et de terre humide qui l'arrachaient pour quelques instants à la frénésie du quotidien.

– On passait des heures entières sous la verrière à prendre soin de nos plantes, se souvient Susan. Jerry avait vraiment la main verte ; les pousses les plus moribondes ressuscitaient entre ses doigts.

Pourtant, leur propre jardin sur Chaparral Street faisait peine à voir.

– J'arrachais régulièrement les mauvaises herbes, mais c'était loin de suffire, confie Susan. La seule fois où Jerry s'en occupa sérieusement fut juste avant que mes parents viennent séjourner chez nous. Il fit appel à des employés de la pépinière pour recomposer les massifs et à des jardiniers pour rafraîchir le gazon, pendant qu'à l'intérieur un bataillon de femmes de ménage shampouinait les moquettes et astiquait les meubles ! Il avait même changé le lit de la chambre d'amis. Il voulait toujours impressionner mes parents, comme pour leur prouver qu'il prenait bien soin de moi.

Susan et Jerry firent de nombreux allers-retours entre la Californie et l'Oregon. Chaque fois qu'un mariage se présentait dans l'une ou l'autre famille, il proposait ses services de chanteur, quand il ne prenait pas lui-même les rênes des festivités. Mais leur escapade la plus désopilante reste pour Susan ce jour où ils avaient rendez-vous chez la fiancée de Jim, le frère de Jerry. Après avoir suivi les indications de Jim, Jerry et Susan garèrent leur Ferrari devant la maison puis sonnèrent à la porte. Personne. Supposant que le couple n'allait pas tarder, et voyant que la porte n'était pas fermée à clé, ils se permirent d'entrer.

— Il faisait une chaleur suffocante, et on mourait de soif. Alors on a pris deux bières dans le frigo et on s'est installé sur le canapé. Les minutes défilèrent. Toujours personne. Trouvant le temps long, on a commencé à s'occuper comme on pouvait et, de fil en aiguille, ça s'est terminé sur la table de billard... La maison n'était pas climatisée, et on dégoulinait de sueur après ça, alors on est monté prendre une douche – un longue douche. En redescendant, toujours personne. On a fini le pack de bières, puis on a filé chez ma mère. Là-bas, Jim nous appelle : « Qu'est-ce que vous fabriquez, bon sang ? Ça fait des heures qu'on vous attend ! » On s'était trompé d'adresse ! Je me suis toujours demandé ce que les occupants de la maison s'étaient dit en rentrant. Plus de bières dans le frigo, des serviettes mouillées dans la salle de bains, un élastique à cheveux sur le billard...

3

En dépit de ses infortunes, Jerry Harris ne se lassa jamais de créer de nouvelles entreprises, dont il déléguait la gestion à des tiers. Allergique aux tâches répétitives, il n'avait pas l'âme d'un manager ; c'était un conquérant.

Susan l'avait compris très tôt, qui mettait un point d'honneur à assimiler les rouages de son petit empire. Elle n'avait rien de la ravissante potiche que d'aucuns voyaient en elle. Ce n'était pas la « copine du moment » de Jerry, mais le grand amour de sa vie, et il n'était pas un jour sans qu'il lui répète combien il l'aimait et appréciait de l'avoir à ses côtés.

Elle l'accompagnait souvent à ses rendez-vous, avec un banquier, un client, un fournisseur, un associé potentiel... Aussi effacée qu'il était volubile, elle restait en retrait de la discussion, ce qui lui permettait d'observer attentivement leur interlocuteur. Fort douée pour saisir la personnalité des gens, elle distinguait rapidement les profiteurs des gens sincères, les bonimenteurs des partenaires fiables. Elle procédait de la même façon dans les cocktails ou les dîners en ville :

– Je repérais les visages inconnus, j'enregistrais ce que leurs épouses disaient d'eux, puis, de retour à la maison, je faisais mon compte rendu à Jerry. Je partais du principe qu'un homme intègre dans la vie privée le serait probablement en affaires, et inversement.

L'air de rien, Susan était une équipière de choc.

Jerry songeait de plus en plus sérieusement à s'établir dans le monde de la nuit. Il rêvait à voix haute d'ouvrir des clubs aux couleurs des années cinquante, destinés aussi bien aux nostalgiques d'Elvis, de Ricky Nelson ou de Buddy Holly qu'aux jeunes amateurs d'ambiances rétro. Certes, un tel projet nécessiterait une grosse mise de fonds et un travail de titan, mais Jerry Harris en avait vu d'autres.

Susan ne put que l'encourager. Elle connaissait son homme, savait sa passion pour le rock and roll et les crooners de cabaret, et, surtout, elle voyait l'étincelle dans ses yeux : à mesure qu'il lui vantait point par point les mérites de ce pari, Susan comprenait qu'il avait déjà pris sa décision.

Au début de l'année 1983, Jerry racheta un établissement qui semblait constituer un tremplin idéal : Frenchy's, un vaste restaurant de Hayward, près de San Francisco, où l'on pouvait danser jusqu'à 2 heures du matin.

Ce premier essai fut plus que concluant. Les vieux tubes des *fifties* firent un malheur auprès d'une clientèle désormais soumise à la « tenue correcte exigée » et, huit mois durant, pas moins de mille personnes remplirent chaque soir le tiroir-caisse. Ce succès n'échappa pas à Steve Bonilla, qui vint trouver Jerry pour lui expliquer qu'il était l'homme de la situation, au motif qu'il avait hérité d'un bar à la mort de son père.

– Jerry engagea donc Steve pour faire tourner le club en soirée, raconte Molly Clemente. Mais l'expérience tourna court au bout de cinq semaines, le temps qu'il fallut à Bonilla pour se fâcher avec l'ensemble du personnel. Il n'était pas fait pour le travail d'équipe. Les gens ne l'aimaient pas.

Frenchy's fit rapidement des petits : en juillet, Jerry se porta acquéreur du Penthouse Lounge, à Fremont. Ce club lui servirait de laboratoire d'idées en attendant de trouver la meilleure formule – et l'argent – pour concrétiser son rêve.

Si Susan appréciait Steve King, elle supportait difficilement l'autre Steve. Non seulement Bonilla la prenait toujours de haut, mais il se comportait en parfait flagorneur vis-à-vis de Jerry. Jerry collectionnait les chapeaux ? Bonilla s'y mettait à son tour. Jerry se prenait de passion pour les oiseaux exotiques ? Steve annonçait quelques jours plus tard qu'il en élevait lui aussi.

Susan apprit que Steve était le fils d'Ella Bonilla, héritière d'une fortune colossale. Celle-ci avait également une fille, plus jeune que Steve et atteinte de paralysie cérébrale. Étant la plupart du temps retenue au chevet de cette dernière, Ella finançait sans compter les tentatives désespérées de son fils pour se faire une place au soleil. Depuis qu'il était enfant, Steve n'avait qu'à tendre la main pour obtenir ce qu'il voulait.

Quand Ella apprit que Steve avait des vues sur le Penthouse Lounge, elle fit à Jerry une proposition pour le moins alléchante : elle s'engageait à lui prêter tout l'argent qu'il souhaitait, et sans intérêt, à la seule condition qu'il donne du travail à son fils. Comment refuser ? Ces fonds venaient à point nommé, et Jerry savait qu'il pourrait la rembourser sans problème. Alors il prit Bonilla comme bras droit.

Leur collaboration au sein de Penthouse Lounge dura une année. Steve y était le plus présent, mais Jerry prenait toutes les décisions. Un jour, Jerry découvrit un trou de 1 000 dollars dans la caisse. S'il détestait une chose, c'était bien la malhonnêteté. Quand il proposa à Steve de passer l'ensemble du personnel au détecteur de mensonges, Bonilla fit la moue et promit de régler le problème personnellement. On ne découvrit jamais le coupable, mais l'incident ne se renouvela pas.

Après douze mois d'activité, Jerry estima que le club ne correspondait pas à ses attentes. Le Penthouse Lounge existait depuis quinze ans déjà, et malgré le changement de propriétaire, ce ne serait jamais vraiment son bébé. Quand il fermait les yeux, Jerry voyait une salle plus spacieuse, plus clinquante. Alors, en 1984, il revendit le club à deux couples, engrangeant au passage une coquette plus-value qui lui permit de rembourser Ella Bonilla. Puis il se mit en quête d'un lieu où réaliser son rêve.

Steve, de son côté, se lança dans la biscuiterie, en créant Kelly's Cookies.

– Il se voyait déjà détrôner la célèbre Mrs. Fields, s'amuse Susan. Sauf que ses cookies étaient verts ! De gros cookies spongieux, gras et verts.

Malgré les 250 000 dollars investis par sa mère dans ce projet, Steve semblait une fois de plus courir au désastre. Jerry et Susan avaient de la peine pour lui, et lorsque Steve demanda à Susan de l'aider à vendre ses biscuits lors d'une convention de jeunes créateurs d'entreprises à Las Vegas, Jerry encouragea sa compagne d'un clin d'œil.

— Je suis restée debout pendant des heures, se souvient-elle, à tendre mes cookies verts aux passants. Les cookies de Kelly...

En 1983, Jerry et Susan s'offrirent leur plus belle croisière à bord du *Tiffany*. Destination : le Mexique. Après trois mois de préparatifs, ils quittèrent le port de Huntington Beach pour trois mois de voyage, ponctués par quelques sauts en avion à San Francisco. Pendant la première partie de leur périple, ils reçurent à bord la mère de Jerry, les meilleurs amis de ses parents, Steve Bonilla et une de ses ex-femmes, ainsi qu'une poignée d'autres couples. Au bout de deux semaines, ils atteignirent Cabo San Lucas, la pointe sud de la Basse-Californie.

Un soir d'escale dans un petit village côtier, Jerry projeta à ses hôtes un vidéodisque branché sur un rétroprojecteur. Une douzaine d'ouvriers Mexicains se rassemblèrent sur le quai, fascinés par ce spectacle inédit. Quand Jerry remarqua leur présence, il les invita à se joindre à la fête. Ils hésitèrent un peu, jusqu'à ce que Jerry leur offre des bières et leur fasse une place pour s'asseoir.

— Pour eux, se souvient Susan, c'était comme aller au cinéma. Et pour Jerry, c'était un moyen de se faire de nouveaux amis.

L'aventure mexicaine marquerait profondément Susan, même s'il lui faudrait des années pour en mesurer l'importance.

En octobre 1985, voyant que ses successeurs à la tête du Penthouse Lounge s'enfonçaient dans les créances après une année d'exploitation calamiteuse, Jerry leur racheta l'établissement.

— Ils avaient hypothéqué leur maison, et risquaient de se retrouver à la rue, se souvient Susan. Alors Jerry les sortit du pétrin, allant jusqu'à payer de sa poche les dettes qu'ils avaient contractées.

Cette année-là fut riche en événements pour Jerry Harris. Depuis un moment, il sentait que Susan ne s'accommodait pas d'être seulement sa concubine. Malgré les bateaux, l'argent, les vacances de rêve et les virées en boîte, elle demeurait la jeune femme conservatrice dont il s'était épris. Elle voulait se marier, et Jerry, qui avait pourtant juré qu'on ne l'y reprendrait pas, de constater avec stupeur qu'il ne demandait pas mieux !

Sans hésiter, il choisit Steve King pour témoin. Puis il dit à Susan qu'il souhaitait proposer à Steve Bonilla d'être garçon d'honneur, pour lui faire plaisir. Susan grimaça à l'évocation de ce nom, mais elle se rangea facilement à cette idée. C'était une concession bien minime au regard du bonheur qui l'attendait.

Vers la Noël 1984, quelques semaines avant le mariage, Jerry et Susan reçurent à dîner leurs deux familles, la meilleure amie de Susan, ainsi que Steve et Ella Bonilla. Susan avait cuisiné pour une bonne vingtaine de convives, et tous semblaient passer un excellent moment. Jusqu'à ce que Bonilla la prenne brusquement à part pour lui murmurer :

— Écoute, ce n'est pas parce tu vas devenir la femme de Jerry que tu vas te mêler de ses affaires. Reste en dehors de ça, compris ?

Interdite, Susan le dévisagea avec des yeux ronds. Elle s'était toujours impliquée dans les affaires de Jerry. De quel droit Bonilla la menaçait-il ainsi ? Il n'était même pas l'associé de Jerry. Alors en quoi son nouveau statut d'épouse ferait-il de l'ombre à ce malappris ?

Le mariage de Theresa Susan Hannah et Jerry Lee Harris fut célébré le 12 janvier 1985. La vidéo qui l'immortalisa montre deux êtres transportés de joie, dont l'un, goguenard dans son smoking blanc, répète à l'envi comment sa douce a réussi à le « piéger ». Susan, coiffée d'une capeline à voilette, est radieuse dans sa longue robe à traîne. Expérience oblige, Jerry avait lui-même conçu les compositions florales, de sorte que la cour de l'église ressemblait à un jardin botanique. Il avait choisi des tons roses et bordeaux, en souvenir de leur fameuse nuit à Miami où Susan avait valsé enveloppée dans une nappe. Flanqué des deux Steve d'un côté, et des deux sœurs de Susan de l'autre, le couple s'avança jusqu'à l'autel où le pasteur, cousin de Jerry, les déclara mari et femme. Puis la petite équipe s'engouffra dans des limousines et fila vers Frenchy's pour la suite des réjouissances. Les parents Harris et Hannah rejoignirent la table des mariés. Après le repas vint l'heure du bal, qui dura jusqu'au petit matin. Jerry interpréta plusieurs standards, dont *I Can't Help Falling in Love with You* d'Elvis, leur chanson fétiche, et les deux Steve firent virevolter leurs cavalières respectives sur la piste.

Égal à lui-même, Jerry Harris n'oublia pas de

mettre la générosité de ses amis à contribution : à l'heure des toasts, il organisa une collecte pour financer l'opération d'une fillette atteinte de surdité. En quelques minutes, il amassa plusieurs milliers de dollars, et la petite fille put se faire soigner.

4

Plus d'une fois Jerry Harris dut son salut à une chance insolente. Après sa blessure à l'abdomen l'année de ses treize ans, cet incorrigible casse-cou frôla régulièrement la mort, sans pour autant songer à s'assagir.

Aussi téméraire sur la route qu'en affaires, il pulvérisait constamment les limitations de vitesse au volant de ses nombreux bolides. Et dire qu'il n'avait même pas le permis...

– Jerry avait perdu son permis de conduire en 1960, explique Susan, et il n'avait jamais pris la peine de le repasser. Il était donc absent des fichiers informatiques de la police. Il collectionnait les amendes pour non-présentation du permis et excès de vitesse, mais je les payais sur-le-champ, si bien que les autorités ne s'attardaient jamais sur son cas. C'était risqué, mais Jerry voyait cela comme un jeu.

Ralph Springer, un patrouilleur de l'Oregon, le chronométra un jour à 165 km/h aux environs de Medford.

– Il secoua lentement la tête, l'air ahuri. Avouant non sans humour que son manuel n'abordait pas la question du vol à trop basse altitude, il laissa repartir Jerry avec un simple avertissement verbal.

Parfois, Jerry poussait le vice jusqu'à effrayer sciemment Susan. Leur album-photos était rempli de clichés montrant Jerry en train de faire le pitre au bord d'une falaise, ou penché à l'horizontale par-dessus la rambarde du yacht. Malgré ses vingt ans de plus que Susan, il se comportait comme un adolescent et se mettait souvent en danger.

Lors d'une croisière, ils ancrèrent leur yacht près d'Avalon, sur l'île de Catalina, à l'endroit précis où Nathalie Wood s'était noyée en novembre 1981. Comme par une funeste répétition de l'histoire, Jerry perdit l'équilibre en voulant remonter du canot du *Tiffany*, et se retrouva à l'eau. Il appela Sue au secours, mais le vent couvrait ses cris et elle ne l'entendit pas. Il parvint finalement à se rattraper au canot, malgré une épaule déboîtée. Il l'avait, encore une fois, échappé belle.

Susan faillit à nouveau le perdre en 1985, lorsqu'il partit pêcher en Alaska avec son père et son beau-père. Comme il s'était éloigné du groupe pour scruter les alentours, il mit le pied dans des sables mouvants. D'abord amusé, il perdit le sourire en constatant qu'il s'enfonçait inexorablement, et d'autant plus vite qu'il se débattait. Il avait du sable jusqu'aux épaules quand le père de Susan l'aperçut.

Peter Hannah était un homme costaud, endurci par de nombreuses années de travail physique, mais ce jour-là il fit montre d'une force surhumaine. Dopé par l'adrénaline, il sectionna une longue branche d'arbre et, juché sur des rondins flottants, se rapprocha de Jerry. Sa tête avait déjà sombré, et seule émergeait une main frénétique, qui parvint miraculeusement à agripper la branche tendue par Pete. Les deux hommes regagnèrent la terre ferme. Jerry était sauvé.

Bien entendu, c'est d'une voix enjouée que Jerry rapporta l'incident à une Susan épouvantée. Pete, en revanche, n'en reparla jamais.

— Cette histoire créa un lien très fort entre eux, estime Susan. Jerry fut éternellement reconnaissant envers mon père de lui avoir sauvé la vie, et il ne cessa de vanter son héroïsme.

Lors de cette expédition, Jerry avait une nouvelle fois quitté ses comparses, pour se retrouver nez à nez avec un gigantesque grizzly.

— C'était magnifique, confierait-il à la pauvre Sue. Je suis resté immobile, et il ne m'a pas touché !

À peine rentré en Californie, Jerry fonça à la librairie du coin.

— Il s'était pris de passion pour les ours. Il acheta tous les livres qui traitaient du sujet. Il voulait tout savoir sur cette bête qui aurait pu le dévorer.

Jerry partait du principe qu'il fallait connaître l'ennemi pour mieux le combattre, que ce soit en forêt, sur un ring ou en affaires. Et, en règle générale, il savait parfaitement avec qui il traitait.

Jerry Harris était enfin prêt à monter en puissance dans le milieu des night-clubs. Il avait fait une rencontre décisive en la personne de Gilbert Konqui, un talentueux architecte d'intérieur d'origine française. C'est à lui qu'on devait la décoration du Pharaohs, ouvert en 1974 à Vancouver et aussitôt couronné de succès. Barbu et fringant, Konqui était *le* décorateur en vue du monde de la nuit, tant en Amérique qu'outre-Atlantique.

Jerry ferma provisoirement le Frenchy's à l'été 1985, pour le transformer avec Konqui en boîte de nuit survitaminée à destination des jeunes de vingt ans élevés au Top 50. Rebaptisé Shakers, le nouveau club connut un tel succès qu'il fallut refuser du monde chaque soir, et le chiffre d'affaires quadrupla en l'espace de quelques semaines. Mais cela souleva un problème inédit : le stationnement des clients. L'hôtel voisin était sous contrat avec une fourrière privée qui, un soir, enleva tous les véhicules non autorisés. Alerté en pleine nuit par l'équipe du Shakers, Jerry joignit aussitôt la fourrière pour négocier, mais en vain : les clients devaient se déplacer et payer s'ils voulaient revoir leur auto.

Jerry Harris était d'ordinaire un modèle de sang-froid. Mais sa patience avait des limites. À la tête d'un cortège de clients furibonds, il fit irruption chez l'ennemi. Derrière le guichet de l'accueil s'alignaient, suspendues sur un tableau, les clés de voiture. Sans crier gare, Jerry se coucha sur le comptoir, rafla les clés et les lança à leurs propriétaires, qui se dépêchèrent de mettre les voiles. Fou de rage, le patron rabaissa la grille derrière eux et poursuivit Jerry à travers le parking jusqu'à sa Bronco. Il parvint à démarrer, mais l'homme se jeta sur le capot pour le dissuader de défoncer la grille. Jerry pressa l'accélérateur, et la Bronco finit sa course coincée entre la grille et un poteau métallique, l'aile droite entièrement arrachée. L'arrivée de la police mit fin à l'incident.

Jerry ne fit l'objet d'aucune poursuite. Mieux, les enlèvements cessèrent, ce qui lui conféra au sein du club une stature de héros. Il éprouva juste un regret : celui d'avoir perdu son calme.

Ayant, par la force des choses, repris le Penthouse Lounge, Jerry décida d'en faire la boîte de nuit de ses rêves. Il en exposa le concept à Konqui, qui fut aussitôt emballé. Ainsi naquit le Hot Rod Café, toujours dans l'esprit des *fifties*. Bardé de néons, de miroirs et de couleurs vives, l'endroit abritait pêle-mêle un juke-box de 1953, d'authentiques pompes à essence et, garée sur le carrelage en damier noir et blanc, une Ford 1927 customisée. Une enseigne lumineuse au néon rose avait coûté la bagatelle de 8 000 dollars ; elle provenait du film *L'Homme aux deux cerveaux*, avec Steve Martin.

Aux murs se côtoyaient le portrait de Marilyn, une plage sur fond de ciel bleu, des images de belles décapotables et de vieux stands à hamburgers. Des boules à facettes promenaient leur spectre mouvant sur les épaules des danseurs, comme un clin d'œil à leurs boums d'antan. L'espace d'une soirée, on avait tous dix-sept ans. On se requinquait d'une glace italienne sous la réplique de la navette Columbia suspendue au plafond. Jerry Harris contemplait son œuvre avec des yeux d'enfant. S'il espérait, bien entendu, avoir investi dans une affaire rentable, il voyait le Hot Rod Café avant tout comme une fantaisie personnelle : le condensé grandeur nature des lieux fétiches de son adolescence.

En face du Hot Rod se trouvait un bureau du chômage. Lorsqu'il eut besoin de peintres, Jerry traversa la rue et embaucha deux hommes postés dans la file d'attente. Il aurait pu faire appel à une entreprise du bâtiment, mais il avait toujours compati à la détresse de ces pauvres hères prêts à tous les boulots pour subsister. Ces recrues se révélèrent sérieuses et efficaces, et Jerry les employa à temps plein pour divers travaux de construction ou d'entretien.

Le Hot Rod ouvrit le 13 décembre 1985. Le droit d'entrée était seulement de 4 dollars, mais il fallait avoir plus de vingt et un ans, et le jean-tee-shirt n'était pas de mise : ici, nostalgique rimait avec chic. La préparation des plats – hamburgers, frites, sandwiches « exotiques » – était confiée à l'épicerie fine voisine, la Old General Store and Company. Mais Susan aidait parfois à la confection des sandwiches.

Le club fit un malheur, et les 150 000 dollars consacrés à la transformation du Penthouse Lounge furent amortis en un clin d'œil. Les gazettes locales comme la presse économique s'intéressèrent de près au Hot Rod Café, et Jerry lui voyait déjà une belle descendance. Expliquant aux journalistes qu'il comptait rentrer dans ses frais au bout de six mois d'exercice, il annonça des ouvertures à San Jose, San Mateo, Pleasanton et Walnut Creak.

– Comment voulez-vous que ça rate ? claironnait-il en désignant son chef-d'œuvre.

L'année 1985 fut un bon cru pour les époux Harris. Ils s'étaient mariés, possédaient trois clubs en plein essor, et multipliaient les week-ends d'évasion à bord du luxueux *Tiffany*. Si Susan avait longtemps craint que Jerry ne se lasse d'elle et lui préfère l'une des nombreuses femmes qui lui tournaient autour, elle était à présent rassurée. Non seulement il l'avait épousée, mais ses gestes quotidiens parlaient pour lui : les bouquets de fleurs, les cadeaux, sa façon de l'appeler toutes les heures et de lui tenir la main dans la rue... Jerry regardait les belles passantes comme d'autres apprécient un beau tableau ; il était fondamentalement monogame. Il partait tôt le matin et rentrait souvent après minuit, mais Susan savait qu'il n'y avait aucune maîtresse là-dessous – sinon le travail, toujours et encore.

Susan trouvait bien mornes ces longues journées sans Jerry. Au moins, lorsqu'il travaillait à la maison, elle pouvait le regarder, étudier les expressions de son visage et humer son eau de toilette, toujours assortie à son after-shave. Quand elle n'en pouvait plus d'attendre, elle surgissait à l'improviste pour l'inviter au restaurant. Voire pour le ramener à la maison :

– Je descendais à son bureau et lui proposais de rentrer dîner. En général, je le trouvais suspendu au téléphone, les pieds sur le bureau, jetant machinalement des boulettes de papier dans la corbeille. Il m'accueillait avec un grand sourire et me faisait signe qu'il avait presque terminé. En fait, je n'avais pas idée de la pression quotidienne qu'il subissait – jusqu'au jour où j'ai pris son fauteuil. Jerry me préservait de la rudesse d'un monde sans pitié. Et je ne l'ai jamais, jamais entendu médire sur quiconque.

S'ils croisaient souvent Steve King, Bonilla se fit rare cette année-là. Ils l'avaient peu revu depuis leur mariage et l'imaginaient fort occupé avec Kelly's Cookies, ce qui n'était pas pour déplaire à Susan. Seul Jerry se demandait de temps à autre si son ami allait bien.

Chaque soir devant la porte du Hot Rod Café, une file serpentine piaffait de retrouver la piste en damier pour swinguer sur les airs des années cinquante et y côtoyer, en week-end, les valeurs montantes du cinéma. Pour les clients comme pour les patrons, c'était le même émerveillement. Au bout d'une année d'activité, Susan et Jerry empochèrent un bénéfice net d'un demi-million de dollars.

Grand bûcheur devant l'Éternel, Jerry Harris était doué – victime ? – d'un remarquable sens des affaires. Et Dieu sait s'il fallait être agile pour jongler avec une kyrielle d'entreprises comme avec autant d'assiettes tournant au bout d'une tige. Dès que l'une montrait un signe de ralentissement, il fallait vite la relancer avant qu'elle ne chute. Car si Jerry Harris gagnait beaucoup d'argent, il avait également des dettes colossales. Mais, après tout, la partie n'en était que plus palpitante.

Avec deux clubs en plein boom, Jerry décida d'en ouvrir un troisième, mais dans un style encore différent. Ayant repéré un site séduisant sur Stevens Creek Boulevard, à Cupertino, près de San Jose, au cœur de la Silicon Valley, il demanda à Gilbert Konqui de concevoir un lieu adapté à une clientèle liée à l'industrie informatique, c'est-à-dire un peu plus âgée et relativement aisée.

Mais à peine avait-il engagé ce nouveau projet qu'il hérita d'un nouveau paquet de dettes. Son père Jim, qui possédait SteelFab, une société spécialisée dans les armatures métalliques pour le bâtiment, eut une crise cardiaque à l'été 1987. Le vieil homme s'en remettrait, mais sans jamais recouvrer la vitalité qu'exigeait son entreprise. Alors, malgré son passif de 800 000 dollars, Jerry en reprit les rênes sans l'ombre d'une hésitation ; il aurait fait n'importe quoi pour soulager son père. À défaut de transformer

SteelFab en structure rentable, il pourrait au moins la renflouer et la revendre. Ce ne serait jamais qu'une assiette de plus à faire tourner.

Susan et Jerry baptisèrent leur nouveau club le Baritz, évocation phonétique de la Biarritz, l'une des plus somptueuses Cadillac jamais produites. Un nom qui annonçait la couleur : soirées huppées pour clients riches.

Dans la mesure du possible, Jerry souhaitait être l'unique propriétaire du Baritz. Fort de ses succès précédents, il alla plaider sa cause auprès des banques, qui lui prêtèrent sans difficulté plusieurs centaines de milliers de dollars. Mais les coûts de construction dépassèrent toutes les prévisions, à mesure que Jerry et Konqui rivalisaient de trouvailles exorbitantes, et les créanciers finirent par mettre le holà.

Comme le lancement du Baritz approchait à grands pas, les Harris furent invités au restaurant par Ella Bonilla, qui leur expliqua en termes choisis que les biscuits verts de son fils étaient un véritable fiasco. Malgré un pic de ventes au moment de la Saint-Patrick, ils n'avaient jamais réussi à s'imposer face aux cookies aux pépites de chocolat de Mrs. Fields. Échaudée par les déboires de son fils – et les sommes qu'elle y avait englouties –, Ella hésitait désormais à lui confier l'argent de la famille. Car tout semblait indiquer qu'il ne savait pas l'utiliser à bon escient. En entendant ces mots prononcés avec le plus grand sérieux, Susan et Jerry luttaient de toutes leurs forces pour ne pas éclater de rire. Eux avaient prédit le désastre depuis le début.

Là-dessus, Ella alla droit au but : si Steve pouvait investir dans les projets de Jerry, ce serait pour elle un gage de fiabilité. Autrement dit, elle proposait de devenir actionnaire du Baritz par l'intermédiaire de son fils, en déboursant à cet effet quelque 230 000 dollars, voire davantage par la suite. Ces sommes prendraient la forme de prêts consentis à Steve, qui lui signerait en échange une reconnaissance de dettes en bonne et due forme.

Encore une fois les largesses d'Ella étaient difficilement refusables. La somme qu'elle proposait correspondait peu ou prou à ce qui manquait pour parachever le Baritz. Pas dupe, Jerry savait que le but de la manœuvre était d'offrir un job à Steve, mais cela ne l'inquiétait pas outre mesure. Il savait s'y prendre avec l'animal, pour l'avoir longtemps pratiqué.

Alors Jerry signa à son tour une reconnaissance de dettes envers Ella Bonilla d'un montant de 160 000 dollars, et Steve investit l'argent de sa mère dans le Baritz. Cela ne faisait pas de lui un associé. Jerry était catégorique sur ce point : Steve demeurerait un simple actionnaire minoritaire.

Un beau jour, pendant que Jerry était au bureau, Steve accourut chez les Harris pour avertir Susan qu'ils disposaient d'une heure pour s'inscrire au tirage au sort organisé par l'Alcoholic Beverage Control, qui permettrait aux quatorze gagnants du comté de Santa Clara d'acquérir une licence de débit de boissons pour seulement 6 000 dollars, contre 40 000 en temps normal. Pour augmenter les chances de victoire du Baritz sur la cinquantaine de restaurants en lice, l'entourage de Jerry s'inscrivit toutes affaires cessantes : Steve Bonilla, l'une de ses tantes, Susan et une amie de passage postèrent chacun leur chèque, qui ne serait encaissé qu'en cas de victoire. Susan n'eut pas le temps de prévenir son mari, mais elle savait qu'il approuverait leur initiative.

Quand le nom de Steven Bonilla sortit du chapeau, celui-ci murmura à l'oreille de Susan qu'il doutait pouvoir posséder une telle licence, mais sans en préciser la raison. Par chance, Susan fut elle aussi tirée au sort, de sorte qu'elle devint la détentrice officielle de la licence du Baritz. Plus tard, quand elle demanda à son mari pourquoi Bonilla était interdit de licence, Jerry haussa les épaules. Hormis deux divorces, les antécédents de Steve lui étaient obscurs, et il ne souhaitait pas en connaître davantage. Steve était un bon père, et c'était le plus important.

Toujours est-il que, malgré le refus affiché de Jerry, Bonilla ne renonça pas à devenir un associé à part entière dans l'organigramme du Baritz. Chaque matin, pendant leur traditionnelle partie de squash, il s'échinait à convaincre Jerry qu'une telle promotion ne serait que justice. Mais Jerry se montrait inflexible. Molly Clemente se souvient de la réponse qu'il lui servait inlassablement, parfois même devant des tiers :

– Écoute, Steve, depuis l'épisode Frenchy's, il est hors de question que tu exerces le moindre contrôle sur mes clubs. Tu es incapable de gérer une équipe, et tu le sais. Tu as toute ta place comme actionnaire minoritaire, mais ça n'ira pas plus loin.

Pour finir, le 23 mars 1987 de bonne heure, Jerry se présenta au bureau flanqué de Steve Bonilla. L'air agacé, il tendit une feuille manuscrite à sa secrétaire.

– Pourrais-tu me taper ceci, Molly ? Steve estime

qu'il lui faut une protection au cas où il m'arriverait quelque chose.

Molly scruta son patron d'un œil perplexe, puis s'exécuta.

> *Lettre d'engagement contractuel concernant la société dite « Baritz », sise 5580, Stevens Creek Boulevard, Cupertino, Californie, 95014*
>
> *Il est entendu par chacune des parties que, au regard de la réglementation définie par l'Alcoholic Beverage Control, Steven Bonilla ne pourra accéder au statut d'associé avant janvier 1989. Il est donc convenu, à titre d'accord provisoire, que les parts détenues par Steven Bonilla s'élèvent à 40 % des actifs, du passif, et des revenus de l'entreprise.*
>
> *Cet accord provisoire vaudra jusqu'à sa révision par l'intermédiaire des avocats des parties.*
>
> *Il est entendu que le capital investi par Steven Bonilla s'élève à 40 000 dollars, prêtés par Ella Bonilla. À cela s'ajoutent deux reconnaissances de dettes envers Ella Bonilla : l'une d'un montant de 72 000 dollars, payable sous douze mois, la seconde d'un montant de 120 000 dollars, exigible dans cinq ans.*
>
> *Fait le 23 mars 1987*
>
> *Signé : Jerry L. Harris*
> *T. Susan Hannah Harris*
> *Steven Bonilla*
> *Molly Clemente*

Bonilla serait le seul à signer d'un air triomphal, puisque le seul à croire qu'il avait décroché le jackpot. Sa culture juridique était si pauvre qu'il n'avait manifestement pas saisi la portée des mots. Comprenait-il qu'il acquérait 40 % des actifs mais aussi du *passif* de l'entreprise, autrement dit les dettes ? Sans compter qu'il ne pouvait espérer devenir associé avant 1989. Mais voilà : il convoitait le Baritz bien plus que ne l'imaginaient Susan et Jerry, et il venait, mine de rien, de caler solidement son pied dans la porte.

Si, dans un premier temps, Bonilla se satisfit de cette entente, l'accalmie fut toutefois éphémère : il ne tarda pas à supplier Jerry de le promouvoir associé à part entière et *ad vitam aeternam*. Il inondait le bureau de Molly de documents à faire signer par Jerry, que ce dernier chiffonnait en levant les yeux au ciel.

Comme Jerry et Susan s'y attendaient, le Baritz connut un succès foudroyant. La décoration signée Gilbert Konqui figurait une forêt tropicale en néons, des chutes d'eau et un petit ruisseau sinuant à travers la salle. Le club proposait plusieurs bars, dont un à champagne, ainsi qu'un somptueux buffet avec caviar à volonté. Le Baritz devint en quelques semaines l'endroit le plus en vue des *yuppies* de San Jose. Ouvert en mars 1987, il réalisa en avril un chiffre d'affaires de 145 000 dollars, dont seulement 5 000 de pertes, et devint bénéficiaire dès le mois suivant, avec plus de 200 000 dollars de chiffre d'affaires dont 24 000 de bénéfices. D'après les statuts de l'établissement, 5 % de la recette revenait à JLH Enterprises, la société de Jerry et de Susan. En août de la même année, le Baritz dégagea un bénéfice net de 41 000 dollars.

Jerry s'affranchissait chaque jour un peu plus de la fortune des Bonilla ; au rythme auquel prospérait le Baritz, il aurait vite fait de rembourser ses emprunts. Et il feignait d'ignorer que Steve se vantait, derrière son dos, d'être le patron du Baritz. Il réinvestissait sa part de dividendes du Baritz dans la chaîne des Hot Rod, et s'apprêtait à en ouvrir un à Alameda.

Susan se souvient, à cette période, d'une visite de Bonilla dans leur maison de Chaparral Street, à Fremont.

– Steve expliqua à Jerry qu'il fallait construire un parking à deux niveaux devant le Baritz, puis racheter le bâtiment voisin pour en faire un nouveau Hot Rod. Là, chose rare, j'ai vu la colère monter aux joues de Jerry, qui interrompit Bonilla pour lui dire : « Écoute, ce que je fais des Hot Rod Café ne te regarde pas. C'est mon affaire, et je t'interdis de te mêler de mes affaires. » Steve repartit en claquant la porte.

Impressionnée, Susan se tourna vers Jerry, qui lui dit de ne pas s'inquiéter. Les caprices de Steve ne l'impressionnaient guère. C'était d'ailleurs si vrai qu'il continua de se mettre en quatre pour aider son vieil ami. Susan le laissa faire, persuadée qu'il avait ses raisons. Jerry débordait de sympathie pour les faibles et les perdants, dont Bonilla, avec son abyssal manque de charisme, de tact et de sens commercial, faisait incontestablement partie. Jerry se mettait en devoir de l'aider au même titre qu'il aidait les sans-abri, les ouvriers mexicains, les voyageurs sans gîte, et tous les damnés de la terre.

– Un soir, se souvient Susan, Jerry rentre et

m'annonce : « Steve va arriver d'un moment à l'autre, et il porte une moumoute. Je t'en supplie, essaie de ne pas rire en le voyant. » Alors j'ai complimenté Steve pour sa perruque, mais, de vous à moi, elle était vraiment atroce. Une espèce de grosse banane bon marché.

Ils étaient mariés depuis un an et demi quand Susan constata, ravie, que Jerry revenait peu à peu sur sa décision de ne plus avoir d'enfant. Il l'avait prévenue dès le début que, à quarante ans passé, il n'envisageait pas de fonder une nouvelle famille. Il était déjà père de deux enfants, dont l'aînée avait vingt ans. Mais, peu à peu, il commençait à lâcher du lest.
Dans l'immédiat, il y avait d'abord un night-club à inaugurer : le second Hot Rod. Si son précurseur de Fremont s'était brillamment illustré, le Hot Rod Diner d'Alameda leur valut un concert de louanges à faire pâlir plus d'une star locale. Jerry et Konqui avaient élaboré une atmosphère à la fois flamboyante et raffinée, dans un décor rose bonbon et orange. Les belles américaines n'étaient pas en reste, avec, suspendu tête en bas et disputant l'espace aérien à un biplan, un roadster Ford aux portières ornées de flammes, ainsi qu'une rutilante Cadillac de 1959 garée entre deux poteaux métallisés. Les désormais incontournables juke-boxes et pompes à essence venaient compléter le tableau, ainsi qu'une collection de disques d'or et, bien entendu, un portrait géant du King.
Ce n'était pas tout. Harris et Konqui avaient sillonné la planète en quête de reliques des années cinquante. Ainsi un improbable autobus à impériale

londonien stationnait-il au milieu du restaurant. Il avait fallu creuser une tranchée depuis la rue pour l'introduire dans la salle...

La soirée inaugurale du Hot Rod Diner fut un grand moment. Sous des rafales de flashes, le célèbre animateur-radio Wolfman Jack étrenna les platines de la sono dernier cri, devant un parterre ravi de journalistes et de clients lambdas qui dansèrent jusqu'à l'aube. Susan et Jerry étaient aux anges. Avec quatre clubs ouverts en moins de cinq ans, ils avaient réussi à toucher tous les âges et toutes les bourses, remportant chaque fois un succès en forme de plébiscite. Jerry avait désormais l'embarras du choix s'il voulait prendre le micro. Ceux qui le découvraient sur scène croyaient d'abord assister à une prestation en play-back, tant sa voix puissante et veloutée ressemblait à celle du King. Puis ils comprenaient leur méprise, et un silence religieux s'abattait sur l'assistance. Pendant ce temps, Susan faisait tourner son magnéto, collectionnant en groupie transie les performances de son mari.

5

Exubérant et bon vivant, Jerry aimait le faste qu'autorisait sa fortune. Susan et lui possédaient une belle collection de voitures, comprenant deux Ferrari, deux Porsche, une Excalibur, la petite berline Honda, la Bronco, un coupé Mercedes en crédit-bail, une limousine Cadillac blanche et une autre, rose, de 1957, qu'il avait fait rallonger d'un mètre et tapisser de cuir blanc avant de la louer aux studios d'Hollywood. Quand elles étaient au complet devant la maison, on aurait dit que les Harris donnaient une réception mondaine.

Ce goût du luxe s'étendait aussi aux bijoux. L'alliance de Jerry était en véritables pépites d'or, et il portait à l'autre main une chevalière en or massif représentant un tigre avec des yeux en diamants et émeraudes, et une langue en rubis. Quant à la chaîne qui quittait rarement son cou, elle aussi était en pépites d'or.

L'ancien métallo était devenu un fin œnologue. Il avait aménagé dans la villa de Fremont une cave à température constante abritant pour plus de 30 000 dollars de grands crus. Quand ils allaient dîner en ville, Susan et Jerry apportaient souvent leur propre vin, qu'ils faisaient toujours goûter aux serveurs, et plusieurs sommeliers des environs dépêchaient Jerry dans les salles des ventes pour compléter leur carte.

— J'ai longtemps cru qu'en achetant une bonne bouteille on payait d'abord la marque, répétait Jerry à ses amis. Jusqu'à ce que je découvre la merveilleuse sensation que procure un grand vin, le goût qu'il vous laisse en bouche. Certains trouvent aberrant de dépenser des mille et des cents dans une bouteille, mais ce sont les mêmes qui s'offriront un stage de golf à 500 dollars. À chacun ses priorités.

— Je me souviens d'une dégustation chez un grand producteur, confie Susan. Tout le monde y allait de son jargon : corps, bouquet, cépage, etc. Cela faisait bien rire Jerry, qui disait toujours : « La seule question qui vaille, c'est de savoir si ça nous plaît. » Mais sous cette candeur de façade, il savait reconnaître n'importe quel cru, et même son millésime.

Le vin préféré de Jerry était le Silver Oak, un cabernet californien relativement abordable. Un jour, il dit à Susan :

— Quand on m'enterrera, Sue, promets-moi de me mettre une bouteille de Silver Oak dans une main, un verre à vin dans l'autre, et un sourire aux lèvres.

— Je t'interdis de plaisanter avec ça ! répondit-elle, horrifiée.

— Allons, chérie, si ça peut permettre de détendre un peu l'atmosphère... Et puis comme ça, on gardera une image souriante de moi.

Susan soupira.

— D'accord, c'est promis.

En 1987, Jerry avait décidé de concentrer son énergie sur le développement des Hot Rod, qui devinrent une marque déposée sur tout le territoire californien. Il se donnait cinq ans pour conquérir l'ensemble du pays.

Il commença par revendre Shakers, dont la valeur était passée en trois ans de 238 000 à un million de dollars. Le Baritz, de son côté, se portait comme un charme grâce à une solide équipe. Mais il envisageait également de le revendre dans un futur proche, sitôt acquitté de ses dettes envers Ella Bonilla. À vrai dire, Jerry n'avait jamais prévu de garder le Baritz suffisamment longtemps pour que Steve en devînt copropriétaire. Les Hot Rod étaient autrement intéressants, car ils portaient vraiment son empreinte.

Mais l'été 1987 fut une période de grands tracas. Bien que Jerry se fût retiré d'Agro-Serve depuis longtemps, il avait commis un faux pas qui risquait de lui coûter cher. Lorsque Tiffany's Plant Rentals avait vu le jour, Jerry sortait de trois mariages ponctués par plusieurs visites du fisc, aussi avait-il choisi d'inscrire ses activités au nom de ses proches, en l'occurrence celui de sa sœur. En conséquence, la seule façon d'encaisser les bénéfices qui lui revenaient de droit était de les « emprunter » à leur détenteur officiel. Aussi tordu qu'il fût, ce procédé n'avait en soi rien d'illégal.

De la même façon, lorsque Steve Bonilla entra dans Agro-Serve, c'est lui qui recueillit, via son entreprise Sun State Tropicals, les fonds des investisseurs. Là encore, cet argent était officiellement celui de Bonilla, de sorte que lorsque Jerry reprit ses billes d'Agro-Serve, il devint, sur le papier, débiteur de Sun State Tropicals à hauteur de 1,2 million de dollars ! Une dette qui ressemblait fort à une épée de Damoclès...

Mais ce n'était pas tout. Cet été-là, Jerry comprit que Bonilla souhaitait transformer Agro-Serve en structure pyramidale, où l'argent des nouveaux investisseurs servirait à rétribuer les anciens. Jerry désapprouvait totalement cette idée, et il décida, en septembre 1987, de liquider ses derniers actifs liés de près ou de loin au commerce des palmiers. Il ferma la pépinière et rapatria le matériel de Tiffany's Production chez lui.

Mais il s'y était pris trop tard. Un soir, deux enquêteurs de la brigade du fisc sonnèrent au domicile de Chaparral Street. Jerry les reçut dans son bureau.

– Jerry ne fermait jamais la porte, se souvient Susan. Mais eux l'ont fait, et ça m'a mise hors de moi.

Au bout d'une heure, Susan entra dans le bureau pour déposer un plateau-repas à Jerry. Puis, dans un geste d'agacement qui ne lui ressemblait guère, elle expliqua aux deux hommes que l'heure du dîner avait sonné et qu'ils étaient donc priés de partir. Ce qu'ils firent, à sa grande surprise.

Si Jerry n'avait rien dit à Susan, c'était seulement pour la protéger. Il s'interrogeait sur la légalité du fonctionnement d'Agro-Serve. Il s'en était retiré, mais son nom y avait été longtemps mêlé, et il craignait de le payer cher. Jerry emmena Susan au restaurant, où il poursuivit ses explications, avant de lui demander de but en blanc :

– Dis-moi, Sue. S'il le fallait, serais-tu prête à quitter le pays avec moi ? À disparaître dans la nature ?

Susan le dévisagea un long moment.

– Non, Jerry. Même pour toi, je ne pourrais quitter ma famille. Je n'ai pas le droit de lui faire ça. Mais si tu devais vraiment t'en aller, je pourrais accepter que tu partes seul. Ce serait très dur, mais je pense que je l'accepterais.

Jerry fixa pensivement un point sur la nappe, puis releva la tête en souriant.

– Il n'en a jamais reparlé, confie Susan. En fait, tout s'est bien terminé : le fisc a conclu à une parfaite légalité des comptes.

Forts de leurs succès commerciaux et de leur projet tacite d'avoir un enfant, Susan et Jerry décidèrent d'agrandir leur habitation. Jerry souhaitait par la même occasion offrir à leurs mamans un lieu où elles pourraient finir leur vie en cas de veuvage.

– On les installera chacune à une extrémité de la maison, ironisait-il tendrement.

Soucieux de rester proches de la famille et des entreprises de Jerry, ils prospectèrent les comtés d'Alameda et de Contra Costa, et repérèrent la maison de leurs rêves à Danville. Mieux qu'une maison, c'était un vrai palais, situé au cœur de Blackhawk, le lotissement le plus huppé du secteur Danville-Pleasanton-Walnut Creak. Avec sa clôture et ses vigiles en uniforme à l'entrée, il garantissait calme et tranquillité à des célébrités du monde sportif, des capitaines d'industrie et autres businessmen accomplis. En découvrant ce site, Jerry sut d'emblée qu'il voulait y vivre.

Le magnat de l'immobilier Ken Bahring avait jadis acquis une immense terre en friche pour bâtir un ensemble de résidences « à la carte », qui valaient chacune plus d'un million de dollars. Il n'y avait pas deux façades identiques dans ce lotissement, et la maison à vendre avait initialement été conçue pour Ken Behring lui-même, qui en réclamait aujourd'hui 1 295 000 dollars. Susan et Jerry salivèrent en parcourant la brochure : « Charmante villa de style méditerranéen dans un cadre féerique, en bordure d'un golf. Cette somptueuse propriété comprend six chambres spacieuses, six salles de bains et une salle de douche, une grande salle de jeu prévue pour accueillir un billard, ainsi qu'une salle de gymnastique, le tout réparti sur une surface d'environ 650 m^2. Une cheminée de caractère agrémente le salon attenant à la chambre principale, qui s'ouvre sur une terrasse en balcon et que dessert une salle de bains tout en marbre comprenant sauna et jacuzzi. (...) Les tuiles de la toiture, le raffinement des façades et les finitions intérieures parachèvent l'éclat de cette demeure unique. » Suivait un paragraphe sur le jardin, mentionnant entre autres un bassin peuplé de carpes et une rangée de sycomores offrant un coin d'ombre en été.

La configuration de la maison était parfaite. Les chambres d'amis et leurs salles de bains individuelles permettaient de recevoir dans des conditions optimales. Car Susan, qui avait souvent l'impression de « gérer un bed-and-breakfast » à Fremont, estimait comme Jerry que leur nouvelle maison ne serait pas seulement la leur, mais celle de tous leurs proches.

Quand Jim Harris consulta la brochure que Jerry lui tendait fièrement, il se demanda si son fils n'avait pas perdu la raison. Tu as déjà une belle maison, lui dit-il en substance, alors pourquoi tiens-tu à te créer de nouvelles dettes ?

Pourquoi, Susan le savait très bien : après la villa de Fremont, qu'il avait achetée célibataire, Jerry voulait enfin une maison *à eux*, une maison que Susan et lui choisiraient et s'approprieraient ensemble. La maison de leur mariage.

Pendant ce temps, Steve Bonilla continuait de se faire passer pour le propriétaire des clubs, et Jerry, philosophe, fermait les yeux. Son indulgence à l'égard de Bonilla dépassait l'entendement ; il avait presque fini de rembourser Ella Bonilla, et rien ne l'obligeait à traîner ce boulet plus longtemps. Mais Jerry raisonnait dans l'autre sens : à ses yeux Steve demeurait un type certes agaçant mais inoffensif, alors pourquoi ne pas lui laisser partager la vedette ?

Par le passé, Bonilla avait obtenu sa carte professionnelle d'agent immobilier. Jerry savait son expérience en la matière peu concluante, mais il avait gardé cette information dans un coin de sa tête. Et c'est ainsi qu'un jour, au grand dam de Susan, Jerry annonça qu'il avait une mission de choix pour son vieil ami : vendre la maison de Fremont, avec une commission à la clé.

– Qu'est-ce qu'on risque, chérie ? Je lui donne trente jours pour trouver un acheteur. Passé ce délai, on s'adresse à quelqu'un d'autre.

Cette vente nécessitait quelques démarches préalables. Dans son éternelle désinvolture, Jerry avait effectué une série de travaux sans permis de construire. Ils étaient conformes au code de la construction, mais la vente de la maison restait soumise à l'obtention de ces permis. Telle serait la toute première tâche de Steve.

Non sans surprise, Bonilla trouva un acquéreur. Les Harris avaient fixé un prix de départ de

450 000 dollars, et ils conclurent à 400 000. Un résultat plus qu'honnête, qui couvrait largement les 250 000 dollars d'acompte exigés pour la demeure de Blackhawk. Il leur resterait ensuite à contracter un crédit immobilier de 900 000 dollars pour s'acquitter du reste.

Mais en cette veille d'automne 1987, Jerry Harris avait les mains liées. Ses liquidités étaient entièrement accaparées par ses clubs et l'entreprise paternelle, au point qu'il n'avait même pas de quoi régler les frais de mutation concernant la maison de Fremont, formalité pourtant préalable à la conclusion de la vente, c'est-à-dire à l'encaissement des 400 000 dollars.

Craignant que sa commission ne lui passe sous le nez, Steve Bonilla proposa l'arrangement suivant : il prêterait à Jerry les 8 000 dollars qui lui manquaient pour conclure la vente de Fremont, remboursables à raison de 2 000 dollars par semaine et suivis du versement de sa commission.

– Mais le chèque de Steve était sans provision ! se souvient Susan. La situation resta bloquée pendant plusieurs jours. On ne pouvait ni vendre, ni acheter. Ce fut un moment très éprouvant.

Pour la première fois de sa vie, Jerry s'emporta contre Steve Bonilla. En présence de Susan, il décrocha son téléphone et l'incendia au sujet du chèque en bois.

Tout finit néanmoins par rentrer dans l'ordre. La maison de Fremont fut vendue et, le 1er octobre 1987, les époux Harris poussèrent la porte de leur nouveau palais.

Environ deux semaines après l'emménagement, Susan déroula la rallonge du téléphone jusqu'à la terrasse, dans le halo roux de la pleine lune. Elle savourait l'un de ces rares moments de plénitude, où l'existence semble tendre à l'harmonie parfaite. Humant la douce fragrance du soir, elle sut que cette nuit lui laisserait un souvenir impérissable. Elle composa le numéro de sa sœur pour partager cet instant de grâce.

— J'ai tellement de chance, lui dit-elle. J'ai tout ce dont je pouvais rêver. Et je ressens un tel bonheur que c'en est presque effrayant...

En ce même automne, Jim Harris décela un changement chez son fils, un changement subtil que seuls pouvaient déceler ceux qui le connaissaient très bien. Dans ses affaires, Jerry avait toujours supporté une pression considérable, qui en aurait envoyé plus d'un au tapis. C'était un homme fonceur et enthousiaste, doté d'un moral à toute épreuve. C'était le véritable pilier de la famille Harris, celui qui veillait sans cesse au bien-être et aux intérêts des siens, jamais avare d'un conseil ou d'un coup de pouce financier. Mais aujourd'hui Jim s'inquiétait :

— Jerry était anormalement silencieux. Il se faisait du mouron pour nous, et parlait longuement avec ses frères. Il leur demandait d'être plus autonomes et prévoyants.

En soi, cela n'avait rien d'extraordinaire : entre ses trois boîtes de nuit en activité, ses deux autres en chantier, et les affaires de son père, Jerry craignait d'être moins présent pour ses proches. Mais ce qui inquiétait Jim Harris, c'était la soudaine mélancolie de son fils, qui d'ordinaire avait toujours le sourire aux lèvres.

Susan avait aussi remarqué ce changement, mais sans s'alarmer outre mesure :

– C'est vrai que Jerry était pris à la gorge et qu'il subissait un stress important. Mais il en avait vu d'autres. D'ailleurs, les choses commencèrent à se décanter juste après le déménagement.

C'était la stricte vérité. Jerry avait conclu à la nécessité de vendre SteelFab et, dans la troisième semaine d'octobre, il confia à son frère Sandy qu'il pensait avoir un repreneur.

6

Ce mois d'octobre 1987 marqua l'apogée de l'été indien dans la région de San Francisco. Les fleurs conservaient leur éclat, même si les feuilles d'eucalyptus tombaient en tortillons cassants que le vent d'automne dispersait. Le ciel était d'un bleu parfait, que le brouillard ne venait troubler qu'à l'aube ou au crépuscule.

Susan était ravie de sa nouvelle maison. La décoration avait peu avancé, mais cet espace immense méritait d'être agencé avec goût, ce qui interdisait toute précipitation. Pour l'heure, elle cherchait le meilleur emplacement pour leurs vieux meubles, qui semblaient avoir rétréci tant les pièces étaient grandes et les plafonds hauts. Thanksgiving approchait à grands pas, puis Jerry entamerait les préparatifs de ses Noëls surprises. Autant dire que Susan doutait d'être prête à temps. Mais l'important, c'est qu'ils avaient enfin leur maison – leur maison *à eux*.

Le lundi 19 octobre, Jerry Harris fit une chose pour le moins inhabituelle : il prit sa journée pour la passer auprès de Susan.

— Nous avons inauguré le sauna, se souvient-elle.

Nous étions assis l'un à côté de l'autre, et la vapeur cachait nos visages. On avait rarement discuté aussi longtemps que ce jour-là. Plusieurs heures d'affilée. À un moment donné, il me dit, à travers le nuage de vapeur : « S'il m'arrivait quoi que soit, Sue, je veux que tu prennes soin de maman et de Tiffany. – Oui, bien sûr », lui répondis-je avec une certaine perplexité.

Jerry ne l'avait pas habituée à ce type de prémonitions.

Puis il évoqua les clubs. Il avait toujours exposé ses visions d'ensemble ainsi que le détail de ses projets à sa femme. Ce jour-là, il passa tout en revue, comme pour s'assurer que Susan avait tout compris.

Dût-elle élire le jour parfait, Susan aurait sans doute choisi celui-là. Le soir venu, ils avaient décidé de dîner en ville.

– Nous étions dans la voiture, quand Jerry me lança ce regard qu'un homme lance à son épouse pour lui dire : « Je t'aime. » Puis il a tendu le bras et m'a ramenée tout contre lui. Je l'aimais éperdument et, en ce moment inoubliable, je savais que lui aussi m'aimait comme un fou.

Quelques heures de sommeil suffisaient à Jerry, qui se levait toujours avant le soleil. Il avait prévu de passer le mardi à l'usine SteelFab de Castroville, à côté de Monterey. La veille, il avait insisté pour que Susan l'accompagne, mais elle avait trop à faire dans la nouvelle maison.

Jerry était en général le premier à quitter le lotissement de Blackhawk, et ce mardi 20 octobre ne dérogea pas à la règle. À 4 h 30, Susan se réveilla en même temps que lui et le regarda s'habiller. Il laissa la lumière éteinte pour ne pas la gêner, si bien qu'elle peina à voir ce qu'il enfilait. Elle remarqua seulement qu'il passait un de ses blousons marron. Il se pencha sur elle et l'embrassa, puis elle retomba dans les bras de Morphée. Elle savait qu'il l'appellerait dans la journée.

– Je n'ai pas vu son visage. J'espère que je l'ai serré dans mes bras, mais je n'en suis pas sûre.

Quinze minutes plus tard, Jerry quittait l'allée de la villa au volant de sa voiture préférée, le coupé Mercedes jaune de 1982, qui décrivit une traînée de lumière en s'enfonçant dans la nuit. Après que le vigile de l'entrée lui eut ouvert la barrière, il descendit Blackhawk Road jusqu'à l'autoroute 680, qu'il prit en direction du sud. Il était attendu chez SteelFab à 6 heures.

En fin d'après-midi, il s'y trouvait encore. Il tenait toujours Susan informée de ses moindres déplacements, afin qu'elle sache où le joindre – au bureau, dans un des clubs, à l'usine... Et quand il était sur la route, elle pouvait l'appeler sur son téléphone portable, un objet peu répandu à l'époque. Le numéro, qui resterait à jamais gravé dans la mémoire de Susan, était le 555-7322.

Au total, Susan aura parlé à Jerry six fois dans la journée. D'abord pour lui demander comment activer la pompe du bassin aux carpes. Puis, quand il l'appela sur le coup de 16 h 30, elle lui demanda quels étaient ses projets pour le dîner. Il répondit qu'il s'apprêtait à quitter l'usine et qu'il rentrait directement à la maison. Il avoua, d'un ton coupable, qu'il n'avait rien avalé depuis le petit déjeuner. Quelque cent dix kilomètres séparaient Monterey de

Blackhawk et, vu la vitesse à laquelle il conduisait, il pouvait être rentré vers 18 heures. Ils n'auraient plus qu'à passer à table.

18 heures passèrent, et Susan l'attendait encore. Mais il y avait toujours quelqu'un ou quelque chose pour le retenir au dernier moment, et si Susan s'inquiétait, c'était surtout pour l'estomac de son homme. Elle eût préféré qu'il mange des repas équilibrés plutôt que des hamburgers sur le pouce. De toute la journée, il n'avait avalé qu'un café. À ce rythme-là, il était bon pour l'ulcère.

Jerry rappela à 20 h 30.

— Alors, quelles sont les dernières nouvelles ? demanda-t-elle d'un ton badin.

— Je viens de prendre un verre avec Steve au South 40, répondit-il avec le même entrain. J'approche de Pleasanton.

Il précisa qu'il suivait Steve Bonilla, qui souhaitait lui montrer un complexe de bureaux.

— Et ça ne t'ennuie pas de visiter des bureaux si tard dans la soirée ? s'enquit-elle, tandis qu'elle voyait la colline dominant la maison disparaître dans la nuit.

— Si, mais Steve a tellement insisté...

Susan décela des signes de fatigue dans la voix de son mari, et elle le devinait affamé.

— Tu n'as toujours pas mangé ?

— Non. Pas eu le temps. Je vais passer au Hot Rod, et je rentrerai plus tard.

— Qui vas-tu retrouver ?

— Konqui.

Cela signifiait qu'ils ne seraient pas deux, mais plusieurs autour de la table. Les Hot Rod connaissaient un tel succès qu'il y en avait déjà deux autres sur les rails : l'un à Concord et l'autre à Dublin, Californie. Ce seraient deux clubs gigantesques, comme celui d'Alameda.

— Leur projet allait encore plus loin dans la démesure, se souvient Susan, avec des douves et un bateau à voile !

Tandis qu'ils conversaient au téléphone, elle entendait en bruit de fond un cliquetis familier. Cela provenait du moteur de la Mercedes. Elle en avait touché deux mots au pompiste de la station-service quelques jours plus tôt, mais il n'en avait pas trouvé la cause – et renâclait à explorer les entrailles d'une voiture de luxe.

Jerry expliqua que ces vibrations devenaient permanentes, et tous deux convinrent de prendre rendez-vous chez un garagiste au plus vite. Ils continuèrent à bavarder pendant une dizaine de minutes, puis Jerry dit :

— La circulation devient difficile. Je ferais mieux de raccrocher.

Susan lui promit de veiller jusqu'à son retour. Un rendez-vous avec Konqui signifiait qu'il ne fallait pas l'attendre avant la fermeture du club, c'est-à-dire 2 heures du matin.

Les provisions qu'elle avait faites aujourd'hui s'avéraient inutiles. Elle éteignit le four de sa toute nouvelle cuisine de chef. À la place d'un bon petit plat équilibré, Jerry écoperait du sempiternel hamburger frites.

La maison parut soudain terriblement vide.

7

Susan renonça à veiller jusqu'au retour de Jerry. La réunion de travail avec Konqui et consorts risquait fort de s'éterniser, et elle était épuisée après une journée passée à défaire les cartons, draguer le bassin, faire le ménage... Elle alla se coucher, convaincue d'être réveillée quand les phares de la Mercedes balaieraient les murs de la chambre à travers les vitres sans rideau. Quoique imprévisible, Jerry était un homme fiable. Il rentrerait sitôt libéré de ses obligations.

Susan Harris dormit comme une souche jusqu'à 4 h 30. En ouvrant l'œil, elle s'étonna que Jerry ait pu la rejoindre sans la réveiller. Elle se retourna, et vit que l'autre moitié du lit était vide, les draps aussi lisses que lorsqu'elle s'était couchée. Un frisson acheva de la réveiller. En six ans de vie commune, Jerry n'avait jamais découché sans la prévenir.

Elle porta le téléphone à son oreille, pronostiquant une absence de tonalité ; une panne du réseau aurait empêché Jerry de la joindre... Mais non, l'appareil sifflait comme à l'ordinaire.

Elle prononça son nom à voix haute, bien qu'elle

sût qu'il ne répondrait pas. Jerry dégageait une telle présence qu'elle savait toujours quand il était dans les parages. Or la maison était trop sombre, trop calme.

Où était-il, bon sang ?

Susan passa de pièce en pièce, de chambre en chambre. Il pouvait s'être endormi sur le canapé, se trouver sous la douche, voire dans le jardin à contempler les poissons. Elle scruta l'allée de la maison. Aucune trace du coupé Mercedes. Ni là, ni dans le garage de six places. Susan se sentit peu à peu gagnée par la panique. Qui pouvait-elle appeler à cette heure-ci ? Gilbert Konqui ne goûterait guère la plaisanterie. Idem pour les deux Steve. Quant aux parents de Jerry, elle craignait de les affoler pour rien.

Susan s'en voulait de perdre son sang-froid. Un mari ne rentre pas de la nuit ? La belle affaire. Mille raisons pouvaient expliquer ce contretemps. Un abus d'alcool qui l'aurait empêché de prendre le volant, une panne de voiture, un accident... Mon Dieu, faites que ce soit un accident sans gravité ! Peut-être était-il encore en réunion ; il ne l'aurait pas prévenue de peur de la réveiller. À moins que son père ait fait une nouvelle attaque...

Non, aucune de ces explications ne semblait valable. Susan et Jerry étaient si proches que, même séparés, l'un devinait les émotions de l'autre. Et elle ne décelait à cet instant qu'une incoercible sensation d'épouvante.

La mère de Susan se levait chaque jour à 5 h 30 pour préparer le café de son mari. Susan fit les cent pas, les yeux rivés à la pendule, puis à 5 h 30 précises composa le numéro de ses parents.

– Maman, Jerry n'est pas rentré de la nuit, articula-t-elle d'un voix blanche.

– Allons, Susie. Il ne va pas tarder. Il aura été retenu quelque part.

– J'ai peur qu'il ait eu un accident. Tu sais bien que Jerry rentre tous les soirs.

Oui, Mary Jo le savait. Alors, à son tour, elle émit une série d'hypothèses, reprenant peu ou prou celles que sa fille avait déjà écartées.

Le soleil coiffait les collines d'un mince liseré de lumière quand Susan appela tous les hôpitaux, commissariats et prisons de San Francisco à Monterey, réitérant inlassablement sa description de Jerry et de son véhicule. Elle tenta de reconstituer son itinéraire depuis son départ du Hot Rod Diner d'Alameda. Il aurait pris la direction ouest, traversé Orinda et Walnut Creek, puis bifurqué vers le sud pour parcourir les onze derniers kilomètres le séparant de Danville. À moins qu'il n'eût opté pour quelque raccourci permettant de rattraper Dougherty Road. S'il avait été victime d'un accident, ou interpellé par la police pour excès de vitesse ou conduite en état d'ivresse, cela s'était vraisemblablement produit dans ce secteur-là.

Mais elle refusait de l'imaginer à la morgue.

Dès son réveil, Susan avait été frappée par une étrange prémonition. En son for intérieur, elle savait depuis 4 h 30 que Jerry avait disparu. Seulement, un adulte ne peut être officiellement porté disparu qu'après vingt-quatre heures d'absence, une règle qui épargne aux policiers bien des recherches inutiles ; de nombreux individus ayant décidé de fuir se ravisent au bout de quelques heures. Ainsi, malgré l'insistance de Susan, la police refusa d'intervenir avant jeudi matin.

Susan se demanda qui aurait pu vouloir du mal à Jerry. Mais aucun nom ne lui vint à l'esprit. Il avait bien eu quelques différends dans le cadre de ses affaires – notamment lors de son départ d'Agro-Serve – mais rien qui pût justifier de la haine. Tout le monde appréciait Jerry. Il était ouvert, généreux, amusant. Il faisait, en revanche, une proie facile pour les auto-stoppeurs ou les marginaux malintentionnés. Susan songea à toutes les fois où il s'arrêtait pour aider une femme immobilisée sur le bas-côté. Peut-être était-il tombé dans une embuscade, après que quelqu'un eut repéré sa Mercedes et ses bijoux. Jerry ne flairait jamais le danger. Il avait pu sortir une liasse de billets de sa poche pour venir en aide à un malheureux, et se voir remercier d'un coup de matraque...

Susan n'avait pas l'ombre d'une explication. Quand les policiers lui demandèrent pourquoi elle était si fébrile, elle ne sut quoi leur répondre. Elle avait juste un terrible pressentiment.

Elle appela ensuite toutes les personnes susceptibles de savoir où Jerry se trouvait. Ses employés, ses relations de travail, ses parents, ses frères et sœur, et les amis du couple. Elle nota noir sur blanc leurs déclarations, un exercice qui l'aidait à contrôler ses nerfs.

Gil Konqui lui expliqua qu'il avait organisé une rencontre cruciale avec les dirigeants de P. J. Mongomery's. Ils étaient d'abord convenus de dîner au Hot Rod d'Alameda, mais, sur le coup des 20 h 30, Jerry avait rappelé Gil pour l'avertir qu'il partait visiter un complexe de bureaux :

— Il m'a dit : « Je vous retrouve dans quarante minutes », et j'ai répondu : « Dans ce cas, on t'attendra au Hot Rod de Fremont. »

Voilà qui invalidait les calculs de Susan : Jerry avait rendez-vous à Fremont, et non à Alameda.

— Mais Jerry n'est jamais arrivé, poursuivit Konqui.

— Que dites-vous ?

— Nous ne l'avons pas vu de la soirée. J'ai tenu la réunion sans lui.

Susan crut défaillir en entendant ces mots. Jerry n'aurait manqué ce rendez-vous pour rien au monde ; il était question de son projet le plus cher : le développement des Hot Rod. Il lui arrivait de programmer plusieurs réunions à la même heure, et il était souvent en retard, mais il ne faisait jamais faux bond. Même le jour où sa Porsche s'était faite emboutir, il avait sauté dans un taxi pour ne pas faire attendre ses partenaires. C'était un homme de parole. On pouvait compter sur lui.

Susan contacta sur-le-champ Steve Bonilla, qui résidait actuellement chez sa mère. Il était 9 heures du matin.

— Allô, Steve ? Sais-tu où se trouve Jerry ?

— Pourquoi ? s'étonna-t-il.

— Vous étiez bien ensemble hier soir ?

— Oui, on a bu un verre au South 40. Qu'y a-t-il donc, Susan ?

— Que s'est-il passé ensuite ?

— Comment ça ?

— Tu l'as bien emmené visiter un parc d'activités ?

— Tout à fait. À Pleasanton. Mais pourquoi ces questions, Susan ?

Elle était trop à cran pour lui expliquer que Jerry avait disparu, et qu'il ne s'était pas présenté au Hot Rod où l'attendait Gilbert. Elle voulait seulement comprendre ce qui était arrivé. Si Jerry n'avait pas rejoint Konqui, c'est qu'il avait sûrement eu un accident entre Pleasanton et Fremont. Gil savait que Jerry l'appelait d'un portable, mais il ignorait où il se trouvait alors.

– Dis-moi, Steve, où Jerry s'est-il rendu ensuite ?
– Je ne sais pas. Chacun est reparti de son côté.

Il ajouta qu'il n'avait pas regardé Jerry reprendre la route. Il l'avait juste vu regagner sa voiture, sans connaître la suite de son programme.

Susan eut l'impression que Steve ne lui disait pas tout. Les deux amis partageaient-ils un vilain secret ? À ce stade, elle était prête à tout entendre. Mais Steve s'en tint à sa version de départ : il n'avait pas vu Jerry quitter le parc d'activités.

Elle joignit ensuite Molly Clemente dans les locaux de JLH Enterprises. La fidèle secrétaire reçut un coup de massue en apprenant la disparition de son patron. Susan lui demanda de contacter Steve à son tour pour lui tirer les vers du nez. Mais celui-ci répéta à Molly ce qu'il avait dit à Susan : il ignorait où se rendait Jerry après la visite du parc.

Mardi soir, Susan et Gil Konqui avaient tous deux conversé avec Jerry vers 20 h 30. Mais Susan apprit que Sandy avait joint son grand frère vingt minutes plus tard, sur son portable. D'une voix décontractée, Jerry avait évoqué l'avenir de SteelFab. Il pensait avoir trouvé un repreneur, ce qui le soulageait d'un grand poids. Il venait de prendre un verre avec Bonilla, qu'il suivait à présent pour visiter un complexe de bureaux. Cela correspondait en tout point à ce que Jerry avait indiqué à Susan au téléphone.

— Soudain, poursuivit Sandy, Jerry s'est énervé pour une raison que j'ignore. Il a crié « merde ! » et m'a dit qu'il rappellerait dans la soirée.

Une ou deux minutes plus tard, le téléphone de Sandy sonna de nouveau. En décrochant, il entendit un silence de quelques secondes, puis la ligne fut coupée.

L'opérateur téléphonique confirma à Susan que Jerry avait reçu un coup de fil de Sandy à 20 h 51, puis qu'il avait rappelé ce dernier peu de temps après, pour une durée inférieure à une minute. Mais pourquoi Jerry avait-il raccroché si vite ? Et pourquoi n'avait-il pas renouvelé l'appel ?

Mais surtout, Jerry avait une sainte horreur des jurons – le jour où Susan avait prononcé le mot de cinq lettres après s'être fait mordre par une perruche, il lui avait reproché son langage avant même d'examiner son doigt. Quelle sorte d'incident avait bien pu valoir ce « merde » entendu par Sandy ?

Cette première journée s'écoula dans une lenteur insoutenable. Susan imaginait Jerry au fond d'un ravin, prisonnier d'un amas de taule et l'appelant à la rescousse. Mais elle ne savait de quel côté chercher. En fin d'après-midi, le shérif de Contra Costa autorisa, à titre exceptionnel, l'agent Ken Hansen à épauler Susan Harris. Pris de pitié pour cette femme éplorée, Hansen se présenta à son domicile, et offrit de lui consacrer une partie de son temps libre.

— À bord de son véhicule, nous avons remonté Dougherty Road, une petite route très venteuse et sinueuse. Dans ma tête, j'entendais les cris de détresse de Jerry : « Retrouve-moi, Sue ! » Et je lui répondais : « Je t'en supplie, tiens bon ! J'y suis presque. » Je voulais tellement y croire. J'y mettrais toute mon énergie. J'avais si peur de le retrouver mort.

Tandis que la voiture roulait au pas sur la route quasi déserte, Susan suivait le faisceau de la lampe-torche explorant le fond des canyons, à l'affût du moindre scintillement de métal ou de verre. Le ventre noué, elle se promit d'être forte lorsqu'ils retrouveraient Jerry.

Ils ne le trouvèrent pas.

L'aube du jeudi apparut. Avec ou sans Jerry, le monde continuait de tourner. Sans, en l'occurrence. Mais depuis quelques heures, il pouvait être porté disparu. L'agent Hansen prit la déposition de Susan, et lui attribua le numéro de dossier 87-26571. Elle indiqua que, à sa connaissance, Jerry avait été aperçu pour la dernière fois sur Hopyard Road à Pleasanton. Puis elle le décrivit physiquement. 1,85 m, 90 kg, des yeux bleus et des cheveux bruns coupés courts. Suivit la douloureuse énumération de ses particularités corporelles – douloureuse car destinée à l'éventuelle identification du corps. Mais elle chassa ces pensées morbides et se concentra sur ses souvenirs. Le signe le plus distinctif était sa cicatrice de 20 cm à l'abdomen, suivie d'une autre, de la taille d'une pièce de monnaie, sur la fesse. Il avait aussi eu la jambe cassée, ce qu'une radiographie pouvait facilement vérifier. Il portait des lunettes pour lire et fumait la pipe. Il ne quittait jamais sa chaîne en or, ni sa chevalière à l'effigie d'un tigre parée de diamants et d'émeraudes. Il avait subi de nombreuses interventions dentaires, et portait plusieurs couronnes sur les dents du bas.

L'inspecteur Linda Agresta dirigeait l'équipe d'enquêteurs du comté de Contra Costa. Blonde et élancée, âgée d'une bonne trentaine d'années, elle fit preuve d'une gentillesse hors pair et d'une remarquable volonté dans la conduite des recherches.

Parallèlement, Susan engagea une détective privée, Francie Koehler, et entreprit de son côté ses propres opérations. Seule l'action pouvait l'empêcher de s'effondrer.

— Je fonctionnais à l'adrénaline, qui décuplait mon énergie et ma lucidité. J'ai loué un hélicoptère pour survoler les endroits inaccessibles par la route, j'ai envoyé des amis quadriller les parkings côtiers de la baie, et j'ai appelé tous les aéroports de la région. J'ai même envoyé à celui de Los Angeles une copine qui vivait là-bas.

Se souvenant qu'elle recevrait sous peu une facture pour la Mercedes en leasing, elle informa le bailleur que Jerry s'était volatilisé avec la voiture.

— Ainsi j'étais sûre que lui aussi se lancerait à ses trousses.

Julie Hannah, qui habitait dans la région depuis que Jerry l'avait embauchée, accourut auprès de sa sœur. Leur mère fit également le voyage jusqu'à Danville, prête à y rester le temps qu'il faudrait. Elles épaulèrent Susan dans ses démarches, et insistèrent pour qu'elle mange et se repose. Mais sans grand succès. En l'espace d'une semaine la svelte Susan perdit sept kilos.

— J'étais sans cesse au téléphone, se souvient-elle.

J'en avais l'oreille irritée. Je me disais que chaque nouvel appel serait le bon. La fatigue ne justifiait pas que je m'arrête.

Dormir, c'était perdre Jerry à jamais. Manger, c'était renoncer à prodiguer le geste qui sauve.

Elle n'était plus la Susan Harris de la semaine précédente, celle qui s'épanouissait dans l'ombre de son mari, en retrait, peu bavarde. Elle était devenue une véritable pile électrique. Aux amis et relations qui venaient aux nouvelles ou témoignaient leur sympathie, elle rétorquait :

– Raccrochez ! Vous encombrez la ligne.

Rétrospectivement, Susan comprit que l'attitude de Jerry au cours des jours précédant sa disparition était celle d'un homme menacé. Tel était le sens de ses efforts pour se rapprocher davantage encore de son épouse et de son frère. Mais qui pouvait donc lui vouloir du mal ? Ni lui ni Sandy ne trempait dans la drogue, et il n'aurait jamais cautionné des pratiques illicites – à supposer, du moins, qu'il en fût informé.

Non, cette histoire ne pouvait être qu'une incroyable méprise, une sombre farce. Jerry allait surgir d'un moment à l'autre au bout de l'allée, muni d'une explication toute bête. Susan refusait d'admettre qu'il ne rentrerait peut-être *jamais*. Ils étaient mariés depuis deux ans et demi, et habitaient la maison de leurs rêves depuis seulement trois semaines. Il allait forcément revenir.

– Je n'avais pas le choix : je devais le croire vivant. Perdre espoir revenait à le laisser pour mort, or mon devoir était de motiver les gens pour qu'ils continuent à le chercher. J'étais la seule à pouvoir le sauver, et si je baissais les bras, je le perdais pour toujours.

Susan traversait le pire cauchemar de sa vie. Cette situation semblait absurde, irréelle. Elle se consolait un peu en écoutant les enregistrements de Jerry sur scène. Une chanson en particulier semblait traduire ce qu'elle éprouvait :

« *What now my love ? Now that you've left me. How can I live through another day ?... Once I could see. Once I could feel. Now I am numb. I've become unreal...* »[1]

---

1. Version américaine du célèbre *Et maintenant* de Gilbert Bécaud. Littéralement : « Et maintenant mon amour ? Maintenant que tu m'as quitté. Comment vivre un jour de plus sans toi ?... J'avais des yeux. J'avais un cœur. Aujourd'hui tous mes sens me quittent. Je ne suis plus qu'une ombre... » (*N.d.T.*)

8

Lieutenant de l'US Navy durant la guerre du Vietnam, Gerald B. « Duke » Diedrich officiait au FBI depuis dix-neuf ans. Son parcours comptait plusieurs affectations à Washington, à Minneapolis et dans le secteur Oakland-San Francisco. Il avait tour à tour rempli les fonctions de négociateur dans les prises d'otages, d'instructeur, de photographe, d'agent infiltré et de porte-parole auprès des médias, mais sa spécialité demeurait les affaires d'enlèvement. Il aimait le défi qui consistait à percer les raisons poussant un individu à commettre l'un des crimes les plus odieux qui soient, et il s'était forgé au fil des ans un véritable sixième sens pour deviner le scénario sous-tendant une disparition. Ce savoir-faire lui avait valu un poste de consultant au Centre national des enfants disparus, et il était parfois détaché auprès d'autres services.

Quand on lui demandait de se décrire, il répondait :
– Imaginez un mélange de Robert Redford et de Danny DeVito.

En vérité, il était un peu moins beau que Redford et bien plus grand que DeVito. C'était un blagueur-né, qui adorait faire marcher ses collègues. Il ne correspondait en rien au stéréotype du flic du FBI, et cela avait plutôt servi sa carrière.

En octobre 1987, Duke se trouvait en poste au bureau régional de Concord, Californie. Le 23, soit le vendredi suivant la disparition de Jerry, il fut contacté par l'adjoint du district attorney du comté de Santa Clara, au sud de Danville. Vieil ami de Sandy Harris, celui-ci souhaitait que Duke se penche sur cette étrange disparition.

Diedrich prit connaissance du dossier, mais ne releva rien qui laissât conclure à l'enlèvement ou au meurtre.

– À première vue, dit-il, ce type a très bien pu partir de son plein gré.

Il n'y avait ni demande de rançon, ni traces de lutte, ni taches de sang, ni impacts de balles, ni coups de fil suspects, ni voiture. Bref, rien qui puisse justifier l'ouverture d'une enquête fédérale.

Et puis, après moult échanges avec Sandy et l'adjoint du D.A., qui revenaient sans cesse à la charge, Duke se mit à douter. Jerry Harris n'avait aucune raison objective de se volatiliser. Alors, le lendemain, samedi, l'agent Diedrich se présenta à la villa rose.

Il découvrit à cette occasion que les Harris et lui étaient presque voisins. Lui aussi habitait le district de Blackhawk, mais dans un quartier plus modeste.

– Ce jour-là, confie-t-il, je suis entré dans cette magnifique maison pour me retrouver nez à nez avec pas moins de onze personnes qui souhaitaient me parler. Il y avait la famille Harris, la famille Hannah, des collègues de Jerry, et sa femme Susan. Essayez donc de mener un entretien dans de telles conditions !

N'importe quel enquêteur vous dira qu'il préfère interroger ses témoins en tête à tête : il est quasi impossible d'esquisser des hypothèses cohérentes dans la cacophonie d'une assemblée survoltée. Mais Diedrich joua le jeu, et parvint peu à peu à cerner la personnalité de Jerry Harris. Les cas de fuite délibérée obéissent à certaines constantes, que Diedrich ne retrouvait pas ici. De toute évidence, les gens assis en face de lui adoraient ce mari, ce fils, ce frère, ce père ou cet ami qu'ils avaient perdu. Harris avait l'esprit de famille, et du succès dans les affaires. Et l'air d'un type vraiment sympa.

Diedrich fut très impressionné par la jeune femme menue que Harris avait épousée. Elle était très belle, malgré son extrême minceur et les cernes qui lui creusaient les yeux. Il lui trouva une force de caractère admirable, dans son refus farouche de se laisser abattre.

– Au cours de cette conversation, se souvient-il, elle eut un passage à vide, lorsqu'elle tenta de m'expliquer quel genre d'homme était Jerry et ce qui le rendait si particulier. Mais, le reste du temps, elle fit preuve d'un calme stupéfiant. Je l'ai tout de suite appréciée. Je compatissais à sa douleur car, sans connaître son mari, je voyais bien qu'elle l'aimait passionnément.

Diedrich écouta plusieurs heures d'affilée les souvenirs, soupçons, théories et arguments de ceux qui gravitaient autour de Jerry Harris. Et il en ressortit avec la quasi-certitude d'être face à un enlèvement.

La participation du FBI était soumise à l'une des deux conditions suivantes : soit l'on soupçonnait un enlèvement ou un meurtre se déroulant sur plusieurs États, soit les autorités locales appelaient à l'aide.

Or, Duke Diedrich n'avait aucun élément probant pour plaider l'enlèvement ou le meurtre.

Le lundi 27 octobre au matin, Diedrich entra dans le bureau de Dick Held, le directeur du bureau de Concord.

– Écoute, Dick, je ne peux pas l'expliquer, mais cette affaire Harris sent le crime à plein nez. J'aimerais enquêter dessus.

Connaissant le flair de Diedrich, Held lui donna son feu vert, mais de manière officieuse.

Sans le savoir encore, Susan venait à cet instant de gagner un allié, un ami, un ange gardien. Ils se rencontreraient au moins une fois par semaine, et elle l'appellerait tous les deux jours. Il n'aurait, la plupart du temps, rien à lui apprendre. Sinon des choses que la prudence lui défendrait de révéler.

La disparition de Jerry Harris restera l'une des affaires les plus marquantes dans la carrière de Duke Diedrich. Des années plus tard, chaque détail lui reviendrait en mémoire comme s'il s'était produit la veille.

Pour l'heure, il avait des tas de choses à découvrir sur l'existence mouvementée et fascinante de Jerry Harris.

À l'approche de Halloween, les maisons alentour se paraient de citrouilles grimaçantes, de fantômes et de sorcières. Si ces décorations ne parvinrent, sur le moment, à assombrir le cauchemar que vivait Susan, elles ne manqueraient pas, les années suivantes, de raviver le souvenir de cette période ô combien macabre.

Au dixième jour sans nouvelles de Jerry, sa famille décida de lancer un avis de recherche, en promettant 25 000 dollars à qui le ramènerait vivant ou livrerait des informations permettant de confondre ses ravisseurs. Les journaux de la baie reprirent cet avis, accompagné du numéro permanent du FBI.

Charles Latting, porte-parole du FBI, nia cependant toute participation officielle des fédéraux.

– Il n'y a eu aucune demande de rançon, souligna-t-il devant la presse. Rien n'indique, à ce jour, qu'il s'agisse d'une affaire criminelle. On sait seulement qu'il a disparu. N'ayant ni demande de rançon ni véhicule, ni suspect, ni cadavre, nous considérons que cette affaire reste du ressort des autorités locales.

En réalité, Duke Diedrich avait bien ouvert une enquête, une semaine plus tôt, mais la position attentiste affichée par sa hiérarchie lui permettait de travailler en toute discrétion.

Désigné porte-parole de la famille Harris, Sandy réfuta vivement devant les caméras l'hypothèse d'une fuite délibérée :

– Les entreprises de mon frère doivent bien lui rapporter dix millions de dollars par an. Vous conviendrez qu'on fait plus déprimant ! Il vient d'acheter une maison d'un million et demi de dollars, et ses affaires sont florissantes. Pourquoi un homme qui s'est défoncé pour en arriver là choisirait-il de tout plaquer du jour au lendemain ? Ça n'a aucun sens.

Le jour de Halloween, la photo de Jerry faisait la une des gazettes de la baie. Le *Mercury News* de San Jose titra : « Un propriétaire de night-clubs disparaît. La famille soupçonne un enlèvement. »

Les reporters fondirent sur Susan à la sortie de la conférence de presse. Mary Jo tenta de protéger sa fille, mais il n'y avait pas lieu de s'inquiéter : c'est tout juste si Susan Harris remarqua la forêt de micros dressés sous son nez et entendit les questions qu'on lui posait. Elle savait que ces journalistes n'avaient que faire de Jerry, qu'ils voulaient juste des images sensationnelles pour le journal télévisé. Et elle n'avait pas l'intention d'entrer dans leur jeu. Sa détresse lui appartenait.

— Comment vous sentez-vous depuis que votre mari a disparu ? lança une jeune reporter de Channel 2.

— Foutez-moi la paix ! répliqua Susan en repoussant le micro. Laissez-moi passer !

Mais elle regretta aussitôt ces paroles. Jerry abhorrait les gros mots, surtout dans la bouche de Susan, et jamais il ne se serait laissé aller de la sorte. À vrai dire, Susan était la première surprise par ses excès, mais l'heure n'était plus aux amabilités. Il fallait retrouver Jerry, et le reste n'était que foutaise.

Sandy s'avança pour répondre aux questions. Interrogé sur d'éventuels problèmes familiaux, il secoua la tête. Il n'en voyait aucun. Non, Jerry Lee Harris était bien le dernier Californien à vouloir tout plaquer. Il menait une existence de rêve. Il avait réussi.

9

Comme les semaines passaient sans le moindre signe de Jerry ou de sa voiture, Susan voulut y voir la preuve qu'il était encore en vie. Autrement, on aurait retrouvé son corps. De même qu'on aurait repéré le coupé Mercedes en cas de vol. Ce type d'engin ne courait pas les rues.

Des centaines d'affichettes fleurirent à travers la baie, portant la photo de Jerry et les indications suivantes :

PERSONNE DISPARUE

JERRY LEE HARRIS
homme blanc, 1,85 m, 90 kg
cheveux bruns, yeux bleus
né le 1/06/42
disparu depuis le 20 octobre 1987
dans le secteur Pleasanton-Fremont

RÉCOMPENSE OFFERTE

Veuillez être attentif au véhicule suivant :
Mercedes Benz 380 SL coupé

année 1982
jaune clair (chamois)
capote marron foncé
immatriculé 2AIGO62

Contacter l'inspecteur Agresta
Bureau du shérif de Contra Costa
Tél. : 415-555-4580
Affaire n° SO 87-26571

Susan tenta d'inventorier les raisons, plus ou moins plausibles, justifiant que Jerry ne l'appelle pas bien qu'il fût sain et sauf. Elle avait lu quelque chose sur ces professeurs d'université et autres neurochirurgiens qui, capitulant devant le stress, partaient sur un coup de tête grossir les rangs des sans-abri. Jerry semblait extrêmement tendu les derniers temps, comme l'avaient remarqué son père et ses frères. Il tentait de mener de front la gestion de ses entreprises, le redressement de l'aciérie paternelle et deux ouvertures de clubs, sans compter le financement de la nouvelle maison. Susan s'en voulait à présent d'avoir jeté son dévolu sur la villa de Blackhawk. C'était peut-être la goutte d'eau qui avait fait déborder le vase.

Peut-être avait-il seulement choisi de faire une pause. Elle se souvenait de cette longue discussion dans le sauna, la veille de sa disparition, quand il lui avait fait promettre de veiller sur sa mère et sa fille en cas de pépin. Et, si jamais il « partait », d'appeler son avocat à l'aide.

– En songeant à la façon dont il m'avait réexpliqué tous ses projets et recommandé de veiller sur

Faye et Tiffany, je me suis demandé s'il n'avait pas eu une idée derrière la tête – s'il n'avait pas prévu de fuir. Puis j'ai songé à une crise d'amnésie. Cela pouvait paraître extravagant, mais il ne fallait rien exclure.

La famille et les amis de Susan craignaient qu'elle ne sombre dans la dépression, voire le surmenage ; elle faisait consciencieusement le tour des clubs et s'attardait au bureau de Jerry pour traiter les dossiers en souffrance.

— Je savais qu'il m'en voudrait s'il rentrait et retrouvait ses entreprises à l'agonie.

Conformément aux instructions de Jerry, elle prit contact avec son avocat, qui parut embarrassé :

— Il ne comprenait pas pourquoi Jerry m'avait dirigée vers lui. Il n'avait rien à me dire.

Susan prétexta un faux rendez-vous à San Francisco pour arpenter les bas-fonds de la ville et scruter les visages qu'elle y croiserait.

— Un jour que Jerry m'avait emmenée choisir mon cadeau de Noël, il était allé au devant d'un de ces miséreux pour lui demander : « Tu pourrais me dépanner d'une pièce ? J'ai un coup de fil important à passer. » L'homme plongea la main dans sa poche, en sortit une pièce, et ce geste suffit pour que Jerry lui tende une liasse de billets en lui souhaitant un bon Noël.

Aujourd'hui, Susan espérait contre toute probabilité que Jerry serait ici, aligné dans la file d'attente de quelque soupe populaire, ou avachi au pied d'un immeuble délabré. Mais elle repartit bredouille.

Cette escapade dans la métropole raviva une foule de souvenirs. La vue du Bay Bridge rappela à Susan un autre « acte de bravoure ». Elle au volant, ils venaient de s'arrêter au péage, quand Jerry lui demanda d'appuyer sur le champignon pour rattraper une voiture qui filait en roue libre. Une minuscule mamie mexicaine courait derrière.

— Je me suis hissée au niveau de la voiture, et Jerry a sauté dedans, enfoncé la pédale de frein, et réussi à l'arrêter. Puis il est remonté en trottinant jusqu'à la vieille dame qui, les larmes aux yeux, répétait « *Gracias, gracias...* » Elle avait dû sortir de sa voiture pour jeter ses pièces dans l'automate du péage, en oubliant de serrer le frein à main.

Susan pensa aussi à tous ceux qu'ils avaient secourus la nuit sur l'autoroute. Jerry était incapable de laisser une femme en rade sur la bande d'arrêt d'urgence.

— Il prenait soin d'allumer le plafonnier de sorte que la femme se rassure en me voyant à ses côtés. Il changeait les roues et offrait de l'essence. Il était très protecteur avec le sexe opposé.

Susan regagna Danville, hantée par l'image persistante de ces pauvres hères aux visages atones. Étaient-ils, eux aussi, attendus quelque part ?

En cette période de Thanksgiving, Susan songeait parfois à ces films où un mari s'en va couler des jours heureux en Europe ou en Océanie en prenant soin de ne laisser aucune trace derrière lui. Elle priait pour que Jerry fût en vie, mais quelle douleur de l'imaginer avec une autre...

Elle se souvint aussi de l'unique fois où il avait émis l'idée de s'enfuir avec elle, à l'époque où le fisc lui cherchait des poux dans la tête. Jerry lui aurait-il caché d'autres soucis ? Était-ce possible qu'il eût quitté le pays sans même lui dire au revoir ? Était-ce pour la protéger qu'il ne lui avait pas tout dit ? Aurait-il fui pour la maintenir en sécurité ?

Elle-même peinait à envisager ce scénario. Mais il permettait au moins de croire Jerry vivant.

Personne, parmi les proches de Susan Harris, ne l'aurait cru capable d'une telle ténacité. Elle s'en était toujours remise aux décisions de Jerry, assumant de bon cœur son rôle d'épouse dévouée. Maintenant qu'il n'était plus là, elle était prête à tout pour le retrouver.

Les signalements d'hommes blancs aux cheveux bruns affluèrent sur le bureau de Linda Agresta, mais aucun ne s'avéra concluant. L'un deux éveilla toutefois quelques espoirs. Un homme ressemblant comme deux gouttes d'eau à Jerry avait été vu à plusieurs reprises dans un saloon de Jackson, Californie, un minuscule hameau sur la route du lac Tahoe. Linda Agresta et Francie Koehler se rendirent sur place, mais ne trouvèrent pas leur homme.

Quand elles rapportèrent cet épisode à Susan, celle-ci choisit de s'y rendre à son tour, munie d'une pile de tracts.

– Je me suis présentée au bureau de poste de Jackson en disant : « Mon mari a disparu. Puis-je afficher cet avis de recherche ? » La postière m'a répondu : « Accrochez-le donc avec les autres. » Je me suis retournée, et j'ai vu des dizaines d'avis analogues punaisés au mur. C'est là que j'ai pris conscience que Jerry n'était pas la seule personne à s'être volatilisée.

Cette équipée fut édifiante à plus d'un titre. Tracts à la main, Susan interrogea les passants, qui répondirent tous par la négative. Excédée, elle demanda à l'un d'eux, en brandissant sa propre photo :
— Et cette femme, vous l'avez déjà vue ?
— Non, répondit l'homme, sans l'ombre d'une hésitation.

C'était à se cogner la tête contre les murs. Abattue, elle afficha le reste des tracts et rentra à la maison.

Linda et Francie lui apprirent par la suite qu'un individu les avait suivies jusqu'à Jackson, puis pendant qu'elles interrogeaient les habitants. Elles avaient réussi à le photographier, et retrouvé son visage dans les archives de la police, mais son casier judiciaire ne révéla aucun lien avec Jerry Harris ni aucune infraction majeure.
— Il s'appelait Willie quelque chose, se souvient Susan. Un nom qui ne m'évoquait rien.

Susan était persuadée depuis le début que Steve Bonilla ne lui disait pas tout ce qu'il savait. Pour autant, elle doutait fort qu'il eût voulu nuire à Jerry : cela revenait à scier la branche sur laquelle il était assis. Jerry pouvait le rendre riche, et Steve était incapable de mener à bien ses propres projets. Même sa mère refusait de lui prêter de l'argent, sauf pour un placement garanti sans risque. Non, Bonilla n'avait aucun intérêt à voir disparaître Jerry Harris. Sans compter que Jerry était l'un de ses rares amis, sinon le seul. Il l'avait pris pour témoin à leur mariage, et convié à chaque cocktail, chaque croisière, chaque dîner de famille. Jerry parti, Bonilla devait se sentir presque aussi désemparé que Susan.

Et pourtant... Bonilla se conduisait de manière étrange depuis que Susan l'avait questionné sur la nuit du 20 octobre. Et cette impression se confirma lorsque Duke Diedrich tenta de l'approcher :

— On m'avait présenté Bonilla comme le meilleur ami de Jerry Harris, se souvient Diedrich. Je l'ai appelé à maintes reprises pour l'interroger dans mon bureau de Concord, mais il trouvait toujours une bonne excuse pour se défiler. Il a fallu que je lui fixe un ultimatum pour qu'il se présente.

Diedrich examina le petit homme bistré et transpirant affalé de l'autre côté du bureau. Il se demanda comment une personne aussi dynamique que Jerry Harris avait pu s'enticher d'un type comme lui. Puis il se souvint que Susan mettait cela sur le compte de la pitié. Ceci expliquait cela.

Diedrich sentit les poils de sa nuque se dresser quand Bonilla lui servit les mêmes propos qu'aux autres :

— Et je n'ai pas revu Jerry après lui avoir montré les bureaux. Je ne sais même pas dans quelle direction il est reparti.

Il mentait. Cela se voyait comme le nez au milieu de la figure. Après des années de métier, Diedrich savait reconnaître un mensonge, et il savait que l'homme assis en face de lui restait délibérément évasif.

— À cet instant, se souviendrait Diedrich, j'ai fait ce que je n'avais jamais osé de toute ma carrière. J'ai fixé Bonilla droit dans les yeux, et j'ai dit :

« C'est vous qui êtes derrière tout ça, Steve. Je sais que vous êtes coupable. Et je finirai par vous coincer. – Allez vous faire foutre, répondit Bonilla. Prouvez-le. – C'est vous qui allez me prouver le contraire. J'ai un détecteur de mensonges prêt à servir. Vous vous y soumettez tout de suite, et vous repartirez lavé de tout soupçon. »

Un technicien se tenait prêt. Mais Steven Bonilla refusa qu'on lui branche les électrodes sur le bras, et quitta le bureau plein de morgue.

Quand Duke lui rapporta l'incident, Susan décida de faire une nouvelle tentative. Steve savait quelque chose, mais quoi ? Si Jerry s'était enfui avec une autre femme, Steve serait nécessairement dans la confidence. Il fallait qu'il parle.

– Je l'ai appelé, en m'efforçant de pleurer pour l'attendrir. Oh, ce n'était pas bien dur : je baignais dans les larmes depuis des semaines.

En dépit de son émotion, Susan procéda avec la même minutie qu'à l'ordinaire, en notant sur son calepin les termes de leur conversation.

– Franchement, Steve, sais-tu ce qui est arrivé à Jerry ? demanda-t-elle d'emblée.

– Non, j'en sais rien. Tout le monde me pose cette question, mais j'ai dit ce que je savais.

– J'ai fait quelque chose ? dit-elle en sanglotant. Je l'ai mis en colère ?

– Mais non, Susan. Il t'aime de tout son cœur.

– J'ai appelé tous les hôpitaux. Tous sans exception...

– C'est une bonne idée.

– Jerry aurait-il évoqué un endroit où il voulait aller ? Un projet de vacances, peut-être ?

– Eh bien, on parlait de faire une virée à Tahoe, à Reno, à Cancún...
– D'accord. Je vais appeler tous les hôpitaux de Tahoe, Reno, Vegas...
– Non ! Pas Vegas. On n'a jamais parlé de Vegas.
– D'accord.
– Si tu as besoin de parler, reprit Bonilla d'une voix douce, tu peux m'appeler quand tu veux, Susan. Même à 4 heures du matin.

Elle raccrocha, médusée. Steve Bonilla l'avait toujours prise de haut, et voilà qu'il se montrait doux comme un agneau. Cette soudaine compassion tenait peut-être au fait qu'il savait où se cachait Jerry – et avec qui. Mais pourquoi avait-il réagi si vivement à l'évocation de Las Vegas ? Avait-elle levé un coin du voile ?

Susan contacta tous les hôpitaux des villes citées par Steve, ainsi que ceux de Las Vegas. Mais aucun n'avait admis de patient susceptible d'être Jerry.

Le quotidien de Susan sombra dans une sinistre routine. Elle renouvelait son stock d'affichettes, s'assurait qu'elles étaient placardées partout. Elle gardait un contact permanent avec Francie Koehler, et tâchait d'entretenir le moral de ses maigres troupes. Car la plupart tenaient désormais Jerry pour mort. Et puis, ce n'était pas le candidat rêvé pour remuer les cœurs. Il ne s'agissait pas d'un gamin sans défense, mais d'un homme majeur et vacciné. De l'avis général, il était soit mort, soit dans les bras d'une autre.

Le supplice d'envisager Jerry auprès d'une maîtresse se transformait peu à peu en espoir. Susan s'efforçait à présent de l'imaginer bronzé et batifolant sur quelque plage de sable fin. Elle préférait encore le savoir infidèle mais en vie que disparu pour toujours. Jerry devait être vivant. Il le fallait.

Quand Susan était seule, la noirceur figée de la nuit devenait une torture. Elle se demandait alors si, au fond, elle connaissait vraiment cet homme qui l'avait arrachée à la vie frugale des campagnes pour lui offrir un monde d'opulence, de faste et d'aventure. Le prince charmant se serait-il lassé de la gentille paysanne ? Leur couple « parfait » avait-il pris l'eau sans qu'elle s'en fût aperçue ?

Elle rejouait les cassettes de Jerry, et succombait à nouveau aux paroles qu'il préférait : « *What now my love ? Now that you've gone ? I'd be a fool to go on and on...* »[1]

Possible qu'elle fût stupide, en effet. Jerry l'avait peut-être bien abandonnée sans adieu ni regret.

Maintenir les affaires à flot était une véritable gageure. Le petit empire de Jerry devait tout à son expérience, à son génie commercial et à son charisme, autant de qualités dont Susan se savait dépourvue. Il fallait bien, pourtant, que quelqu'un s'en occupe. Reconnue curateur des biens de son mari, elle découvrit qu'ils devaient de l'argent à deux cent quatre-vingt-six créanciers, et passa des nuits

---

1. « Et maintenant, mon amour ? Maintenant que tu es partie ? Je serais stupide de m'acharner... » (*N.d.T.*)

blanches à parcourir les comptes pour déterminer le montant de leurs actifs. Il en ressortit que leur situation financière était moins précaire qu'à première vue. Mais ils seraient sur la corde raide pendant plusieurs mois.

10

Les services de police chargés du dossier Harris étaient perplexes, et se demandaient à présent si, acculé par les dettes, Jerry ne s'était pas donné la mort. Mais ses proches ne pouvaient accepter cette thèse. Jerry Harris ne s'avouait jamais vaincu, et son tempérament excluait une telle extrémité. Et puis, d'un point de vue purement pratique, comment aurait-il pu orchestrer son suicide de sorte que son coupé Mercedes et son corps restent si bien cachés ?

La personne la plus farouchement opposée à l'hypothèse d'un départ volontaire était Sandy. Jamais on ne lui ferait croire que Jerry ait pu fuir ses responsabilités. Il n'aurait pas laissé sombrer ses entreprises, pas plus qu'il n'aurait laissé souffrir les siens.

— Et puis, ajoutait Sandy à l'intention de Susan, il t'aimait trop pour te quitter.

En songeant après coup à l'attitude de son fils durant les jours précédant sa disparition, Jim Harris parvint à la conclusion suivante :

— Je pense qu'il craignait pour sa vie. Je suis prêt à parier qu'il avait reçu des menaces de mort.

Mais qui aurait bien pu le menacer ? À moins que Jerry n'eût mené une double vie, personne n'avait la moindre raison de le tuer.

Steve Bonilla, quant à lui, se cantonnait dans sa posture d'ami déconcerté, réitérant interrogatoire après interrogatoire sa version des faits : oui, il avait bien emmené Jerry visiter le parc d'activités de Hacienda, mais chacun était reparti de son côté, et il ignorait où Jerry se rendait ensuite. Il avait seulement supposé qu'il rentrait à la maison.

Malgré l'ambiance anxiogène de la villa, Susan refusait de quitter les murs de Blackhawk. Car c'était le dernier endroit où elle avait vu son mari. Elle savait cependant qu'il faudrait tôt ou tard la revendre, car il deviendrait impossible d'en payer les traites. Mais elle s'accrocherait jusqu'au bout. Elle avait renoncé, en revanche, à dormir dans le lit conjugal.

– J'ai fini par emporter mes draps et mon oreiller dans la penderie, confie-t-elle. L'absence de fenêtre me rassurait. Et puis je m'y sentais plus proche de Jerry, car ses vestes portaient le parfum de son eau de toilette. Là, j'ai retrouvé le sommeil, même si je gardais toujours une oreille sur le téléphone.

La mère de Susan emménagea avec elle. La grande maison rose était trop hostile pour une femme seule, avec ses innombrables portes et baies vitrées. Susan n'avait plus les moyens d'investir dans des rideaux, et Jerry n'avait pas eu le temps d'installer un système d'alarme.

Si Susan se félicitait de la médiatisation entourant la disparition de Jerry, elle découvrit le prix à en payer : leur adresse apparut au détour d'un ou deux articles de presse, ce qui attira nombre de journalistes ou de curieux. Certains allèrent jusqu'à coller leur nez contre les vitres pour l'épier. Susan avait l'impression de vivre derrière une vitrine ou dans un aquarium. Ces gens-là n'avaient-ils donc aucun respect pour son malheur ? Il fallait croire que non. Elle et Jerry étaient devenus de simples attractions. Duke Diedrich lui conseilla de recouvrir ses fenêtres de papier journal.

Mais le harcèlement n'était pas seulement d'origine extérieure : la maison abritait huit oiseaux tropicaux, dont l'un imitait à la perfection la voix de son maître, à quoi un autre répondait en boucle : « Jerry ? Jerry ? »

— J'ai dû me séparer d'eux, se souvient Susan. Ce n'était plus supportable.

Le 21 novembre, Susan avait emmené son père, de passage à Danville, et sa mère dîner au Baritz. Il était un peu plus de minuit lorsqu'ils regagnèrent la maison, située au fond d'une impasse hors de portée des réverbères. Jerry ayant disparu avec l'unique clé du garage, Pete Hannah gara son pick-up sur le petit parking situé en contrebas de la maison. Il restait ensuite à remonter la rue à pied.

Ils marchaient ainsi dans la nuit noire et sourde quand une voiture surgie de nulle part leur fonça droit dessus, phares allumés, à toute allure. Susan eut juste le temps de plonger sur sa mère avant de sentir passer le souffle de l'engin.

— L'un des passagers a crié quelque chose, mais je n'ai pas compris quoi.

En se retournant, Susan vit que son père s'était lui aussi écarté à temps. Elle releva sa mère, étendue sur la gazon, puis le trio courut jusqu'à la porte, que Susan déverrouilla d'une main tremblante. Rien ne justifiait le passage d'une voiture au fond de leur rue, et encore moins à une telle vitesse. Tous trois savaient que le mystérieux chauffard les avait attendus, tapi dans le noir, avec la ferme intention de les renverser.

— L'agresseur fit demi-tour et alla se garer à côté du pick-up de papa, puis mit son autoradio à plein volume. Papa resta planté sur le perron, à contempler la scène.

Un homme sortit de la voiture, et se tourna face à la maison, comme s'il défiait Pete Hannah du regard. On distinguait seulement sa silhouette dans le contre-jour des phares. Susan tressaillit.

— Je ne voulais pas que papa reste là, exposé à tous les dangers. Je l'ai fait rentrer, puis ma mère, qui pourtant ne boit jamais, nous a servi trois whiskies secs.

Ils avertirent immédiatement la police, mais celle-ci ne parut guère alarmée. Elle savait Susan à cran, et voulut voir en cet incident un banal rodéo d'adolescents. Susan protesta : qui choisirait un cul-de-sac pour faire la course ?

L'homme qui était sorti de la voiture avait quelque chose de familier, mais Susan ne pouvait dire quoi. Quand quelqu'un lui demanda : « Pensez-vous qu'il aurait pu s'agir de Jerry ? » elle fut horrifiée. Jerry ne lui aurait jamais fait de mal, elle en était convaincue. Non, cette silhouette qui suait la haine et la violence était celle d'un autre. Mais qui ?

Quand Susan confia cet épisode à Francie, sa détective, il y eut un long silence au bout du fil. Puis Francie prit son souffle :

— Écoute, il y a justement une chose dont je voulais te parler. J'aurais dû le faire avant. Le bureau du shérif a reçu des menaces à ton encontre.

— Quelles menaces ? s'étrangla Susan.

— Elles disent que si tu continues à te mêler des affaires de Jerry, quelqu'un va te régler ton compte. Te renverser. Ce qui vient de se produire correspond mot pour mot à ces menaces.

— Mais pourquoi ne m'as-tu rien dit ?

— J'aurais dû t'en parler, mais on reçoit tellement de coups de fil de ce genre. La plupart proviennent de détraqués, et je ne voulais pas t'effrayer pour rien.

Voilà autre chose, songea Susan. Et que lui cachait-on encore ? Et qui d'autre était à ses trousses ?

Les repères de Susan étaient sens dessus dessous. Sa vie d'autrefois semblait appartenir à une autre.

— Tout était merveilleux et magique avec Jerry. J'étais heureuse. Puis soudain, j'ai basculé dans un univers sombre et hideux. Jusqu'alors, j'avais une vision du monde insouciante et joyeuse. La disparition de Jerry l'a balayée à jamais.

11

Il n'avait pas échappé à Susan que Steve Bonilla se pavanait au Baritz comme s'il en était le propriétaire, alors qu'il ne pouvait, sur le papier, espérer en devenir l'associé avant 1989. Elle n'avait jamais apprécié Steve, ne lui avait jamais fait confiance, et désormais sa simple présence l'horripilait. Il ne se comportait pas comme le ferait un bon ami ; l'absence de Jerry le laissait de marbre. Il rôdait comme un vautour autour d'une charogne encore tiède.

Chacun des clubs était géré par un manager, un assistant et un comptable. De son côté, Jerry avait sa secrétaire personnelle, Molly, et son propre comptable qui enregistrait toutes les opérations. Il y avait également un manager régional, John Jacques, pour chapeauter les équipes des trois établissements. Steve Bonilla n'avait jamais eu accès aux livres de comptes de Jerry. Il n'occupait aucune position dans l'organigramme, ce qui rendait son attitude d'autant plus choquante.

Les employés commencèrent à se plaindre auprès de Susan. M. Bonilla était-il leur nouveau patron ? s'interrogeaient-ils. « Non, mille fois non », répétait-elle inlassablement. À ce jour, leur patron demeurait Jerry Lee Harris, dont elle-même ne faisait qu'assurer l'intérim. Certains réagissaient à ces paroles d'un air sceptique, d'autres avec pitié. Quelques-uns lui confièrent qu'ils croyaient eux aussi au retour de Jerry. Mais tous s'accordaient sur un point : ils refusaient de travailler avec Steven Bonilla.

Susan se souvint comment Steve l'avait prise à part lors du grand dîner organisé quelques jours avant le mariage, et l'avait sommée de rester en dehors des activités de son mari. Maintenant que Jerry n'était plus là, Steve semblait décidé à l'évincer pour de bon.

Susan s'en entretint avec Duke Diedrich.

— Mets-lui la pression, répondit ce dernier de but en blanc.

— Mais comment ?

— Isole-le. Ne lui verse plus un seul dollar. Barre-lui l'entrée des clubs.

Susan suivit ses conseils, mais son sentiment d'insécurité s'en trouva accru. Steve répondait à chacune de ces agressions par la colère.

Le 24 novembre 1987, un huissier déposa chez JLH Enterprises plusieurs documents résultant des poursuites engagées par Steve Bonilla. Figuraient un ordre de comparution devant le tribunal, des mises en demeure, et des ordonnances de référé temporaires à l'encontre de JLH Enterprises, de Susan Harris et de Jerry Lee Harris. Le but de la manœuvre était l'accès à tous les comptes.

Dans les moments de doute ou d'abattement, Susan pouvait toujours compter sur Duke, qui faisait presque partie de la famille. Il l'encourageait à maintenir la pression sur Bonilla et à ne pas lui céder une miette du gâteau. Mais Duke taisait ses propres sentiments, et Susan ignorait ce qu'il pensait vraiment du petit homme, au-delà d'une première impression désastreuse.

Susan cherchait désespérément un avocat pour représenter ses intérêts et ceux de Jerry. Mais pour s'engager dans ce qui s'annonçait comme une interminable bataille juridique, tous exigeaient de solides provisions, or Susan était sans le sou. Jerry n'était pas du genre à posséder un livret d'épargne, et les bénéfices tirés des clubs étaient aussitôt réinvestis.

— On avait un petit éléphant en osier, avec une tête amovible, qui nous servait de tirelire. On y laissait en général quelques milliers de dollars pour les cas d'urgence. Mais nos économies s'arrêtaient là. Les innombrables comptes bancaires de Jerry affichaient tous un solde quasi nul. Jerry n'aimait pas l'argent qui dort.

Et puis, après avoir survécu à une blessure par balle, réchappé à des sables mouvants, et triomphé d'une mer hostile, pourquoi Jerry l'invincible se serait-il encombré d'une assurance vie ?

Susan se rendit au tribunal pour obtenir procuration sur les comptes commerciaux de Jerry, afin de payer les factures courantes jusqu'à son retour.

— Cela m'a été accordé, se souvient-elle. Malheureusement, l'avocat qui avait mené cette démarche mourut subitement deux jours plus tard. J'apprendrais par la suite qu'il souffrait de problèmes cardiaques. Je me suis donc tournée vers l'avocat attitré de Jerry, celui qui était censé m'épauler en cas de pépin. Mais il refusa de me défendre, au motif qu'il tenait trop à la vie ! Je n'en croyais pas mes oreilles. Je nageais en plein thriller. Quelqu'un s'était bel et bien juré de m'abattre, ainsi que toute personne qui se rangerait de mon côté.

C'était comme si Jerry avait mené deux existences parallèles : l'une harmonieuse, heureuse, amoureuse avec Susan, et une autre sombre, occulte, et pleine de danger. Mais quelle que fût l'origine des menaces qui pesaient sur elle, Susan savait que Jerry ne tirait pas les ficelles.

Elle finit par trouver un avocat de San Diego disposé à la défendre. D'après lui, la seule solution était de plaider la faillite personnelle, ce qui, par ricochet, rendrait caduques les poursuites intentées par Bonilla et lui interdirait l'accès aux comptes de JLH Enterprises.

Le 17 décembre 1987, Susan remplit donc une déclaration d'insolvabilité, un geste grave et humiliant pour elle comme pour Jerry, mais elle n'avait pas le choix. Elle déclara un patrimoine de 3,8 millions de dollars, comprenant la maison de Blackhawk, le meublé de Hawaii, une propriété à San Diego, quatre automobiles et la prestigieuse cave de Jerry. Mais cette somme rondelette était à rapporter aux traites de la maison – 8 000 dollars par mois – et aux factures en souffrance qui atteignaient six fois cette somme. « Tous les bénéfices des clubs y passèrent. J'étais endettée à hauteur de 5,5 millions de dollars. J'ai payé plusieurs avocats pour un total de 600 000 dollars, et j'ai réglé toutes les factures. »

Bonilla était fou de rage. Il contre-attaqua en faisant valoir qu'il possédait 40 % du Baritz et qu'il commençait tout juste à engranger des bénéfices lorsque Jerry Harris avait disparu. Il disait avoir placé 150 000 dollars dans ce club en échange d'une rente hebdomadaire de 4 000 dollars. Après le « départ » de Jerry, pour reprendre ses termes, les affaires avaient décliné et les profits fondu comme neige au soleil. En conséquence, il réclamait la nomination d'un administrateur provisoire pour sauver ce qui pouvait l'être. Mais Susan rétorqua que Jerry n'avait jamais considéré Bonilla comme un associé, et l'avocat de San Diego batailla ferme jusqu'à l'annulation de la plainte, pour irrecevabilité.

À la surprise générale, Steve annonça alors la découverte de trois chèques à l'ordre de Jerry Harris datés du 27 octobre, du 10 et du 24 novembre, c'est-à-dire *après* sa disparition. Bien entendu, Susan voulait y croire. Mais Steve évita soigneusement de préciser si ces chèques avaient été encaissés. Selon lui, leur simple existence prouvait que Jerry se planquait.

Même Duke Diedrich se prit à douter de l'intégrité morale de Jerry.

– La plupart du temps, je regrettais de ne pas l'avoir connu. Je suis sûr qu'il avait ses défauts, voire des pratiques un peu limites, mais d'après ce que tout le monde disait de lui, il avait l'air d'être un sacré bonhomme. Et pourtant, il m'arrivait de me demander s'il n'avait pas pris la tangente. Mais je ne l'ai jamais dit à Susan, bien sûr.

Les doutes de Diedrich firent toutefois long feu ; l'amour et la confiance absolue que Susan vouait à Jerry valaient tous les discours.

– Susan était le Cavalier solitaire, estime Duke. Elle m'inspirait, et m'inspire encore un respect sans bornes. Peu de femmes auraient supporté ce qu'elle a enduré. Et jamais elle n'a tourné le dos à Jerry.

Privés du savoir-faire de leur concepteur, les clubs accusèrent une perte de vitesse, malgré la bonne volonté de Susan et ses efforts pour éloigner Bonilla. Mais ce dernier s'accrochait au Baritz comme une moule au rocher. Il avait perdu son entreprise de restauration, puis son enseigne de cookies verts, et la transformation d'Agro-Serve en structure pyramidale ne rencontrait pas le succès escompté. Il ne lui restait plus que les clubs de Jerry, qu'il pensait pouvoir facilement ravir à Susan, cette ravissante idiote qui n'aurait jamais dû quitter sa cambrousse.

La période des fêtes fut un calvaire pour Susan. Les illuminations et les chants de Noël lui arrachaient des larmes de douleur, la sonnerie du téléphone et la sonnette de la porte la faisaient immanquablement bondir. Il lui suffisait de fermer les yeux pour voir son mari remonter le couloir, la prendre dans ses bras et l'embrasser, comme chaque fois qu'il rentrait du travail, puis brandir un paquet coloré de derrière son dos. Dans ces rêves éveillés, Jerry savait toujours expliquer ce qui l'avait retenu et empêché d'appeler depuis presque dix semaines.

Un soir qu'elle rentrait du Hot Rod au volant de sa voiture, l'aiguille de l'autoradio bloquée sur une station de rock and roll pour éviter les ballades déchirantes, elle reconnut soudain le début d'un morceau d'Elvis.

— Sa voix, autrement dit celle de Jerry, se mit à susurrer : « Je serai là pour Noël. » J'ai aussitôt fondu en larmes. C'était comme s'il m'envoyait un message.

Depuis maintenant six ans, l'avent était ce temps où Jerry préparait ses bonnes œuvres, notamment celles destinées à la famille du pompier invalide.

— Ma tâche la plus difficile, se souvient Susan, fut d'appeler ces gens pour leur dire qu'il ne faudrait pas compter sur leur bienfaiteur cette année, car il avait disparu. J'aurais volontiers pris la relève, mais l'état des finances me l'interdisait.

Ce Noël fut le plus sinistre de toute sa vie. Il fallait se rendre à l'évidence : soit Jerry était parti de son plein gré, soit il avait fui sous la menace, soit il était mort. En l'espace de deux mois, Susan avait traversé toutes les phases de la douleur et du bouleversement : le refus, l'invocation du ciel, la colère, la tristesse, et une imagination ravageuse. La fatigue ne suffisait plus à lui procurer du sommeil. Pelotonnée dans la penderie qui semblait avoir accueilli Jerry une heure plus tôt, elle dormait par bribes, par siestes éphémères.

Comme la grande majorité des femmes confrontées à la disparition de l'être aimé, Susan guettait des signes. Lorsqu'elle découvrit que Jerry avait exceptionnellement laissé sa chaîne en or dans son coffre à bijoux, elle en déduisit qu'il comptait venir la récupérer. Parfois, elle le convoquait dans ses rêves pour qu'il lui dicte la marche à suivre.

— Et l'a-t-il fait ? lui demanda-t-on un jour.

— Une seule fois, répondit Susan. C'était au moment où les Hot Rod commençaient à battre de l'aile. Dans mon rêve, j'étais assise sur un tabouret de bar, et Jerry entrait dans le club pour me dire : « Vois-tu, Sue, les affaires vont mal parce que tu as changé la musique. Tu dois renouer avec l'ancienne formule – les vieilleries des *fifties*. » J'ai suivi ce conseil, et le public est revenu en masse.

Un dernier signe l'aidait à croire que Jerry était en vie : le coupé jaune demeurait introuvable.

L'après-midi du 30 décembre, Susan se trouvait dans les locaux de JLH Enterprises pour boucler le bilan de fin d'année, quand le manager du Baritz l'avertit par téléphone que Steve Bonilla avait fait irruption dans le club, flanqué de plusieurs gros bras. Susan se rendit aussitôt au commissariat de San Jose ; une injonction du juge interdisait formellement à Steve Bonilla l'entrée du club. S'il croyait pourvoir s'emparer du Baritz aussi facilement, et à la veille de la plus grosse soirée de l'année, il se fourrait le doigt dans l'œil.

Arrivée sur place à 19 h 30, Susan fila directement au bureau du sous-sol. N'eût été son exaspération, elle aurait sûrement ri du spectacle qui l'attendait : Steve Bonilla assis sur le coffre-fort, tel un corbeau hagard couvant un œuf. Son avocat se tenait près de lui.

– Qu'est-ce que tu fais là ? demanda-t-elle.

– J'attends de pouvoir repartir avec la recette du soir, répondit Steve.

Le pire, c'est qu'il n'avait même pas l'air de plaisanter. Le sang de Susan ne fit qu'un tour. S'attaquer au Baritz, c'était s'attaquer à Jerry.

– Je me suis avancée et j'ai brandi mon alliance sous son nez, pour lui montrer qu'on jouait à deux contre un.

Quelques heures plus tard, elle parvint enfin à joindre son avocat. Entre-temps, elle avait repéré les nervis de Steve, postés stratégiquement à l'intérieur du club. Bonilla les appelait sa « nouvelle équipe d'encadrement ». C'était une véritable tentative de putsch.

Steve était accompagné d'une femme potelée d'environ trente-cinq ans, que Susan n'avait jamais vue. Elle remarqua également une homme coiffé d'une casquette orange, avec une épaisse moustache et des yeux cernés, qui la dévisageait avec insistance. Elle s'apprêtait à lui dire quelque chose quand l'avocat de Steve demanda aux « nouveaux cadres » d'attendre dehors.

Steve avait également amené un serrurier, qui changeait l'un après l'autre les verrous des portes.

— Alors j'ai fait venir mon propre serrurier, raconte Susan, pour qu'il repasse derrière le premier. À la fin de la soirée, ils avaient bien dû changer les serrures de l'établissement trois fois chacun...

Après des heures de palabres stériles, les avocats de Susan se tournèrent vers les policiers de San Jose qui, peu après minuit, reconduisirent gentiment Bonilla et sa suite vers la sortie. Et sans la caisse.

Ce n'était pas l'argent que Susan avait voulu sauver, mais le Baritz, et à travers lui Jerry.

Elle savait que la bataille ne faisait que commencer. Et Duke ne s'était pas trompé en la comparant au Cavalier solitaire. Malgré la fatigue nerveuse et physique, et ce nœud qui lui serrait la gorge en permanence, elle était décidée à se battre jusqu'au bout. Pour Jerry.

Le Baritz et les Hot Rod firent salle comble pour le réveillon de la Saint-Sylvestre. À minuit pile, les disc-jockeys lancèrent le traditionnel *Ce n'est qu'un au revoir*. L'année 1987 avait commencé sous les meilleurs auspices pour Susan et Jerry. Elle s'était achevée dans une terrible solitude. Susan se demanda ce que 1988 lui réservait, et si elle aurait le courage d'y faire face.

DEUXIÈME PARTIE

Janvier 1988

12

Le dimanche 10 janvier 1988, Bruce Cote, l'adjoint au shérif du comté de Washoe, patrouillait dans le désert du Nevada, au nord-est de Reno et de Sparks, là où le lac Pyramid scintille en bordure des canyons comme un tapis de gemmes. Son secteur ne comptait que trois petites villes : Nixon, Sutcliffe, Pyramid, et au nord du lac s'étendait une réserve indienne. En janvier, c'était une promenade des plus solitaire. Il avait parcouru une bonne quarantaine de kilomètres depuis Reno lorsqu'il atteignit sa destination : la boutique Pyramid Lake Store, à l'intérieur de la réserve indienne. Il devait y rencontrer un certain Charles Gardner, un quinquagénaire de Reno qui venait de signaler une curieuse découverte.

Ce matin-là, Gardner s'était aventuré en 4 × 4 dans le secteur de Quail Canyon, à la lisière sud de la réserve. Il était descendu de voiture à un ou deux kilomètres de la Route 445 pour s'adonner à son passe-temps favori : la chasse aux pierres rares. Les fortes pluies des derniers jours avaient creusé des rigoles dans la terre et ramené toutes sortes d'éléments à la surface. Il espérait trouver une belle géode remplie de cristaux, ou d'autres curiosités minéralogiques.

Au bout d'une trentaine de mètres, il aperçut un trou béant qui semblait avoir été creusé par une meute de coyotes. Fendant les broussailles d'armoise, il atteignit le bord de la cavité et se pencha pour l'examiner. Il tressaillit avant même d'avoir identifié ce qu'il voyait. On aurait dit une main.

– Il a quelque chose sous la terre, expliqua-t-il à Cote. Un corps, à mon avis. Je n'ai pas regardé de près. J'ignore si c'est un homme ou une femme, ou même un être humain.

Le lieutenant Donald Means et le lieutenant-chef Ernie Jesch rejoignirent les deux hommes dans la boutique, puis tous quatre repartirent dans le désert à bord du véhicule de Jesch. Ils s'arrêtèrent au bout d'un chemin et continuèrent à pied, balisant le passage de drapeaux orange indiquant : « Scène de crime : interdit au public. » Il était presque 15 heures, et le ciel se couvrait tandis qu'un vent de tous les diables fouettait leurs visages et manquait de les déséquilibrer. Les drapeaux plastifiés sifflaient, retenus par les piquets en bois plantés dans le sol.

La première chose que virent les policiers fut une paire de mains émergeant de la terre. Un bras et une jambe saillaient sous la poussière, qui ne laissaient aucun doute quant à la nature du cadavre. La jambe était entièrement décharnée, dévorée par les animaux, mais le bras semblait intact, protégé par la manche de ce qui semblait être un blouson de cuir marron.

Craignant une tempête de neige imminente, Don Means appela sur-le-champ une équipe de recherche pour inspecter les abords du trou. Les sergents Muhl et Barnes ainsi que le photographe Dave Billau arrivèrent rapidement et se mirent au travail.

Les autorités du comté de Washoe appliquèrent la procédure classique en cas de découverte de corps : la cause du décès étant inconnue, elles partirent du principe qu'il s'agissait d'un homicide. La zone fut donc bouclée, la nationale 445 fermée, et les individus présents dans le périmètre dûment interrogés. À l'évidence, la mort remontait à plusieurs semaines, voire plusieurs mois, pendant lesquels des dizaines de personnes avaient pu traverser le secteur. Mais il ne fallait rien laisser au hasard. Trois hommes dans une voiture déclarèrent, d'un air gêné, qu'ils étaient seulement venus se promener. Cote ne les laissa partir qu'après avoir relevé leur identité.

Dans les dernières lueurs du jour, les enquêteurs mirent la main sur quelques éléments matériels : des lambeaux de tissu terreux, une poche de pantalon arrachée, et trois billets de banque pliés, dont l'un renfermait une pièce de monnaie.

La machine était lancée – la reconstitution d'une mort isolée. Les statistiques estiment à 10 % la part des homicides dans les cas de morts mystérieuses, ce qui est à la fois peu et beaucoup. Enquêteurs et médecins légistes bombardent de questions muettes ces cadavres qui leur arrivent sans prévenir, sans nom et, souvent, sans cause de décès connue.

– Qui es-tu ?
– Quand as-tu été blessé, ou quand es-tu tombé malade ?
– Quand es-tu décédé ?
– Où as-tu été blessé et où es-tu décédé ?

– Était-ce une mort violente ou naturelle ?
– Était-ce un suicide, un accident, un meurtre ?
– Si c'est un meurtre, qui l'a commis ?

Ces experts se prennent souvent d'affection pour la victime. Ils ont appris à voir l'être humain qui se cache derrière un squelette ou un cadavre en décomposition. Un être qui vivait, respirait, avait une personnalité, une histoire et, peut-être, des proches qui l'aimaient ou l'attendaient quelque part. Au terme de leur minutieux travail de reconstitution, ils en savent souvent plus sur le défunt que sur nombre de leurs amis.

À la tombée de la nuit, le criblage de la zone n'avait rien révélé de plus, hormis un paquet de Marlboro désagrégé et une vieille douille de calibre 38. Était-elle liée au corps retrouvé ? Avait-elle seulement servi à chasser le coyote ou à tirer des canettes ? Trop tôt pour le dire.

Les recherches reprendraient à l'aube. On tendit une bâche sur le cadavre anonyme, et des policiers se relayèrent pour monter la garde sous les huées d'un vent cinglant.

C'est à 9 h 45 le lendemain matin que l'équipe de la veille, augmentée de Vernon McCarty, le coroner du comté de Washoe, et du criminologiste Ed Shipp, entreprirent la délicate exhumation du corps. Ils commencèrent par creuser la terre du bout des doigts autour de la tête et des pieds, s'aidant par moments de petits bâtons pour fendre les blocs trop fermes. Puis, lorsqu'ils eurent discerné la position exacte du corps, ils continuèrent à la pelle en prenant soin de ne pas le griffer. Il fallut trois bonnes heures avant que la dépouille puisse être transférée dans un sac.

Donald Means et Ed Shipp approfondirent le trou d'une trentaine de centimètres encore, et la terre recueillie fut passée au tamis de 6 mm, qui retint quelques lambeaux de tissu et un bouton bleu. Donald Means isola de son côté un billet de 50 dollars dont l'extrémité semblait mordillée. La victime ne portait qu'une chaussure, et l'on ne retrouva aucun portefeuille à son côté.

Assailli par les journalistes de San Diego, Glen Barnes, le shérif du comté de Washoe, déclara que l'état de décomposition du corps ne permettait pas, pour l'instant, d'indiquer la cause du décès ni même le sexe du défunt. Il refusa de préciser si le cadavre portait des vêtements et si l'on avait recueilli des indices. Les reporters ne furent pas autorisés à franchir le périmètre de sécurité.

Le mardi 12 janvier au matin, le médecin légiste Denis Mackey entama l'autopsie du corps, en présence du coroner McCarty, du coroner-adjoint Barry Moskowitz et des criminologistes Rich Burger et Ed Shipp. Mackey établit que le corps était celui d'un homme âgé entre trente-cinq et quarante-cinq ans, aux cheveux châtain foncé légèrement grisonnants, mesurant entre 1,84 m et 1,87 m et de corpulence moyenne.

L'individu portait des vêtements de qualité, qui furent répertoriés un à un : une chaussure marron clair de la marque Aero, taille 44, des chaussettes beiges, un pantalon ocre signé John Alexander, une chemise de popeline blanche à manches longues, un slip Nordstrom, un blouson de cuir marron Piel De

Becerro à fermeture Éclair et doublure noire, et une ceinture en cuir marron.

Ses doigts n'étaient pas bagués, mais il portait une sorte de médaillon encroûté de terre, suspendu à une chaîne en or. Un nettoyage aux ultrasons montra qu'il s'agissait d'une pièce de monnaie de 1891, frappée d'une tête d'Indien et montée sur un disque de métal jaune.

Chargé d'ensacher et d'étiqueter les vêtements, Shipp remarqua une liasse de papiers humide et chiffonnée dans la poche intérieure du blouson. Il distingua l'empreinte délavée d'une écriture, mais ne parvint pas à la déchiffrer. Il mit la liasse de côté en vue de la faire analyser au laboratoire par son collègue Floyd Whiting.

Comme la jambe gauche, l'estomac avait été dévoré, si bien qu'on ne put en examiner le contenu. En revanche, Mackey découvrit, logée derrière l'abdomen droit, tout près de la colonne vertébrale, une balle de calibre 22. Curieusement, l'objet semblait beaucoup trop vieux pour avoir été tiré au cours des derniers mois. D'autant qu'il n'y avait aucune trace d'hémorragie. Puis il repéra une longue cicatrice au niveau de l'aine et en déduisit que la balle se trouvait là depuis des années. Mackey remarqua ensuite un bout d'adhésif de 2 ou 3 cm de long collé derrière le crâne. La balle et le morceau d'adhésif furent tous deux consignés dans des sachets.

Puis on lava le corps et, à mesure que se dispersait la boue, il devint évident que seules la dentition ou les empreintes digitales permettraient d'identifier le corps.

Le Dr Marckey procéda à un examen interne plus poussé, mais n'en apprit pas davantage sur la cause du décès. La piste criminelle demeurait cependant la plus probable. Le corps avait été enterré assez profondément dans un coin de désert peu propice aux excursions, et on n'avait retrouvé aucun véhicule à proximité. Il semblait acquis que cet homme ne s'était pas rendu à Pyramid Lake de son plein gré. Quelqu'un l'y avait emmené. Soit il était mort là-bas, soit il était mort avant, ailleurs. Mais où ?

La première chose à faire était de contacter les autorités du Nevada et des États voisins pour confronter cette découverte aux signalements de disparus. Ensuite, il faudrait interroger les ordinateurs du Centre national d'information criminelle.

Tom Moots et Mike Keelly étaient tous deux chargés des personnes disparues, le premier à la division d'Enquêtes du Nevada, le second au département de la Justice de Californie. L'un et l'autre commencèrent à parcourir leurs piles de dossiers pour isoler les « candidats » possibles, c'est-à-dire tous les hommes blancs d'âge moyen portant des vêtements de marque et une pièce de monnaie montée en pendentif.

Comme il s'y attendait, l'inspecteur Don Means vit déferler les signalements sur son bureau. Certains étaient trop récents, tel celui d'un habitant de Battle Mountain, dans le Nevada, disparu depuis le 1er janvier 1988. D'autres soulevèrent de faux espoirs, comme cet homme qui avait le bon profil mais dont on apprit, après vérification, qu'il avait retrouvé les siens sans que personne ne pense à en informer la police. D'autres encore achoppèrent sur la question de la dentition : une femme de Sparks était ainsi persuadée d'avoir reconnu son cousin, sauf que ce dernier portait un dentier, alors que l'inconnu du désert avait encore ses dents, protégées par des couronnes en or et un bridge. À cela s'ajoutèrent enfin des signalements tout à fait hors sujet. Ainsi celui d'un individu portant de longs cheveux noirs, mesurant 2,05 m, et pesant 140 kg.

La police criminelle croit beaucoup à la « règle des quarante-huit » : quand un homicide n'est pas élucidé dans les quarante-huit heures, la probabilité qu'il le soit un jour diminue proportionnellement au temps qui passe. À l'heure qu'il était, celui ou ceux qui avaient laissé cet homme au milieu du désert pouvaient se trouver à l'autre bout de la planète. Manque de chance, de fortes chutes de neige interrompirent les fouilles pendant plusieurs jours. Le lieutenant-chef Jesch dut attendre le 24 janvier pour déployer l'équipe de recherche, la brigade d'intervention rapide, l'escadron de Jeeps et la police montée de Washoe pour ratisser le désert dans un rayon de deux kilomètres autour de la cavité, dont l'intérieur et les abords immédiats furent passés au détecteur de métaux.

À la fin de cette longue journée, on avait glané plusieurs indices potentiels, bien qu'aucun ne permît encore de crier victoire. Une plaque minéralogique du Nevada bordée d'adhésif noir, un pièce de monnaie, quelques lambeaux de vêtements, une feuille de journal datée du 16 mars 1987, une page d'un livre de géologie, et un ruban de cassette audio qui s'avéra inaudible.

Le lieu d'un crime renferme toujours des indices cruciaux, ainsi qu'une multitude d'objets sans utilité. Le problème tient précisément au fait qu'il est impossible, sur le moment, de faire le tri. Alors chaque pièce est soigneusement enregistrée et conservée comme s'il s'agissait d'un trésor.

Ce soir-là, les doigts fourbus de Donald Means tapèrent sur son clavier : « L'enquête continue. »

13

Usant de toutes les armes juridiques à sa disposition, Susan jouait la montre pour garder la maison de Blackhawk. Mais ce n'était rien comparé aux efforts nécessaires pour maintenir les night-clubs à flot. À la cupidité de Steve Bonilla s'ajoutait désormais la convoitise d'investisseurs texans, de grands rustauds en santiags qui lui parlaient comme à une petite fille.

– Ils me prenaient pour une gourde, se souvient-elle. Ils se sont installés dans un club et m'ont invitée à leur table pour me dire : « Je vous préviens, ma petite dame, ceci est bien trop lourd pour vos frêles épaules. Vous ne tiendrez pas deux mois. – On en reparlera dans six mois ! » ai-je répondu avant de les envoyer au diable. Préserver les clubs était ma façon à moi de garder espoir. Je voulais que Jerry soit fier de moi à son retour. Je devais défendre sa réputation, ses engagements, ses créations. En poussant la porte du Hot Rod d'Alameda, j'entendais les chansons d'Elvis, je reniflais l'odeur des cuisines, et je sentais la présence de Jerry. Préserver les clubs, c'était sauver Jerry, et c'était me sauver moi-même.

Susan n'ignorait pas que les employés du Baritz et des Hot Rod se plaignaient de son impatience et de son acrimonie. Mais elle avait l'impression que tout se liguait contre elle. Un soir, une voiture s'encastra dans la devanture du Hot Rod de Fremont. Le club dut fermer pendant la durée des travaux.

– Puis quelqu'un s'est mis à me bombarder de plaintes, notamment au sujet du Baritz. J'ai eu droit aux inspections de l'Alcoholic Beverage Control, de la brigade des mœurs, des pompiers et des affaires sanitaires. Tout était parfaitement en règle, mais quelqu'un prenait un malin plaisir à me harceler.

Cela faisait déjà quatre mois que Jerry s'était volatilisé sans laisser de trace. Mais le combat continuait. Susan déjeunait avec Duke une fois par semaine. Elle lui faisait part de ses dernières cogitations, et lui veillait à ne pas briser ses espoirs – à supposer que ce fût possible. Duke était comme un grand frère, un allié dans un monde hostile. Il insistait pour qu'elle ne cède pas un pouce de terrain à Bonilla, et elle l'écoutait. À chaque étape de sa longue et complexe procédure de faillite, elle s'assurait que Duke recevait copie des documents.

Judy Boy, la tante de Susan, était sergent de police à Albany, Californie. Des années de métier lui avaient enseigné le réalisme, et pour elle Jerry était probablement mort depuis longtemps. Après bien des hésitations, elle estima en son devoir de préparer sa nièce à l'inévitable. Mais Susan ne voulut rien entendre, et monta sur ses grands chevaux chaque fois que sa tante émit l'idée que Jerry ne rentrerait peut-être jamais.

Judy ne s'en formalisa pas. Elle comprenait.

À presque cinq cents kilomètres de là, un corps sans nom attendait à l'institut médico-légal du comté de Washoe. Pour les enquêteurs, il semblait écrit que ce corps devait être trouvé un jour. Car aussi affamés fussent-ils, les coyotes ne l'auraient jamais découvert si les pluies diluviennes ne l'avaient remonté en surface.

Ce cadavre portait à quatre le nombre d'homicides constatés dans le comté de Washoe depuis le début de l'année. Deux victimes avaient été retrouvées dans des motels de Reno – une femme de quarante-neuf ans lardée de coups de couteau et un homme originaire de l'État de Washington mort dans des conditions obscures –, et un pharmacien de Reno avait été abattu à son domicile par des cambrioleurs. Si aucun lien ne semblait réunir ces quatre décès, ils ne laissaient guère augurer d'une baisse de la criminalité en 1988.

Comme il continuait de consulter le fichier informatique des disparitions, le lieutenant Donald Means s'arrêta sur le nom de Jerry Lee Harris. Celui-ci avait disparu du secteur Contra Costa-Alameda, au sud de San Francisco, à la fin octobre 1987. Sa description générale correspondait à l'inconnu de Washoe. Alors, comme il l'avait déjà fait pour des dizaines d'hommes, Means demanda un relevé de dentition et les empreintes digitales de ce Harris.

Le FBI allait mettre pratiquement un mois avant d'établir formellement l'identité du corps retrouvé à proximité de Pyramid Lake, en constatant que ses empreintes digitales étaient bien celles de Jerry Lee Harris.

Il ne rentrerait plus.

Le soir du dimanche 14 février, jour de la Saint-Valentin, Susan ne pouvait fermer l'œil. Les week-ends s'écoulaient dans une lenteur accablante, qui la précipitait dans un tourbillon de questions sans réponses. Elle se leva, fit les cent pas devant les baies vitrées qui encadraient la nuit, et décida qu'elle n'en pouvait plus d'attendre.

— Je suis restée debout toute la nuit, à implorer le ciel.

Le mardi suivant, elle dérogea à ses habitudes en n'allant pas travailler. Elle conversa longuement au téléphone avec sa tante Judy, qui se montra plus catégorique que jamais : Susan devait se préparer au pire.

— Ce mardi 16 février fut une étrange journée, se souvient Susan. Judy me dit : « Je pense qu'il est mort, Susan. On ne retrouva peut-être jamais le corps. Tu dois l'accepter et tourner la page. »

Pour la première fois, Susan se sentit gagnée par les prémices d'une triste résignation.

Peu après 11 heures ce matin-là, Susan vit une voiture s'arrêter dans l'allée. Linda Agresta et Francie Koehler en descendirent, puis s'avancèrent vers la porte, d'un pas excessivement lent. Quand Susan se résolut à ouvrir, elle savait qu'elle franchissait le point de non-retour.

Linda Agresta venait accomplir ce que les policiers redoutent le plus : annoncer le décès d'un conjoint.

Susan refusa d'y croire, cherchant aussitôt les failles dans le verdict :

— Qu'en savez-vous ? Je veux le voir !

Linda expliqua doucement que ce ne serait pas possible.

— Comment pouvez-vous en être sûre ? insista

Susan, qui ne pouvait imaginer Jerry croupissant pendant des mois dans un désert dont elle n'avait jamais entendu parler.

Linda évoqua les empreintes digitales, expliqua que les doigts se décomposaient souvent moins vite que le reste du corps, et que les experts avaient pu prélever des empreintes sous la première couche de peau. Elles correspondaient parfaitement à celles de Jerry.

L'horreur dépassait ses pires cauchemars. Susan s'effondra dans les bras de sa mère.

Duke appela quelques minutes plus tard. Elle se redressa sur le canapé et empoigna le téléphone :

— Tu vas les coincer, Duke ?

Il y eut un long silence au bout de la ligne. Susan entendit Duke prendre une longue inspiration. Elle le connaissait assez pour savoir qu'il ne promettait jamais rien à la légère. Ce silence de quelques secondes lui parut interminable. Il finit par s'éclaircir la gorge.

— Oui, je les coincerai, affirma-t-il.

— Tu me le promets ?

— Oui, Susan. Je te le promets. Je les aurai.

Susan regagna la chambre du couple, et s'enferma pendant vingt-quatre heures dans la penderie, au milieu des vêtements de Jerry. Il ne reviendrait pas. Inutile désormais de lui chercher des excuses ou d'envoyer du monde à sa recherche. On l'avait retrouvé.

Et il était mort.

C'est une nouvelle femme qui ressortit de la

chambre. Elle n'avait pas trente ans, et elle était déjà veuve. Elle ne s'accorderait aucun répit tant qu'elle n'aurait pas découvert et fait punir ceux qui avaient fait ça.

Duke Diedrich avait planché sur la disparition de Jerry Harris depuis le début, en liaison avec les autorités de Pleasanton et du comté de Contra Costa. La participation du FBI à l'enquête prenait désormais tout son sens, puisque la victime avait bien franchi la frontière de son État. La règle générale, en pareille situation, veut que l'affaire revienne au service de police du lieu du crime. Mais comment trancher cette question ? Aucun spécialiste ne pouvait affirmer quand ni où Jerry Harris avait péri, s'il avait été enlevé puis tué à Pyramid Lake, ou tué d'abord et emmené là-bas ensuite. En revanche, tous s'accordaient à dire qu'il avait bien été assassiné. Il n'avait pas pu s'ensevelir tout seul.

Si la disparition et le meurtre de Jerry Harris n'étaient, aux yeux des enquêteurs, qu'une affaire de plus à traiter, cela représentait davantage pour Duke. Il avait promis à une ravissante jeune femme meurtrie dans sa chair d'arrêter les assassins de son mari. Une telle promesse frôlait l'inconscience, mais Duke n'avait qu'une parole.

Les époux Diedrich emmenèrent Susan au bowling, l'invitèrent à dîner avec leurs amis. Elle devint un membre de la famille à part entière, et reçut des trésors d'attention. Mais Duke ne pouvait lui offrir ce qu'elle souhaitait le plus au monde. Des réponses.

Il faudrait tout le talent des meilleurs enquêteurs de trois États, et presque une année de travail, depuis la nuit où Jerry avait disparu, pour appréhender le premier suspect. Resterait ensuite à maîtriser l'onde de choc...

14

Le corps de Jerry Harris ayant été retrouvé dans le comté de Washoe, Nevada, c'est d'abord à cette juridiction qu'il revint d'élucider le meurtre. Le sergent Jim Lopey prit la tête de l'enquête. Face aux journalistes, notamment californiens, qui le pressaient de questions, il se montra aussi courtois que vague : Harris était mort « depuis un certain temps », on n'avait aucun résultat d'autopsie à communiquer, et des enquêteurs étaient « actuellement en mission dans la baie pour identifier les associés de Harris comme tous ceux qui étaient en relation avec lui sur le plan professionnel ».

Susan Harris avait accepté le décès de Jerry. À moins de sombrer dans la folie, elle n'avait guère le choix.

– Dit comme ça, je sais que ça peut paraître choquant, mais ce fut presque plus facile de savoir Jerry mort, confesse-t-elle.

Et d'ajouter, dans un sourire :

– Jerry était toujours attendu quelque part, et toujours en retard. C'était devenu un sujet de plaisanterie entre nous, et je lui disais souvent : « Même à ton enterrement, tu arriveras en retard. » On peut dire que ça n'a pas loupé.

Quand vint l'heure de préparer les obsèques, Susan se souvint de la promesse qu'il lui avait arrachée un jour. Pour des raisons évidentes, sa dépouille ne serait pas exposée pour un dernier adieu, et Susan ne put dessiner un sourire sur ses lèvres. Mais elle obtint, malgré la stupeur du directeur des pompes funèbres, qu'une bouteille de Silver Oak Cabernet fût glissée dans le cercueil.

L'enterrement eut lieu le 20 février 1988, à Medford, dans une ambiance tendue. Plusieurs hommes étaient armés dans l'assistance, à cause des menaces qui pesaient sur Susan. Les coups de fil anonymes et les mystérieux chauffards prouvaient que certains voulaient la voir morte.

Ce jour-là, un homme brilla par son absence. Celui qui se disait le meilleur ami de Jerry. Steve Bonilla.

À la fin février, les enquêteurs tendaient à croire que le meurtre lui-même avait été commis à Pleasanton. Mais les autorités locales s'avouèrent impuissantes, en termes d'effectifs, à mener à bien ce qui s'annonçait comme une enquête sans précédent dans l'histoire de cette petite ville. Des ramifications avec le Nevada et le sud de la Californie s'étaient fait jour, et l'on soupçonnait l'existence de complices dans d'autres États. Une cellule spéciale fut donc constituée, réunissant des policiers des différentes juridictions concernées. Le lieutenant Gary Tollefson et l'inspecteur Mark Allen représentèrent la police de Pleasanton. Le FBI détacha Duke Diedrich ainsi que trois hommes du bureau de San Jose : Tom Westin, expert en techniques d'écoute et de filmage, et deux agents spécialisés dans le crime organisé, Jo Chiaramonte et Quentin Smith, pour examiner l'affaire des palmiers. De son côté, l'Unité d'opérations spéciales du comté d'Alameda, qui désignait des tandems procureur-inspecteur sur les dossiers sensibles (meurtres inexpliqués, bavures, etc.), dépêcha l'adjoint du district attorney Jon Goodfellow et son partenaire attitré, John Whitson. Enfin, le sergent Jim Lopey et ses enquêteurs de Washoe se joignirent au groupe, qui se verrait ponctuellement renforcé par des enquêteurs d'autres services ou des policiers en tenue.

Si la guerre des services n'est pas rare dans les grandes affaires d'homicide, la « cellule Harris » saurait d'un bout à l'autre éviter cet écueil. Tous ces hommes travaillèrent en parfaite solidarité, dans un climat d'estime mutuelle qui perdure aujourd'hui.

La Mercedes jaune fut retrouvée le 23 février, dans le parking de longue durée de l'aéroport de Sacramento. Curieusement, elle ne présentait, pincée sous l'essuie-glace, qu'une seule amende pour dépassement de durée. La contravention jaunie indiquait que le véhicule stationnait là depuis la nuit du 20 au 21 octobre 1987, c'est-à-dire la nuit de la disparition. Quatre mois pour retrouver un coupé jaune Mercedes... Ce n'était guère brillant.

L'inspecteur Bob White, du bureau du shérif de Sacramento, déclara :

– Vous voulez faire croire qu'un individu a quitté la ville ? Premier conseil : abandonnez sa voiture à l'aéroport.

Force était de constater que la diversion n'avait pas pris. Mais la découverte du coupé souleva une autre question. L'aéroport de Sacramento se trouvait en bordure de l'autoroute 80, qui remontait ensuite en quasi-ligne droite jusqu'à Reno, Nevada. Jerry aurait-il garé sa voiture à l'aéroport pour retrouver une personne en partance pour Reno ?

Cela paraissait peu plausible. Jerry ne se rendait nulle part sans en informer Susan. Autrement dit, à supposer qu'il fût en vie lorsque sa voiture avait gagné l'aéroport, tout indiquait qu'il n'avait pas choisi sa destination suivante.

Le sergent de Washoe, Jim Lopey, envoya deux agents, Leonard Iljana et Dave Butko, en mission dans la baie. En application de la procédure, la première personne qu'ils souhaitaient interroger n'était autre que Susan Harris. Jerry Harris n'ayant pas laissé de testament, tous ses biens revenaient à sa veuve. Or un meurtre est rarement commis au hasard ou sans mobile, et le coupable appartient souvent à l'entourage professionnel ou privé de la victime.

Personne n'était plus proche de Jerry Lee Harris que sa veuve qui, à première vue, paraissait hériter d'un patrimoine de plusieurs millions de dollars composé de maisons, de night-clubs, d'automobiles, et de vins prestigieux. Pire, elle avait dix-huit ans de moins que lui. Autant dire que, dans un roman policier ou, en l'occurrence, dans le monde réel, elle était le suspect numéro un. Les policiers du Nevada ignoraient encore que l'héritage de Susan se résumait à une montagne de dettes de l'ordre de deux millions de dollars.

Iljana et Butko la questionnèrent pendant des heures. D'abord surprise, elle se glaça en comprenant qu'ils la soupçonnaient, elle, d'avoir tué son mari !

— Ils m'infligeaient une telle pression que j'aurais tout de suite avoué si j'avais eu quelque chose à me reprocher. Puis Duke est arrivé et j'ai pu souffler.

« De ce jour, j'ai commencé à me sentir effectivement coupable. La veille de se rendre à SteelFab, Jerry m'avait proposé de l'accompagner, et d'ordinaire je le suivais dans tous ses déplacements. Mais on venait d'emménager, et je préférais continuer de vider les cartons.

Si Susan fut rapidement rayée de la liste des suspects, ce sentiment de culpabilité ne la quitterait jamais plus.

La promesse qu'avait faite Duke Diedrich d'arrêter Bonilla ne semblait guère émouvoir ce dernier, qui ignorait par ailleurs qu'on épluchait ses antécédents. Intensifiant sa lutte pour s'emparer des clubs de Jerry, il contesta la légitimité de Susan à la tête du Baritz, demanda un audit complet des comptes depuis octobre 1986, et réclama une compensation financière ainsi que des dommages-intérêts et le remboursement des frais de justice s'il s'avérait que JLH lui devait de l'argent. Il ajouta que Jerry avait détourné plus de 159 293 dollars pour son propre compte ou vers d'autres structures.

— Je cherche seulement à obtenir ce qui m'est dû, argua-t-il. Et je tiens à m'expliquer devant un juge.

Duke Diedrich aussi rêvait de le voir s'expliquer devant un juge. Mais dans un tout autre procès. Si ce type n'avait rien à se reprocher, alors il cachait drôlement bien son jeu.

Bonilla refusa de se soumettre aux questions des policiers de Washoe. Mais cela pouvait attendre. La cellule d'investigation était suffisamment occupée à reconstituer sa biographie.

Steven était l'aîné de deux enfants. Sa sœur, de huit ans plus jeune, souffrait de paralysie cérébrale. Ses parents, Ella et Primo Bonilla, avaient amassé une petite fortune en investissant dans des bars, des ranches et divers commerces de détail. Steve possédait son brevet de pilote. Il avait été marié deux fois, et ses ex-femmes se montraient beaucoup moins élogieuses à son égard que celles de Jerry à l'endroit de leur ex-mari. Les enquêteurs auraient plus de mal à localiser Flora, sa première femme, que Ginger, la seconde, qu'ils rencontrèrent le 4 mars 1988.

À trente-huit ans, Ginger Bonilla était employée de banque dans le sud de la Californie. C'était une femme pétulante dotée d'un rire tonitruant. Elle mesurait 1,86 m, ce qui signifiait que même avec des talons plats elle dépassait son ex-mari d'une tête. Elle était solidement charpentée sans être obèse, séduisante sans être magnifique.

Elle expliqua qu'elle gérait un complexe d'appartements lorsqu'elle avait rencontré Steve, en 1978.

– Je cherchais un emploi à temps partiel en soirée, confia-t-elle. J'avais une expérience de serveuse, alors j'ai postulé au bar de Steven Bonilla, le Fox and Hounds de Cupertino, et j'ai été embauchée.

Ginger et Steve se marièrent en janvier 1979. Steve lui apprit qu'il avait dirigé une entreprise de restauration, Independent Caterers, dévastée par un incendie en février 1978, six mois avant leur rencontre. Son associé dans Independent Caterers s'appelait Tip Blume. Steve et Tip étaient si proches qu'après avoir divorcé du premier, Flora (la première femme de Steve) avait aussitôt épousé le second. Ginger ajouta que Tip Blume venait régulièrement déposer les deux filles de Steve et de Flora pour le week-end.

La seconde Mme Steven Bonilla était une mine d'informations sur son ex-mari. Certaines provenaient de ce qu'il lui avait dit, d'autres de ses propres observations.

Steve lui avait avoué que l'incendie d'Independent Caterers n'était pas tout à fait accidentel.

– Il m'a dit qu'il avait programmé un embrasement limité, mais que l'affaire avait dégénéré.

Ginger doutait cependant que Steve eût lui-même craqué les allumettes. Il avait des amis pour ça :

– Steve m'avait parlé d'une bande de types, du genre motards. Il avait toujours soif d'argent, et il lui en fallait pour un projet quelconque. Il espérait toucher l'assurance.

Sitôt cet espoir concrétisé, Bonilla acheta le Fox and Hounds, et cet empressement alerta les autorités. Ginger pensait toutefois qu'il avait acquis le bar non grâce à l'indemnisation du sinistre, mais grâce à un prêt de son père. D'origine modeste – Primo avait été charpentier et Ella employée dans un grand magasin –, les parents Bonilla avaient mené une vie frugale jusqu'à pouvoir investir dans un ranch de six hectares à Watsonville – destiné à leur fils – et un bar, le Rumpus Lounge, à Mountain View. Au début de 1980, on diagnostiqua chez Primo un cancer du cerveau, qui l'emporta en mai de la même année, soit un mois après que Ginger eut donné naissance à un fils. Steve fut alors contraint de revendre le Rumpus Room suite à une âpre bataille financière contre Flora, à qui il vouerait dès lors une haine farouche. Passait encore qu'elle le quitte pour un autre homme, mais qu'elle le déleste de plus d'argent qu'elle ne méritait, il ne pouvait l'accepter. Il en était venu à croire que Flora et Tip Blume s'étaient juré de le plumer.

Ginger avait elle aussi connu un mariage mouvementé. Après une première année heureuse – entre les disputes –, elle mesura toute la perversité de Steve. Plus il perdait d'argent, et plus il était méchant.

– Je l'ai quitté au début du mois de juin 1980, et j'ai passé un an à faire la navette entre mes parents à Los Angeles et notre maison de San Jose, pour finalement revenir en juin 1981.

À l'heure où les époux Bonilla se réconciliaient, Susan Hannah et Jerry Harris s'éprenaient l'un de l'autre.

Quand les enquêteurs demandèrent à Ginger ce qui l'avait décidée à quitter Steve en 1980, elle répondit qu'il était devenu « complètement imprévisible et dangereux ».

– C'est-à-dire ? demanda Iljana.

– On aurait dit qu'il avait perdu la tête. Il avait fait cambrioler la maison de sa mère. Et, après mon départ, la nôtre l'a été à deux reprises.

– Expliquez-nous ça, dit le policier en ouvrant de grands yeux.

– C'était un soir, après une longue journée passée au ranch avec Steve, sa mère, sa sœur et le bébé. Nous avons fait une heure et demie de route pour regagner Mountain View. Je venais d'accoucher et j'étais épuisée. J'avais hâte de rentrer pour coucher notre fils et me mettre au lit. Mais Steve a protesté : « Non, tu viens dîner avec nous. » J'ai répondu que je n'avais pas faim et que j'étais fatiguée. Arrivés à la maison, il m'agrippe la gorge et me plaque contre le mur en disant : « Tu vas venir avec nous, ou tu sais ce qui t'attend... » Alors nous sommes allés au restaurant tous ensemble, puis nous avons raccompagné sa mère chez elle. Sitôt arrivés là-bas, Steve a sauté de la voiture et s'est précipité dans la maison – un comportement pour le moins inhabituel. Puis il est ressorti en s'écriant : « On a été cambriolés ! » Je lui ai demandé : « À quoi tu joues, bon sang ? » Il a répondu : « Toi, tu la fermes, compris ? » Quand je lui en ai reparlé, quelques jours plus tard, il a répondu qu'il avait besoin de certains objets.

— Comme quoi ? demanda Iljana.

— Comme ce qui avait été volé, répondit Ginger en haussant les épaules. Il n'y avait aucun désordre dans la maison. Aucun tiroir ouvert. Rien du tout. Mais le coffre que ses parents cachaient au fond d'un placard avait disparu, ainsi que les nombreuses armes à feu de son père.

— Que contenait le coffre ?

— Ella m'a parlé d'une collection de pièces. Je sais qu'il y avait aussi 10 000 dollars en liquide.

Steve ne lui avait jamais précisé qui il avait embauché pour commettre son larcin. Mais certains noms revenaient régulièrement lorsqu'il évoquait ses « amis ». L'un d'eux s'appelait Nichols, ou McNichols, et l'autre était un dénommé Gary, barman de son état du côté de San Jose.

— Mais pourquoi a-t-il demandé à ces gens de dérober le coffre et les armes ? demanda Iljana.

— Parce qu'il en avait besoin, et qu'il ne pouvait les prendre lui-même. Tout cela appartenait à sa mère. Il voulait de l'argent pour investir dans un nouveau night-club.

— Et il ne pouvait pas demander à sa mère de l'aider, comme elle l'avait fait pour le Fox and Hounds et le Rumpus Room ?

— Aucune chance. Depuis la mort de Primo, elle ne lui prêtait plus rien. Quand il lui soutirait de l'argent, ce qu'il a fait à plusieurs reprises, c'était de force.

— De force ?

— Oui, de force. Mon fils en a été directement témoin. Un jour, Steve réclamait de l'argent à sa mère, et elle refusait. Alors il a commencé à l'étrangler, jusqu'à ce qu'elle cède. Mon enfant devait avoir cinq ans à l'époque. Il m'a raconté la scène en rentrant à la maison. C'était bien le genre de Steve. Il n'hésitait pas à lever la main pour parvenir à ses fins.

— Il consommait beaucoup d'alcool ou de stupéfiants ?

— Non. Hormis une petite vodka-orange de temps en temps, il ne buvait jamais. Et ne touchait pas à la drogue. Oh, je l'ai bien vu, une fois, sniffer un rail de coke pour impressionner un type à San Jose, mais ça l'a rendu malade pour la semaine ! Non, il ne touchait pas à ces saletés.

— Alors, il a juste un tempérament violent ?

— Oui, c'est dans sa nature. Il pense être capable de contrôler les autres, de les mettre à ses ordres. C'est un manipulateur.

Sur sa lancée, Ginger rapporta d'autres anecdotes.

— Un soir, il a chargé ce Gary d'emmener son ex-femme Flora au restaurant, afin de l'éloigner de chez elle. Elle s'était fait installer une nouvelle cuisine, avec un four dernier cri, un micro-ondes, un double évier encastré et tout un tas d'appareils. Steve s'est introduit dans la maison et a déménagé lui-même tout cet équipement. Il a fait installer le four chez sa mère.

Découvrant le pot aux roses, Ginger était aussitôt partie en informer Ella.

— Je lui ai dit que son fils ne tournait pas rond. Qu'il avait besoin d'aide. Mais Ella s'est contentée de sortir le four de chez elle, de reprendre les appareils échoués chez nous, et de cacher tout cela dans un endroit secret.

— En somme, il s'agissait d'une nouvelle fraude à l'assurance ? demanda Iljana.

— Non, pas du tout. Steve a pris ces choses seulement parce qu'il les voulait pour lui.

La brute que leur décrivait Ginger semblait à mille lieues du petit flagorneur pendu aux basques de Jerry Harris. Cet homme qui sautait à la gorge des femmes et confiait ses basses besognes à des nervis aurait-il commandité l'assassinat de Jerry, simplement parce qu'il convoitait ses clubs ?

15

Une raison évidente avait motivé le revirement de Bonilla lorsque son nom avait été tiré au sort pour l'obtention d'une licence de débit de boissons : il savait que l'Alcoholic Beverage Control poserait son veto car il était fiché par la Drug Enforcement Administration, l'agence fédérale chargée de la répression du trafic de drogue. C'est ce qu'apprirent les deux enquêteurs de Washoe après avoir demandé à Ginger Bonilla si elle s'était déjà rendue en Arizona avec Steve.

– Oui, répondit-elle en faisant la moue. C'était juste après le décès de Primo. J'étais installée chez mes parents dans le sud de la Californie, quand Steve m'a appelée pour me dire : « Écoute, Ginger, je dois passer quelques jours en Arizona, et j'aimerais que toi et le bébé m'y rejoigniez. On passera un peu de temps ensemble et ça nous permettra de voir où on en est tous les deux. »

Ginger l'avait quitté depuis seulement six mois, et elle demeurait ouverte à toute perspective de réconciliation. Et puis cette escapade lui paraissait plutôt romantique. Quelques jours en amoureux dans l'Arizona...

— Alors j'y suis allée. Steve avait réservé une chambre dans un motel près de Scottsdale. Mais il s'éclipsait sans arrêt pour retrouver McNichols et ses drôles d'amis. Du peu que j'en avais entendu, je ne souhaitais pour rien au monde me mêler à eux. Je restais donc au motel.

— Vous voulez dire que c'étaient de sales types ? demanda Iljana. Faisaient-ils partie d'une de ces bandes de motards... les Hell's Angels ?

— Je ne crois pas, non. McNichols ressemblait davantage à un cow-boy. Il ne roulait pas en moto, mais dans un vieux tacot. Et je doute que ses amis aient appartenu à une bande organisée.

— Et pourquoi Steve fréquentait-il ces types louches ?

Ginger haussa les épaules.

— Par stupidité, je ne vois que ça. À l'époque, j'imaginais qu'il comptait les utiliser pour se faire de l'argent. Mais je sais aujourd'hui les vraies raisons de leur entente.

— À savoir ?

— Il y avait parmi eux un chimiste qui sortait de prison. Il connaissait la formule pour fabriquer une certaine drogue. Steve l'avait accueilli dans notre ranch de Californie, avant de venir en Arizona chercher les produits et le matériel nécessaires pour produire cette substance.

Si Steve ne se droguait pas lui-même, il se voyait apparemment un bel avenir de dealer. Ginger ne savait pas au juste quelle substance il comptait produire, mais elle présumait qu'il s'agissait de cocaïne.

Cette seconde lune de miel tourna au vinaigre quand Ginger comprit, avec un temps de retard, qu'elle et le bébé n'étaient là que pour servir de couverture à Steve, lui donner l'image d'un bon père de famille au-dessus de tout soupçon.

– Au bout de quelques jours, Steve s'absenta et revint avec un camion rempli de produits qui dégageaient une odeur nauséabonde. Il m'expliqua qu'il s'agissait de matériel pour le ranch, beaucoup moins cher ici qu'en Californie. Et je l'ai cru, bien sûr.

Steve lui demanda de l'aider à entreposer la cargaison dans la chambre, avant d'aller dîner en ville. Puis ils rechargeraient la camion à l'aube et rentreraient en Californie.

Leonard Iljana invita Ginger à décrire l'odeur des produits. Il savait déjà, pour avoir consulté le casier judiciaire de Steve, qu'ils étaient destinés à la fabrication de métamphétamines, dont les composants chimiques sont dangereux et volatiles, et dégagent une odeur proche de l'urine de chat.

– C'était une odeur âcre, très forte. À quoi pourrais-je la comparer ? À du kérosène, peut-être. Ça me piquait les yeux, même la fenêtre ouverte. On a tout rangé dans la chambre, puis on est allé au restaurant.

Le fait que Steve expose sa femme et leur enfant à ces substances en disait long sur son inhumanité... Les dérivés du méthyle sont hautement toxiques, et peuvent provoquer des cancers de la gorge et du poumon.

Comme tout ce qu'il entreprenait, les ambitions narcotiques de Steve tournèrent court :

– En revenant du restaurant, confia Ginger, je fus accueillie par un homme qui ouvrit ma portière et me braqua un pistolet sur la tempe. « Qu'est-ce que vous foutez ? lui demandai-je. Vous vous prenez pour qui ? » Il me répondit : « Je suis flic. »

On les fit descendre du camion, avant de les fouiller et de prononcer leur arrestation. Quand McNichols se présenta au motel, il fut arrêté à son tour par les agents de la DEA qui passaient la chambre au peigne fin.

Lorsque Ginger donna sa version de l'histoire au juge, celui-ci crut en sa bonne foi. Il lui reprocha sa « naïveté confondante » et la relâcha. Mais elle craignait à présent pour sa vie :

– Ils ne connaissaient pas la cruauté de Steve, et dès que celui-ci apprit que j'avais parlé de lui à la DEA, il fut très contrarié.

Duke Diedrich se procura le rapport de l'arrestation de Steve auprès du bureau de la DEA à Phoenix, capitale de l'Arizona, et rencontra l'agent spécial Charles R. Henderson, qui avait dirigé l'enquête.

Les métamphétamines s'obtiennent par l'association de dix produits chimiques au moyen de fioles, de tubes, de filtres et d'appareils de chauffage. La différence entre leur valeur marchande et leur coût de production est telle que les laboratoires clandestins fleurissent un peu partout à travers le pays, dans des mobile homes ou des chambres d'hôtel, qui s'imprègnent vite de cette forte odeur d'urine de chat dégagée lors de la cuisson.

Henderson apprit à Diedrich que Steve n'avait même pas eu le temps de préparer sa mixture. Il avait tranquillement rassemblé ses fournitures sans se douter que la DEA suivait chacun de ses mouvements.

N'étant pas nés de la dernière pluie, les agents de la DEA surveillent de près les commandes passées auprès des grossistes de l'industrie chimique, *a fortiori* celles passées depuis un autre État ou déclinant tous les éléments nécessaires à la fabrication de substances illicites. Ainsi Charles Henderson et ses collègues s'étaient-ils intéressés à William Winifred Nichols, un habitant de Phoenix dont la seule adresse connue était un numéro de boîte postale. Âgé de trente-trois ans, brun aux yeux marron, il mesurait 1,83 m pour 75 kg. C'était lui que Ginger appelait « McNichols ».

Le 7 juillet 1980, cet individu s'était rendu dans les locaux de l'entreprise Worldwide Chemicals pour commander un « laboratoire complet », soi-disant pour le compte d'un certain John Brown. Il précisa que M. Brown avait passé la même commande l'année précédente, mais l'entreprise exigea malgré tout un chèque d'arrhes de 1 000 dollars. Nichols répondit qu'il reviendrait déposer l'acompte, et repartit au volant de sa Chevrolet jaune. Il rappela deux jours plus tard pour signaler que le chèque leur parviendrait sous peu par voix postale. Celui-ci arriva le 14 juillet, émis sur le compte de M. et Mme Steven Bonilla, domiciliés à Watsonville, Californie. Duke Diedrich ne put s'empêcher de sourire devant la grossièreté de la manœuvre.

En précisant que M. Brown souhaitait renouveler sa commande précédente, Nichols avait commis une grave erreur. Il n'en fallut pas plus pour que le fournisseur alertât sur-le-champ la DEA.

Charles Henderson eut lui aussi une impression de déjà-vu. En 1979, il avait travaillé sur une affaire de trafic de drogue dans laquelle un John Brown avait commandé des « substances de base » ainsi qu'un lot de tubes et de fioles auprès de Worldwide Chemicals à Tempe, Arizona. En suivant l'acheminement du matériel, la DEA avait débusqué un laboratoire clandestin destiné à la production de métamphétamines. Frappé d'un mandat d'arrêt, le fameux John Brown – Robert Francis Baldwin de son vrai nom – était alors en fuite.

Bonilla et Nichols étaient donc surveillés de près par la DEA depuis juillet 1980. Le 5 août, Bonilla se rendit chez Worldwide Chemicals, versa en liquide les 1 200 dollars soldant la commande de M. Brown, et annonça qu'il repasserait prendre le matériel dans la journée, car il quittait la ville le lendemain.

Quand il revint cet après-midi-là, Henderson et ses collègues Fowler, Bellini et Dinius l'attendaient, planqués dans leur véhicule. Après que Bonilla eut chargé le camion, ils le suivirent d'abord jusqu'au motel, où ils le regardèrent transférer le matériel dans la chambre avec l'aide de sa femme, puis jusqu'à un restaurant de Scottsdale. Pendant que le couple dînait, Henderson appela l'adjoint de l'US Attorney Billie Rosen et obtint par fax un mandat de perquisition pour les chambres 120 et 122.

Les époux Bonilla furent ainsi cueillis dès leur retour à l'hôtel. Steve jura qu'il ignorait le contenu des cartons entreposés dans sa chambre ; une personne – dont il ne connaissait pas l'identité – était censée le contacter pour lui dire où livrer la marchandise... Mais quinze minutes plus tard, après la lecture de ses droits, Bonilla demanda à parler en privé à l'agent spécial Bellini pour lui dire la vérité. Il devait, disait-il, rapporter les produits à son ranch de Watsonville pour les remettre à un intermédiaire, John quelque chose, contre une certaine somme d'argent. Quand Bellini lui demanda combien, il ne sut répondre. Il expliqua qu'il souhaitait coopérer avec la DEA, mais qu'il craignait des représailles sur lui et sa famille.

Bonilla fut finalement blanchi pour vice de procédure.

Après cela, il avait dû se sentir intouchable, songea Diedrich tout en se demandant combien d'autres exploits on allait ainsi découvrir.

16

Aussi oppressant fût-il, l'interrogatoire que Susan avait subi lui avait remis en mémoire une étrange soirée, dont le déroulement prenait désormais un relief particulier. C'était le 16 octobre 1987, c'est-à-dire le vendredi précédant la disparition de Jerry. Comme ils prenaient un verre au Hot Rod de Fremont, Bonilla avait invité Jerry à dîner dans un restaurant mexicain.

— Mais j'ai contrarié les projets de Steve en arrivant à l'improviste, se souvient Susan. N'en déplaise à Bonilla, je connaissais si bien mon homme que je savais toujours où le trouver. Jerry fut ravi de me voir. Mais pas Steve. Jerry me dit : « Viens donc dîner avec nous. On va chez le Mexicain. » J'ai répondu : « Encore ? Si on allait plutôt chez le Chinois ? »

Il était manifeste que ce changement de programme contrariait Steve au plus haut point. Il laissa le couple se mettre en route vers le Lum Yuen et les rejoignit beaucoup plus tard.

— Son attitude pendant le repas fut des plus étrange. Le hâbleur intarissable avait soudain perdu sa langue : il se contentait de répondre de manière évasive et empruntée. Et il ne cessait de s'absenter aux toilettes. Entre deux voyages, Jerry me demanda si je savais quelle mouche avait piqué son ami. « Il a rencontré une fille dans le Colorado, répondis-je en haussant les épaules. Il est peut-être amoureux... »

Le dîner traîna en longueur, et ils furent les derniers clients à sortir de table. Au moment de quitter l'établissement, Jerry se rendit à son tour aux WC, ce qui sembla curieusement exacerber la nervosité de Steve. Le front perlé de sueur, il ouvrit la porte à Susan d'une main tremblante, et elle vit qu'il ne quittait pas des yeux une camionnette rouge postée aux abords du parking.

Au retour de Jerry, les époux Harris prirent congé de Steve, regagnèrent le Hot Rod où Susan avait laissé sa voiture, puis se suivirent jusqu'à la maison. Avant de se coucher, ils évoquèrent de nouveau l'attitude de Steve, mais le lendemain matin ils n'y pensaient déjà plus.

Aujourd'hui, le souvenir de cette soirée ravivait une série de questions sans réponses. Pourquoi Steve s'était-il formalisé du changement de restaurant ? Que signifiaient ses allers-retours incessants entre la table et les toilettes ? Et que penser de l'affolement qui s'était emparé de lui au moment de quitter les lieux ? Steve connaissait-il le conducteur de la camionnette rouge ? La présence de Susan aurait-elle bousculé ses plans ? Et si oui, lesquels ?

Susan n'avait jamais inscrit Steve Bonilla sur sa liste de suspects, car elle le supposait trop malhabile pour éliminer Jerry. Mais, après tout, pourquoi pas ? Fallait-il voir en cette curieuse soirée une tentative avortée ?

Susan fit part de ses interrogations à Duke au cours de leur déjeuner hebdomadaire. Il l'écouta attentivement mais s'abstint, comme d'habitude, de tout commentaire. Elle savait bien qu'il lui cachait des choses, et c'était exaspérant. Elle comprenait toutefois ses motifs :
– À vrai dire, je n'ai jamais su garder un secret, et Duke en était conscient. Je suis sûre qu'il brûlait de me dire certaines choses, mais la prudence l'en empêchait. Je ne lui en ai jamais vraiment voulu.

Pour la police, Steven Bonilla était le suspect numéro un depuis le printemps 1988. Par précaution, il avait engagé un avocat, mais il était loin de se douter du nombre d'agents lancés à ses trousses : pas moins d'une bonne douzaine, sans compter les bataillons d'experts et de policiers en tenue ponctuellement mis à contribution.
Pour autant, tout restait à faire en matière de preuves. Un maigre faisceau d'indices concordants et l'intime conviction des enquêteurs ne pouvaient suffire à envoyer l'intéressé derrière les barreaux. Après tout, il demeurerait concevable que Jerry eût été agressé après avoir quitté Bonilla au parc d'activités. Personne ne croyait en cet argument, mais il pouvait faire mouche devant un jury. Or, le procureur John Goodfellow tenait à prouver la culpabilité de Steven Bonilla *au-delà de tout doute raisonnable*.

Un simple coup d'œil sur les antécédents de Bonilla montrait qu'il n'agissait jamais seul. Manipulateur et persuasif – surtout grâce à son argent –, il évitait de se salir les mains en déléguant ses basses besognes à des nervis. Et il n'était franchement pas de taille à affronter Jerry Harris à mains nues.

En d'autres termes, il fallait chercher du côté de son entourage. Mais comment faire ? Son cercle d'amis semblait se limiter à un seul homme : feu Jerry Harris.

Quand l'opinion publique apprit que Jerry avait été assassiné, de vilaines rumeurs commencèrent à circuler sur son compte. Les associés de Bonilla dans Agro-Serve, Al Jennings en tête, l'accusèrent par voie de presse d'avoir détourné quelque deux millions de dollars au bénéfice de ses night-clubs. Sandy Harris rétorqua que son frère avait passé haut la main l'épreuve du contrôle fiscal, puis repris ses billes en réaction contre l'évolution de l'entreprise en structure pyramidale. Jennings nia mollement ce dernier point, avant de renchérir :

— Harris était soit l'escroc le plus malin des États-Unis, soit l'homme d'affaires le plus idiot de la planète.

Un ancien directeur financier de JLH Enterprises déclara que sous les habits du créateur génial se cachait un piètre gestionnaire :

— Il ne payait pas ses factures, ne payait pas ses impôts, ne payait jamais personne. Il dépouillait une structure pour en renflouer une autre.

Bien que fausses à leurs yeux, ces déclarations blessaient les proches de Jerry, car il n'était plus là pour se défendre. Certes, plus d'un expert-comptable se serait arraché les cheveux sur ses pratiques peu orthodoxes. Mais il était foncièrement honnête.

Duke Diedrich cherchait le moyen le plus rapide de reconstituer l'emploi du temps de Steve Bonilla, quand la solution jaillit dans son esprit : le téléphone. Bonilla entretenait un rapport quasi charnel avec son téléphone mobile, dont il ne se séparait jamais.

Diedrich se procura le relevé de toutes les communications que Bonilla avait passées depuis son domicile, son bureau ou son portable, entre les quelques mois précédant la disparition de Jerry et janvier 1988. Il y en avait des centaines, concentrées pour la plupart sur le secteur San Jose-Fremont-Cupertino. Duke assimila rapidement les numéros les plus fréquents : son avocat, ses enfants, sa mère, ses petites amies et ses associés. Puis un numéro inconnu lui sauta aux yeux. Bonilla avait fait créditer sur son compte personnel un appel passé le 4 octobre 1987 – soit seize jours avant la disparition de Jerry – depuis le Colorado et en direction d'Elko, dans le nord-est du Nevada.

La compagnie révéla l'identité du correspondant : Jeff Carson Rand. Un nom qui n'évoquait rien aux enquêteurs.

Diedrich contacta le bureau du FBI à Reno, où l'agent spécial Eric Christensen s'engagea à se renseigner sur cet individu et à découvrir l'objet de son échange avec Steve Bonilla. Diedrich doutait que cette piste les mène quelque part, mais il ne coûtait rien d'essayer.

Le 17 mars 1988, Eric Christensen se rendit donc à Elko, flanqué de Jim Lopey, qui coordonnait l'enquête depuis Washoe. Ils frappèrent à la porte d'un modeste pavillon et furent accueillis par une jeune femme ravissante qui se présenta comme l'épouse de Jeff Rand, lequel était parti travailler. Connaissait-elle le dénommé Steve Bonilla ?

— Oui, répondit-elle. Il est venu rendre visite à Jeff. Je crois savoir qu'ils font affaire ensemble.

Les deux enquêteurs retinrent leur souffle.

La jeune femme leur indiqua qu'ils trouveraient son mari à la mine d'or de Newmont. Les policiers s'y rendirent aussitôt, trouvèrent leur homme et lui demandèrent de les suivre jusqu'à Reno, où ils le questionnèrent sur ses rapports avec Bonilla.

Jeff Rand expliqua que Nichols et lui projetaient d'ouvrir un commerce de tuiles dans la baie de San Francisco et que Bonilla devait être leur créancier. D'où cette première prise de contact. Mais le nom de Jerry Harris ne lui disait rien.

Jim Lopey le fixa droit dans les yeux et lança :

— Vous savez quoi ? Je ne vous crois pas. Je pense que vous êtes impliqué dans ce meurtre.

Après quelques heures de conversation, ils parvinrent à lui délier un peu la langue. Rand reconnaissait à présent s'être rendu dans le comté d'Alameda à plusieurs reprises pour traiter avec Steve Bonilla et Bill Nichols. Toujours au sujet du commerce de tuiles.

Il faudrait de nombreux entretiens et des trésors d'habileté et de patience pour lui faire dire tout ce qu'il savait. Mais le voyage vaudrait le détour.

Le jeu du chat et de la souris qui venait de s'engager resterait dans les annales de la police judiciaire.

17

En 1988, Jeff Carson Rand avait trente ans. Le cheveu noir et dru, la lèvre surplombée d'une petite moustache à l'ancienne, il mesurait dans les 2 mètres pour quelque 125 kg. Après une enfance marquée par le divorce de ses parents et une adolescence turbulente, Rand s'était efforcé de bâtir un foyer stable pour sa femme et ses deux enfants. Il avait exercé les fonctions de videur dans une taverne, puis de veilleur de nuit au Red Lion Inn. Sa carrure imposante suffisait en général à éloigner les clients indésirables. À de rares occasions, il avait dû en venir aux mains, mais il n'avait pas une âme de bagarreur et ne portait pas d'arme à feu.

Quatre ans plus tôt, il s'était abîmé le dos sur le chantier d'une maison de retraite, ce qui l'empêchait depuis de manier de lourdes charges. Il avait touché une prime forfaitaire d'invalidité, qu'il avait investie dans l'achat à crédit du pavillon d'Elko.

En octobre 1987, il officiait à mi-temps chez un prêteur sur gages et vendait du bois de chauffage qu'il coupait lui-même, tandis que sa femme tenait la caisse dans un casino. Mais les traites de la maison étaient élevées, et le couple Rand avait du mal à joindre les deux bouts. Autrement dit, Jeff était ouvert à toutes les propositions.

Quand les enquêteurs lui demandèrent de raconter son histoire avec Bonilla et Nichols, ils furent surpris d'apprendre qu'il les connaissait tous deux depuis 1978. Jeff avait alors vingt ans, vivait encore chez sa mère, et travaillait comme videur dans un bar de l'Arizona.

– À cette époque, confia-t-il, je buvais comme un trou et fumais beaucoup de marijuana, ce qui explique certains trous de mémoire.

Fasciné par la force avec laquelle Rand neutralisait les clients violents, Nichols avait décidé d'utiliser ses talents. Rand se laissa séduire, et trouva en Nichols un excellent camarade de beuverie, qui avait un stock inépuisable d'anecdotes désopilantes et sensationnelles.

Athlète confirmé durant ses années de lycée, Nichols faisait quinze centimètres et cinquante kilos de moins que Rand. Ses paupières gonflées trahissaient de longues années de boisson et son crâne se dégarnissait, mais il conservait un corps vigoureux et jouait parfois les cascadeurs à Hollywood. Il avait également organisé des spectacles de bolides et des concerts de rock, après quatre années dans l'armée ponctuées de plusieurs passages en cour martiale pour désertion.

Cet homme brun et moustachu, qui se vantait d'avoir combattu à mains nues un ours de 2,30 m, avait plus d'une corde à son arc : il exécutait des cascades, accumulait les dettes, trempait dans la drogue et, de temps à autre, confectionnait des bombes. Mais il mettait un point d'honneur à ce que celles-ci ne se déclenchent jamais. En général, leur aspect menaçant suffisait à décourager l'ennemi.

Marié trois fois et père de neuf enfants, c'était un coureur invétéré. Il pouvait séduire n'importe quelle femme accoudée à un bar. Son charisme lui valait aussi une foule de copains, et même les policiers qui avaient eu affaire à lui le trouvaient sympathique. Le charme, l'intimidation, le mensonge, les demi-vérités, l'exagération et le bagout étaient ses meilleures armes.

Nichols se présentait lui-même comme un « collecteur ».

— Un collecteur, expliqua-t-il un jour devant un jury, est une personne chargée de régler les différends entre deux parties ou deux individus mêlés à des activités criminelles.

Une sorte d'intercesseur, en somme.

L'illégalité était une condition *sine qua non* de sa participation :

— Quand j'accepte de collecter pour quelqu'un, cela suppose, en général, que je doive enfreindre la loi. C'est pourquoi je tiens à ce que mes clients aient eux-mêmes des choses à se reprocher, pour être sûr qu'ils n'iront pas cafter à la police.

À l'écouter, Nichols était un gentleman que la violence n'attirait guère :

— Je ne suis pas un chaud partisan des méthodes expéditives. Mon métier consiste avant tout à collecter. Seulement, je ne suis pas toujours accueilli à bras ouverts...

Sur sa lancée, et avec l'aveuglement propre aux psychopathes, il se considérait comme un bienfaiteur pour toutes ces « victimes » ayant perdu drogue, argent ou autres objets de valeur :

– La façon dont ces gens se font parfois déposséder me révolte.

Il « collectait » ainsi depuis une vingtaine d'années, et estimait avoir réussi entre cent vingt-cinq et cent cinquante missions. Il n'avait jamais eu à tuer ou à mutiler de ses propres mains et son casier judiciaire était vierge de toute condamnation.

S'il s'était toujours bien entendu avec Nichols, Rand disait n'avoir jamais beaucoup apprécié Steve Bonilla, qui poussait ses employés à outrepasser leurs principes moraux, leur bourrait le crâne pour les convaincre du bien-fondé de ses projets les plus crapuleux et les aguichait avec ses liasses de billets.

Jeff Rand avait peur de Bonilla, mais il craignait davantage encore de finir sa vie en prison, à supposer même qu'on le laisse en vie. Il n'avait donc pas le choix : il devait parler.

Chaque jour il en révéla un peu plus. Oui, il connaissait les circonstances du meurtre de Jerry Harris, et il y avait pris part, mais à son corps défendant. À l'origine, on l'avait seulement envoyé dans la baie pour intimider le milliardaire et le forcer à payer Bonilla. Rand avait déjà « travaillé » pour ce dernier par le passé, mais il s'était toujours débrouillé pour empocher l'argent sans nuire à quiconque.

Rand enchaîna les interrogatoires dans le bureau du shérif de Washoe, dans les locaux du FBI, et devant Goodfellow et Whitson. Puis il accompagna le lieutenant-chef Ernie Jesch et le sergent Jim Lopey dans la baie pour leur montrer certains lieux clés. Au final, la cellule d'investigation comprit qu'elle ne pourrait atteindre Bonilla qu'à travers Jeff Rand.

Réduire la peine encourue par un criminel pour attraper une plus grosse proie n'est pas rare. C'est parfois un mal nécessaire.

Ayant reconnu sa participation à l'assassinat de Harris, Jeff Rand ne pouvait prétendre à l'immunité totale. En revanche, l'adjoint du district attorney Jon Goodfellow était prêt à lui offrir un maximum de trois ans de prison ferme s'il permettait de confondre Bonilla et Nichols, et de prouver qu'ils avaient prémédité leur crime depuis plus de six mois. Rand ne recevrait ni argent, ni logement en échange de sa coopération. À lui de se débrouiller pour nourrir sa famille tout le temps de sa mission. Ses conversations et rencontres avec ses deux complices seraient enregistrées, voire filmées, et plus il leur extorquerait d'aveux, plus il se mettrait lui-même en danger ; Bonilla et Nichols ne feraient pas de quartier s'ils le démasquaient, et Rand le savait mieux que personne. Mais sa liberté était à ce prix, alors il accepta.

Il ne restait plus qu'à faire ratifier cet accord par l'ensemble des services œuvrant sur cette affaire. Le FBI fut le dernier à signer.

Lors de leur rencontre à la fin des années soixante-dix, Bill Nichols avait expliqué au jeune Jeff Rand qu'il était lié à un réseau de dealers californiens, et qu'un de ses partenaires cherchait des costauds pour intimider une bande de motards qui convoitait leur territoire. Voyant en cette proposition un moyen facile d'assouvir son besoin d'alcool et de drogue, Rand s'était dit tenté, tout en précisant qu'il refusait d'être mêlé à un meurtre. Nichols avait dissipé ses appréhensions, en promettant que son rôle se cantonnerait au registre de l'intimidation.

La nouvelle recrue fit alors connaissance avec Steve Bonilla, un Californien qui roulait en voiture de sport et promettait monts et merveilles à ses amis grâce à de prétendues « relations haut placées ». Rand pensa immédiatement « mafia », et Bonilla ne chercha pas à le détromper.

Très vite, Nichols se dédit en évoquant la nécessité d'éliminer certaines personnes qui causaient du tort à leur patron, lequel, découvrit Rand, rangeait les gens en deux catégories : ses alliés et ses ennemis.

L'une des premières cibles de Bonilla en 1979 n'était autre que Flora Blume, sa première épouse, qui l'avait non seulement quitté pour son meilleur ami, mais, surtout, mis sur la paille.

– Tout était parti d'une histoire de restauration ambulante, se souvint Jeff Rand. Sa femme était partie avec son associé, Tip Blume, et tous deux lui avaient volé l'entreprise.

Hormis son mariage avec Ginger, 1979 fut une mauvaise année pour Bonilla. Ses bars avaient périclité et Independent Caterers était littéralement parti en fumée, avant même qu'il n'eût fini de rembourser l'ancien propriétaire, un certain « Beans » Rinaldi. Pendant ce temps, Tip Blume, à l'abri du besoin grâce à son poste d'imprimeur au *Sacramento Bee*, se portait comme un charme auprès de Flora et des deux filles dans un lotissement bourgeois près d'Auburn, Californie.

Bonilla conduisit Rand là-bas. Il lui fournit un pistolet, l'itinéraire à suivre pour se rendre chez le couple, ainsi que quelques informations utiles telles que les horaires de travail de Tip. Puis il lui présenta son coéquipier, connu sous le nom de Ponytail (« queue-de-cheval ») Willie.

Les deux hommes errèrent plusieurs jours dans la région d'Auburn, sans parvenir à localiser Flora ni même son domicile. Ils téléphonèrent à Bonilla pour lui annoncer que le plan avait échoué.

Steve leur assigna rapidement une nouvelle mission :

— Je veux que vous vous rendiez à Verdi, dans la périphérie de Reno.

Il s'agissait cette fois d'éliminer Beans Rinaldi, que Steve jugeait responsable du naufrage d'Independent Caterers. Il leur montra sur un plan l'adresse personnelle de Beans, ainsi que celle de son bar, puis leur donna rendez-vous à Reno. Ginger serait aussi du voyage, qui croirait naïvement effectuer un séjour en amoureux, avant de voir son mari s'absenter dix heures d'affilée dès le premier soir.

Le contrat sur Beans connut le même sort que le précédent : trop occupés à boire et à fumer de l'herbe, le duo de choc arpenta les rues de Reno sans résultat.

Agacé par ces revers, Bonilla changea de stratégie : puisque le passe-temps préféré de Bill Nichols était la confection de bombes, il décida d'envoyer Rand en poser une sous la berline des Blume. Bill fabriqua l'engin dans l'atelier d'un ami puis l'apporta chez Steve.

Ginger se souvenait très bien de cette journée d'été, et de l'objet entreposé dans son garage : long d'une trentaine de centimètres, fermé par une culasse et muni de longues lanières. Elle avait aussi vu son mari et ses acolytes tester des détonateurs en plastic dans l'allée, tels des gamins jouant avec des pétards.

L'attentat était prévu pour le week-end suivant, après que Steve eut déposé ses deux filles chez leur grand-mère. Lui-même s'arrangerait pour être vu au même moment dans un bar de San Jose, ce qui lui fournirait un excellent alibi.

Les trois complices hissèrent la bombe dans la camionnette Volkswagen de Steve, puis Rand prit le volant. Ginger, qui avait assisté à la scène, savait que l'attentat visait directement Flora. N'écoutant que sa conscience, elle avertit aussitôt la police qu'un drame se préparait, et qu'il y aurait des morts.

– Mais on m'a répondu qu'on ne pouvait rien faire tant qu'il ne s'était rien produit, confia-t-elle.

Neuf ans plus tard, Rand confirma aux enquêteurs qu'il avait transporté la bombe dans la camionnette de Bonilla. Il avait trouvé le pavillon des Blume, escaladé la clôture et attaché l'engin sous le véhicule de Flora. Puis, pris de remords, il était revenu sur ses pas pour sectionner le fil d'alimentation du détonateur.

– Je ne voulais pas tuer cette personne, expliqua-t-il.

Ne trouvant aucun écho d'un attentat aux actualités régionales, Steve se demanda ce qui se passait. Mais il n'osa appeler son ex-femme, de peur d'éveiller des soupçons. Le dimanche soir, Tip et Flora se présentèrent chez lui pour récupérer les filles et, lorsqu'ils repartirent, Steve aperçut, suspendu au châssis de leur berline, l'extrémité d'un câble courant sur la chaussée. La bombe n'avait pas explosé.

L'histoire ne dit pas s'il s'inquiéta alors pour ses enfants, ou s'il craignit qu'on ne découvrît son forfait. Toujours est-il que, à la nuit tombée, il se rendit lui-même à Auburn, escalada la clôture, et décrocha la bombe. Puis il somma Bill Nichols de s'expliquer, mais sans succès. Rand n'avoua jamais avoir saboté l'opération.

Les deux apprentis malfrats continuèrent malgré tout d'enchaîner les contrats en cet été 1979. Ainsi Bonilla envoya-t-il Rand à Chicago pour acheter de la phencyclidine, un puissant tranquillisant pour animaux à l'origine de nombreux décès chez les toxicomanes. Steve voulait en utiliser pour rehausser un stock de marijuana invendable en l'état. Jeff Rand se mit en route mais ne dépassa pas Reno, où sa moto tomba en panne.

Navré par tant d'incompétence, Bonilla décida de se passer des services of Rand qui, à vrai dire, en fut plutôt soulagé. Le meurtre n'était vraiment pas sa tasse de thé.

Jeff n'avait plus entendu parler de Steve ou de Nichols pendant huit ans. Il s'était rangé des voitures, et tâchait d'assumer son rôle de chef de famille auprès de son épouse – rencontrée lors de son séjour à Reno avec Ponytail Willy – et de leurs deux enfants. Il estimait avoir gagné en maturité et en sagesse. Mais manifestement pas assez...

Le 4 octobre 1987, lorsqu'il avait reçu un coup de fil impromptu de Bonilla annonçant sa visite à Elko, Rand traversait une période critique. Privé d'emploi, il gagnait des queues de cerises en vendant des bûches, et le salaire de sa femme couvrait difficilement les dépenses du couple.

Bonilla le rappela le surlendemain, à 5 heures du matin, de l'hôtel Red Lion d'Elko. Rand l'y rejoignit séance tenante. Après une heure de discussion, durant laquelle Bonilla brassa toutes sortes de documents, Rand voyait en son interlocuteur l'image même de la réussite. Il avait investi dans des night-clubs, des fonderies, des pépinières...

— Steve m'expliqua que ces entreprises dégageaient d'énormes profits mais qu'il n'en voyait pas la couleur.

Bonilla voulait que Jeff quitte Elko sur-le-champ, saute dans le premier avion et retrouve Nichols dans la baie pour mettre au point la riposte.

— J'ai dit que je ne pouvais pas partir comme ça. Je n'avais même pas de quoi payer le billet d'avion. Alors il s'est engagé à laisser 500 dollars chez moi pour payer les factures durant mon absence. Je lui ai tout de même demandé pourquoi il ne pouvait récupérer son dû de manière légale, par exemple en portant l'affaire devant les tribunaux. Il a répondu que les comptes étaient tellement trafiqués que les bénéfices n'apparaissaient nulle part.

Rand ne savait pas au juste en quoi consisterait sa mission, sinon qu'elle s'écarterait, une fois de plus, du chemin de la légalité. Il l'accepta malgré tout.

À partir de là, les choses se précipitèrent. À 7 heures du matin, Rand rentra chez lui, présenta Bonilla à sa femme médusée, annonça qu'il partait pour un bref séjour en Californie et fourra quelques vêtements dans un sac. Steve passa par la salle de bains pour se brosser les dents, puis laissa 500 dollars à l'épouse de Rand avant de conduire ce dernier à l'aéroport.

Jeff Rand venait de mettre un pied en enfer. Il prévoyait, à ce stade des choses, de discuter un peu avec Bill Nichols, de faire en sorte qu'il n'en ressorte rien de concret, puis de regagner ses pénates. Bilan de l'opération : un gain de 500 dollars, soit bien plus qu'une semaine à couper du bois.

Le trajet jusqu'à l'aéroport de Reno dura six heures, que Steve Bonilla meubla d'un bout à l'autre d'une voix passionnée et frénétique. Il exposa ses plans pour prendre le contrôle des entreprises de Jerry Harris, un « vieux pote de lycée ». Puis, l'écume au bord des lèvres, il vilipenda la belle ordure qui ne lui avait même pas versé la commission promise pour la vente de sa maison, et n'avait pas hésité à se défausser sur sa propre sœur lorsque le fisc s'était intéressé à ses palmiers. À écouter Bonilla, Harris était un homme sans foi ni loi, prêt aux pires coups bas pour s'enrichir.

Alors que la Datsun de Steve roulait à tombeau ouvert sur de petites routes de montagne, par des cols de trois mille mètres où l'oxygène se raréfiait et l'automne ressemblait à l'hiver, Rand se demandait dans quel pétrin il s'était encore fourré.

Bonilla évoqua ensuite son aventure avec un fille du Colorado qui souffrait de problèmes « d'ordre personnel ou financier » et qu'il comptait faire venir dans la baie.

— Il m'a aussi proposé de m'installer là-bas avec ma famille, confia Rand, dans une maison qu'il achèterait via ses entreprises. Il me verserait un petit salaire, complété par du liquide que nous n'aurions pas à déclarer au fisc.

Rand répondit qu'il se plaisait très bien à Elko, bien qu'il peinât à rembourser les traites de la maison.

— Je pourrai arranger ça, lui promit Bonilla.

Après avoir mis son employé dans l'avion d'Oakland, Steve rentra chez lui. Rand ignorait qu'il ne le reverrait pas durant ses trois jours d'entretien avec Bill Nichols. Comme l'agglomération de Reno disparaissait dans son hublot, il songea que Steve Bonilla avait peu évolué en l'espace de huit ans. Il en était encore à vouloir éliminer ceux qui se mettaient sur son chemin. Le seul changement notable résidait dans l'identité de la cible : l'homme à abattre était désormais un certain Jerry Lee Harris.

Ce même dimanche 4 octobre 1987, du côté de Danville, Susan et son mari commençaient tout juste à s'habituer à leur palais rose, et savouraient d'avance la vie qu'ils mèneraient lorsqu'ils seraient enfin sortis des cartons. Ils commenceraient par réunir famille et amis pour pendre la crémaillère.

TROISIÈME PARTIE

Avril 1988

18

Deux mois après avoir appris la mort de Jerry, soit six mois en tout depuis sa disparition, rien n'incitait Susan à rester dans une villa qui la ruinait et semblait chaque jour un peu plus vide. Les oiseaux exotiques partis, seule demeurait la présence fidèle de sa mère, Mary Jo Hannah. Mais Susan ne voulait séparer ses parents plus longtemps. Ils avaient leur propre vie à mener.

N'ayant aucune envie de regagner l'Oregon, Susan loua un appartement dans la petite ville de San Ramon, au sud de Danville, et emporta les objets qui lui tenaient le plus à cœur : la collection de lampes en pâte de verre de Jerry, un nu en bronze, quelques toiles impressionnistes représentant les boulevards de Paris, la chambre à coucher en chêne façon bambou, quelques vases, ainsi que la salle à manger en noyer, en souvenir de leurs nombreuses réceptions. Tout le reste devrait partir, à l'instar du *Tiffany*, déjà vendu.

Les fils de Duke Diedrich aidèrent Susan à emballer ses affaires et à nettoyer la maison pour les futurs occupants. Par mesure de sécurité, seules les familles Duke et Hannah connaissaient sa prochaine adresse. Mais elle n'avait plus peur. Même si les assassins de Jerry couraient encore, elle doutait de constituer une menace à leurs yeux. Et puis, Duke l'avertirait si elle était vraiment en danger. Du moins, il la protègerait. Elle en était persuadée.

L'angoisse première de Susan concernait désormais sa nouvelle existence. Il lui restait tant d'années à vivre sans Jerry...

19

Jeff Rand œuvrait à présent du bon côté de la loi, sans autre rétribution que la promesse d'éviter la chambre à gaz – ce qui n'était déjà pas si mal. Il avait accepté d'être mis sur écoute et de faire parler Bonilla et Nichols jusqu'à ce que le procureur Jon Goodfellow ait de quoi les déférer devant un juge.

Après un premier versement de 500 dollars, Bonilla lui en avait remis 2 000 de plus pour « intimider cet enfoiré de Jerry Harris » et le pousser à abdiquer ses entreprises. Mais cet acompte ne devait représenter qu'un infime pourcentage de la récompense finale, une fois Jerry Harris hors jeu. À ce stade, Rand espérait encore s'en tirer sans trop se compromettre, comme en 1979.

– Il nous a envoyés, Nichols et moi, dans une chambre du Motel 6 de Newark, déclara Rand aux enquêteurs.

Le lieutenant de Pleasanton Gary Tollefson vérifia cette information en épluchant sur place des boîtes entières de reçus :

– Nichols y avait effectivement loué une chambre, une fois sous le nom de Michols, avec une fausse adresse à Salt Lake City, et le reste du temps sous son vrai nom. Il réservait toujours pour une seule personne, puis faisait entrer Rand en douce. L'un des reçus montre qu'ils se sont fait prendre et ont dû s'acquitter d'un supplément.

L'homme qui leur promettait des millions savait se montrer économe...

Quand ils étaient réunis, les deux hommes passaient le plus clair de leur temps à consommer bières et alcools forts tout en échangeant des confidences. Nichols expliqua ainsi que leur chef était dévoré par la haine, maladivement envieux de tout ce que possédait Jerry Harris, et avoua que le plan consistait ni plus ni moins à assassiner Jerry Harris. Puis il se moqua de Bonilla en expliquant qu'il avait rencontré sa copine du Colorado par petite annonce :

– Tu sais, le genre : « File-moi cinq dollars et je t'envoie ma photo à poil. »

D'après Bill, Steve avait repéré le portrait de cette femme dans un magazine de charme et commencé à lui envoyer de l'argent. D'abord 5 dollars, puis 50, 100... Aux dernière nouvelles, il en était à 200 dollars.

À l'évidence, Nichols avait peu d'estime pour son patron, cet « abruti qui se laisse attendrir par la première putain venue ». Mais, abruti ou pas, Nichols et Rand étaient bien décidés à prendre l'argent qu'on leur tendait. Bonilla avait en outre promis au premier un poste d'associé-manager dans l'un des Hot Rod – « sûrement celui de Fremont » – et au second le titre de chef de la sécurité pour l'ensemble des clubs. Et il y aurait suffisamment d'argent pour permettre aux trois compères de vivre comme des rois.

Steven Bonilla s'imaginait succéder à Jerry sans peine :

– Sa bonne femme a fait quelques histoires, confierait-il plus tard à Rand, mais elle a confiance en moi et ne connaît rien aux affaires. Au pire, je suis prêt à l'attirer dans mon lit s'il le faut.

Ainsi que les enquêteurs l'avaient depuis longtemps deviné, Bonilla lorgnait tout ce qu'avait Jerry Harris, de ses night-clubs florissants à sa ravissante épouse. Or, comme l'avait expliqué Ginger, quand cet homme voulait quelque chose, il se servait.

En 1979, Jerry avait tendu une main secourable à Steve en l'associant à Agro-Serve et à Tiffany's Plant Rentals. Il ignorait que, cet été-là, son ami consacrait ses soirées et week-ends à fomenter les meurtres de Flora, Tip Blume, Beans Rinaldi...

Les enquêteurs demandèrent à Jeff Rand de raconter le meurtre de Jerry Harris dans le cadre d'une audience préliminaire. Sa version des faits, qui servirait de socle au procès « État de Californie contre Steven Bonilla et William Winifred Nichols », se devait d'être exhaustive et définitive ; pas question de revenir ultérieurement sur ses déclarations. Du procès en tant que tel jusqu'au choix de la sentence, il lui serait maintes fois demandé d'éclairer les événements survenus dans la nuit du 20 octobre 1987. Il n'y aurait pas de place pour les mensonges, les demi-vérités, les approximations, ou les omissions volontaires visant à minimiser ses fautes.

Rand accepta le marché. L'agent spécial Tom Westin mit le magnétophone en marche et lui fit signe de commencer. Derrière un masque de stoïcisme, les enquêteurs écoutèrent le récit d'un odieux guet-apens, que Rand narrerait avec lenteur et peine, comme étouffé par sa mauvaise conscience.

En accueillant Rand à l'aéroport d'Oakland pour sa première incursion dans la baie, Nichols avait expliqué qu'il planchait sur le cas Harris depuis un certain temps mais butait sur la stratégie à adopter. Rand comprit le problème lorsqu'ils tâchèrent de suivre leur proie pendant trois jours, du lundi 5 au mercredi 7 octobre. Harris se déplaçait sans cesse, et son emploi du temps changeait chaque jour. De surcroît, il était presque toujours accompagné de collègues ou de son épouse.
— De quoi avez-vous parlé pendant ces trois jours ? demanda Goodfellow.
— De toutes sortes de choses. S'il fallait lui tirer dessus à l'entrée ou à la sortie du bureau, ou bien trouver un endroit moins fréquenté. S'il fallait emporter le corps ou le laisser sur place, ou encore l'enlever et le tuer ensuite...
Mais ces cogitations ne débouchèrent sur rien, et les deux nervis repartirent bredouilles le 8 octobre.
Bonilla les rameuta d'urgence le lundi suivant. Il leur avait loué une camionnette rouge.
— Il disait que sa patience avait des limites, qu'il allait bientôt manquer d'argent et que, puisque nous étions incapables d'imaginer un plan digne de ce nom, il allait nous livrer Jerry Harris sur un plateau.
Le soir du 16 octobre, les deux assassins en puissance se garèrent dans une ruelle attenante au restaurant chinois Lum Yuen. Ils étaient censés cueillir Harris au sortir de son dîner avec Bonilla.

— Mais il y avait trop de passage, se souvint Rand, et surtout, sa femme était là.

La semaine suivante, Nichols acheta des gants en latex, du ruban adhésif et une bâche.

— Il voulait aussi une bombe lacrymogène, mais c'est interdit à la vente en Californie. Alors il m'a chargé d'en rapporter une du Nevada.

Jeff Rand reprit donc le chemin d'Elko, cette fois-ci au volant de la Datsun de Steve, par souci d'économie. À peine arrivé chez lui, il reçut un appel de Nichols le convoquant pour le lundi 19 octobre à Fremont.

— Il m'a demandé d'apporter mon ancien uniforme de vigile. Et il a ajouté : « Oublie l'autre truc. J'en ai trouvé. » Il s'était procuré une gazeuse dans l'Arizona.

Ce lundi après-midi, les deux hommes se retrouvèrent au Hungry Hunter de Pleasanton et burent plusieurs verres. Ils prirent une chambre au EZ-8 Motel, puis se rendirent au restaurant, où Bonilla les rejoignit dans une voiture blanche de location. L'heure était venue de finaliser le plan.

On utiliserait le pick-up aménagé d'Ella Bonilla. Bill serait muni d'un biper. À la première sonnerie, il rappellerait Steve d'une cabine téléphonique. Ce dernier allait attirer Jerry Harris le lendemain soir au nouveau parc d'activités de Pleasanton. Jeff serait déguisé en vigile et Bill, en costume-cravate, jouerait les agents immobiliers. Au signal de Steve, ils iraient se poster avec le pick-up derrière l'édifice.

Après le départ de Bonilla, Nichols montra à Rand une paire de menottes.

— Regarde ce que Steve m'a donné, dit-il. Comme quoi, il peut se rendre utile quand il veut...

Les deux nervis n'avaient connu que de rares moments de sobriété durant leurs trois séjours dans la baie, si bien que leur stratagème présentait de nombreuses lacunes. Mais Bonilla était catégorique : Harris devait mourir le 20 octobre 1987.

Rand et Nichols burent autour d'un jeu de palets, puis dînèrent au Maestro, dans l'attente des nouvelles du patron.

Il faisait nuit quand le biper sonna. Nichols appela aussitôt Steve d'une cabine. Ce dernier se dirigerait vers le parc d'activités, suivi de Harris au volant de sa Mercedes. Rand et Nichols les y précédèrent d'une demi-heure, qu'ils passèrent à attendre, fébriles, l'arrivée du funeste cortège.

Lorsque Bonilla et Harris s'engagèrent sur le premier parking, Nichols les accueillit de son plus beau sourire commercial, puis leur demanda d'aller se garer derrière les bâtiments car il n'avait pas les clés de l'entrée principale.

Ceci fait, Rand avança le pick-up à leur niveau et fit mine de relever leurs numéros d'immatriculation. Jerry restait assis sur son siège, l'oreille collée à son téléphone de voiture.

Les enquêteurs hochèrent la tête à l'énoncé de ce détail. Ils savaient que Susan et Sandy avaient communiqué avec Jerry peu après 20 h 30 ce soir-là. Jerry venait-il de flairer un coup tordu quand Sandy l'avait entendu jurer ? Ou craignait-il seulement que l'agent de sécurité ne lui inflige une contravention ? Quarante-trois secondes plus tard, Jerry rappelait son frère. Mais il n'eut pas le temps de lancer son S.O.S.

Nichols lui déchargea la bombe lacrymogène au visage, puis demanda à son complice de le plaquer à terre. Bien qu'aveuglé et suffocant, Jerry tenta de se débattre. En vain. On lui menotta les poignets, et l'emmena de force jusqu'au pick-up.

— Nous l'avons hissé dans le coffre, et je l'ai tenu pendant que Nichols enroulait sa tête de ruban adhésif. Ensuite, nous l'avons enveloppé dans la bâche et enfourné dans un caisson en contreplaqué rivé au plancher.

Harris avait peu de chances de survivre dans ces conditions, drapé dans une bâche, les bronches pleines de gaz lacrymogène et la tête enrubannée comme une momie.

Délibérément en retrait, Bonilla observa la scène de lutte puis s'en alla dès qu'il fut assuré que Jerry était neutralisé. Il ne voulait pas repartir dans le sillage d'un véhicule qui transportait sûrement un cadavre.

Plusieurs mois après, Rand paraissait encore étonné que leur projet de meurtre se fût réalisé. Jusqu'au bout il avait escompté un contretemps de dernière minute, comme d'habitude. Mais il n'y en aurait pas cette fois-là.

Leur rapt accompli, Rand était monté dans la Mercedes de Jerry, et les deux véhicules s'étaient engagés sur l'autoroute en direction de Sacramento. Sous l'effet du stress, ils manquèrent la sortie et durent rebrousser chemin pour rallier l'aéroport et son parking de longue durée. Nichols attendit à l'extérieur tandis que Rand abandonnait le coupé jaune. Ils comptaient ainsi « donner l'illusion que Harris avait mis les voiles ».

Puis les deux malfrats repartirent en pick-up vers le désert du Nevada, à la recherche d'un site approprié pour enterrer leur victime. Fidèles à eux-mêmes, ils nageaient en pleine improvisation.

Pendant ce temps, Gilbert Konqui et la poignée d'investisseurs réunis au Hot Rod de Fremont commençaient à regarder leurs montres, tandis que Susan confiait à sa sœur qu'elle n'avait jamais été aussi heureuse.

Lors d'un arrêt pour faire le plein d'essence, Rand se souvint tout à coup que le bloc-notes sur lequel il avait relevé l'immatriculation des deux véhicules était tombé dans le feu de la bagarre. Affolé, Nichols appela aussitôt Bonilla, qui venait de rentrer chez lui.
— Il faut retourner là-bas de toute urgence ! cria-t-il à son patron. Jeff a oublié le bloc où figurent les numéros des plaques.
Bonilla ne se le fit pas dire deux fois. De retour sur le lieu du crime, il parcourut le sol à tâtons et retrouva l'objet. Il en fut quitte pour une belle frayeur.

Deux cent quatorze kilomètres séparaient Sacramento de Reno. Jeff Rand et Bill Nichols traversèrent en silence des villes de plus en plus petites à mesure qu'approchait la frontière de la Californie : Auburn — où Rand avait autrefois été chargé d'éliminer Flora —, Applegate, Gold Run, Emigrant Gap, Soda Springs. Puis, la frontière passée, ils retrouvèrent Verdi, où vivait autrefois Beans Rinaldi. Ce voyage ressemblait à une rétrospective des sombres desseins de Bonilla. À ceci près que les deux hommes avaient désormais un cadavre à bord.

N'entendant aucun bruit en provenance du coffre, ils supposaient que Jerry Harris était mort. Mais ils n'étaient pas rassurés pour autant. Et s'ils tombaient sur un banal contrôle de police ? Le pick-up ne leur appartenait même pas... Rand et Nichols étaient dans leurs petits souliers, luttant contre la peur et la fatigue, en proie aux effets contradictoires de l'adrénaline et de l'alcool.

Une fois dans le Nevada, ils quittèrent l'autoroute et empruntèrent une nationale à deux voies. Le paysage se dérobait dans la nuit noire, au point qu'ils craignaient de se mettre à creuser à deux mètres d'un ranch. Puis ils songèrent que c'était impossible, puisqu'ils n'avaient rien pour creuser ! En chargeant le camion de matériel de pêche et de camping – pour, au besoin, justifier leur expédition – ils avaient oublié l'essentiel : une pelle.

– Je sais où en acheter une demain matin, dit Nichols.

Alors ils entrèrent dans Reno, se garèrent devant le Pepermill Inn, et firent un somme.

Nichols se réveilla dans un état de panique avancé : il voulait se débarrasser du corps au plus vite. Ils achetèrent une pelle à la première heure et s'arrêtèrent au bord d'une décharge publique pour y enterrer le cadavre. Mais, à peine descendus du camion, ils aperçurent un homme qui promenait son chien. Ils remontèrent à toute vitesse et, dans la précipitation, embourbèrent le pick-up. Après que Rand eut aggravé la situation en s'acharnant sur l'accélérateur, Nichols s'empara du volant et parvint à libérer les roues en alternant doucement première et marche arrière.

L'homme au chien avait eu tout loisir de mémoriser leurs visages.

Ils repartirent vers le nord jusqu'à Pyramid Lake, où ils jugèrent les alentours de la réserve indienne suffisamment sûrs. Rand commença à creuser pendant que Nichols sortait le cadavre de la bâche, et fut pris de nausées en voyant le visage de Harris à la lumière du jour. Il comprenait enfin qu'il venait de tuer un homme.

— J'ai aidé Bill à extraire Harris du coffre, articula-t-il. Je lui ai retiré son alliance et nous avons jeté le corps dans la fosse.

Ils le recouvrirent d'une couche de terre que Nichols tassa ensuite avec les roues du pick-up. Grossière erreur : les traces de pneus auraient pu les trahir si la sépulture avait été découverte dans les heures suivantes, avant que le vent ou la pluie ne les eussent dispersées. Mais la chance allait leur sourire une fois de plus.

Malgré les quatre cent soixante kilomètres qu'il leur restait à parcourir jusqu'à Elko, ils pouvaient enfin respirer. Nichols se demanda ce qu'ils allaient faire de la bague.

— Tu veux garder un diamant pour ta femme ? proposa-t-il à Rand.

Ce dernier répondit par une grimace. Il ne souhaitait emporter aucun souvenir de leur crime.

Une fois à Elko, Bill Nichols déposa Jeff Rand chez lui, après avoir promis de nettoyer le pick-up de fond en comble.

20

Quand Duke Diedrich eut fini de lire la transcription des aveux de Jeff Rand, il faisait déjà nuit. Affaissé dans son fauteuil, il se frotta longuement les yeux. Susan avait vu juste au sujet de la soirée au Lum Yuen : Jerry avait bien frôlé la mort. Elle aussi, du reste.

Une autre information le laissait songeur. Un nom, en l'occurrence : Willie. Où l'avait-il entendu auparavant ?

Cela lui revint en mémoire : Willie était le patronyme de l'individu qui avait suivi l'inspecteur Linda Agresta et la détective Francie Koehler lors d'une vérification de signalement à Lake Tahoe. S'agissait-il de Ponytail Willie ? Tout portait à croire que oui. Bonilla confiait toujours ses basses besognes aux mêmes : Nichols, Rand, un certain Gary, et Ponytail Willie.

Savoir Susan espionnée n'était guère réjouissant. Mais Bonilla avait effectivement toutes les raisons de lui vouloir du mal. Elle s'était juré de l'évincer de l'empire de Jerry, et sa ténacité n'était plus à démontrer. Elle hanterait les tribunaux jusqu'à la fin de ses jours s'il le fallait, et elle maintiendrait les clubs à flot, quitte à se tuer à la tâche.

À présent, Duke comprenait aussi pourquoi Steve ne s'était pas soucié que son chèque de 8 000 dollars – censé permettre aux Harris de conclure la vente de Fremont – puisse être rejeté par la banque. Si son plan s'était déroulé comme prévu, Jerry n'aurait jamais eu le temps de l'encaisser. Mais voilà : les projets de Bonilla ne parvenaient jamais à leur terme.

Sauf en cette nuit du 20 octobre 1987, où il avait enfin réussi à éliminer son vieil ami, le seul qui tolérait ses frasques, et le seul qui pouvait le rendre riche.

21

Les enquêteurs étaient convaincus que Rand disait la vérité – du moins quant aux faits importants. Mais pour que Bonilla et Nichols soient condamnés, il fallait encore que la déposition de Rand soit étayée de preuves. Son implication dans le meurtre induisait un conflit d'intérêts évident, dans la mesure où il était contraint d'accabler ses complices pour sauver sa peau. Autrement dit, la partie adverse aurait vite fait de mettre en pièces sa crédibilité.

Rand devait donc se révéler suffisamment bon acteur pour pousser Bonilla et Nichols à reconnaître de vive voix leur culpabilité. Ce n'était pas gagné : Bonilla avait déjà refusé de passer au détecteur de mensonges, et il n'allait pas se laisser piéger comme un débutant.

Le crime ayant, aux dires de Rand, été commis au parc d'activités de Hacienda, l'enquête demeura sous la juridiction de la police de Pleasanton et du bureau du district attorney du comté d'Alameda, assistés du FBI. Sitôt au fait des déclarations de Rand, les autorités de Pleasanton évitèrent d'interroger toute personne liée de près ou de loin à Steve Bonilla ou à

Bill Nichols ; moins ils se méfieraient, plus il serait facile de suivre leurs mouvements. Pour l'heure, le premier logeait chez sa mère et sillonnait la ville au volant de sa voiture de sport ; le second, Nichols, occupait un pied-à-terre à quelques encablures de chez Steve, entre deux déplacements dans le Sud californien.

Pour la première fois depuis ses adieux à l'Oregon sept ans plus tôt, Susan vivait toute seule. Se sachant en danger, elle avait fait l'acquisition d'un Magnum 357.

– Je n'étais pas habituée aux bruits de l'immeuble, et chaque fois que j'entendais des pas dans l'escalier je croyais qu'ils étaient pour moi, confie-t-elle. J'étais sans cesse sur mes gardes, mais ce n'était pas vraiment de la peur. Malgré le silence de Duke, je savais que Steven Bonilla avait tué Jerry, et je ne supportais pas de le voir libre. J'avais pris l'habitude de rester assise dans l'appartement avec le pistolet braqué sur la porte d'entrée. J'espérais secrètement que Steve allait tenter de s'introduire chez moi, afin que je puisse l'abattre.

Susan travaillait sans répit, jusqu'à quinze heures par jour. Elle dirigeait trois boîtes de nuit, dont deux avaient ouvert peu de temps avant la disparition de Jerry. Celui-ci lui avait appris que la durée de vie moyenne d'un club était de trois à cinq ans, et elle voulait les préserver le plus longtemps possible, en mémoire de son mari.

Elle s'attela notamment à remettre de l'ordre au sein du personnel :

– J'ai convoqué tous les employés en assemblée

générale et, coiffée d'un casque de pompier, je leur ai dit ceci : « Je passe mon temps à éteindre des incendies et du coup rien n'avance. La confusion et la précipitation ne mènent à rien. Alors commençons par redéfinir le rôle de chacun. »

Après s'être plongée dans les livres de comptes, elle vit qu'il fallait réaliser un chiffre d'affaires de 100 000 dollars par mois pour atteindre l'équilibre. Certains mois furent bénéficiaires, d'autres non, mais l'un dans l'autre les trois clubs amorcèrent une reprise, pour culminer à 700 000 dollars de chiffre d'affaires mensuel.

— Malgré l'embellie, je croulais sous les factures. J'avais des crampes aux doigts à force de signer des chèques !

La procédure de faillite qu'elle avait engagée la menaçait comme une épée de Damoclès. Elle lui vaudrait quelque cent vingt recours en justice en l'espace de cinq ans, et des honoraires d'avocats astronomiques.

— Mais j'ai réglé tout le monde, se souvient-elle. D'abord les avocats, puis les créanciers hypothécaires et enfin, avec l'argent qu'il restait, les autres créanciers.

Privée de garantie financière, Susan devrait avancer les six premiers mois de loyers chaque fois qu'elle emménageait quelque part. Et louer une voiture serait un véritable parcours du combattant.

En dépit de ses efforts, la gestion du Baritz tourna au cauchemar. Un anonyme continuait de saisir les pompiers, les affaires sanitaires, l'Alcoholic Beverage Control, et tous les services d'inspection de la région. En outre, la question du stationnement demeurait un casse-tête. Alors, à l'expiration du bail, elle décida de revendre l'établissement et de se concentrer sur les Hot Rod de Fremont et d'Alameda, auxquels Jerry tenait le plus.

Quand elle ne s'endormait pas sur ses registres, pour être réveillée à l'aube par l'équipe de nettoyage, Susan quittait le bureau tard dans la nuit et traversait seule le parking désert jusqu'à son pick-up.

– J'aurais facilement pu me faire agresser, mais je n'y pensais pas. De toute façon, je n'avais personne pour m'escorter. Mes seules activités étaient travailler et dormir.

Si Susan peinait à se faire des amis, c'était aussi à cause de la réputation entachée de Jerry. Suite à la découverte du corps, la presse avait laissé entendre qu'il était lié à la mafia ou qu'il escroquait ses clients.

– C'est comme lorsqu'une femme est victime d'un viol, analyse Susan aujourd'hui. Au bout du compte, elle finit toujours par essuyer des reproches. Votre mari se fait assassiner, et l'opinion publique se rassure en décrétant qu'il l'a bien cherché. J'ai rencontré une jeune fille dans un salon de beauté à deux pas du bureau. Nous sommes devenues amies, mais elle m'a avoué par la suite que sa mère lui interdisait de me fréquenter, au motif que j'avais tué mon mari et que je travaillais dans le milieu de la nuit.

Malgré les serments de Bonilla, Jeff Rand n'avait perçu, en tout et pour tout, que 2 000 dollars pour le meurtre de Jerry Harris. Entre sa mère qui ne lui prêtait plus un sou et Susan qui lui interdisait l'accès aux clubs, Steve n'avait aucun moyen de payer ses hommes de main, dont l'impatience grandissait de jour en jour. Les enquêteurs choisirent donc comme angle d'attaque la question financière : Rand devait dire à ses ex-complices qu'il avait désespérément besoin d'argent – ce qui n'était pas faux –, et sous-entendre qu'il était prêt à parler aux autorités s'il ne touchait pas son dû.

La longue série de communications enregistrées débuta en avril 1988. Dans un premier temps, Nichols se montra plus loquace que Bonilla, qui avait toujours été d'un naturel méfiant, et avait à présent toutes les raisons de céder à la paranoïa. Il semblait se servir de Bill comme d'un tampon entre Rand et lui.

Le 21 avril 1988 à 21 h 30, Jeff Rand joignit Bill Nichols dans la maison que lui avait louée Steve à Mountain View. C'était un appel en PCV, comme le seraient la plupart des coups de fil de Rand. Sans surprise, l'échange fut plutôt frileux :

Nichols : Allô ?
Rand : Salut, ça va ?
Nichols : Et toi ?
Rand : On fait aller.

Rand expliqua qu'il cherchait des pièces détachées pour réparer l'embrayage de sa Jeep, puis demanda à Nichols quelles étaient les nouvelles de son côté.

Nichols : Eh bien, je crèche ici. Quand est-ce que tu peux venir ?
Rand : Je sais pas. J'ai trouvé un bon job. Ça paie bien par ici.
Nichols : T'en as de la chance. Parce que, ici, c'est pas la joie. J'allais d'ailleurs te proposer de me suivre dans le Sud.
Rand : Qu'est-ce que t'as trouvé dans le Sud ?

Nichols : Comment dire... C'est pas vraiment du travail... Enfin, si, peut-être, mais...

Rand : Cette ligne est sûre ?

Nichols : Non.

Rand : Eh bien, tu n'as qu'à trouver un téléphone où tu peux parler.

Nichols : Le mieux, c'est de m'appeler le week-end et de me donner une heure et un numéro.

Rand : Allons, tu sais bien que c'est des conneries, tout ça.

Nichols : Écoute, appelle-moi en PCV. On va se la jouer prudents, d'accord ?

Rand : Mais pourquoi tu peux rien me dire maintenant ? Dis-moi ce qui se passe, putain !

Nichols : C'est parce que je suis trempé. Je sors de la douche, tu vois. Je suis arrivé il y a moins d'une heure. Viens donc passer quelques jours à la maison. D'ici là, j'aurai fait un peu de rangement.

Rand : Tu peux me rappeler plus tard dans la soirée ?

Nichols : Tu veux entendre des nouvelles rassurantes ? C'est ça que t'essaies de me dire ?

Rand : Je veux juste savoir ce qui se passe. Je veux savoir précisément ce que l'autre raconte, je veux savoir ce que savent les flics...

Nichols : Tais-toi avant d'en dire trop !

Rand : Je veux savoir à quoi m'attendre.

Nichols : Tout va bien, Rand. T'as aucun souci à te faire. Aucun.

Rand demanda à Nichols s'il pouvait l'appeler vers 22 h 30, et ce dernier finit pas céder.

Nichols : Mais tu sais, il me faudrait au moins sept heures pour t'expliquer tout en détail. J'exagère pas. C'est pour ça que j'aimerais te recevoir ici.

Rand : Je n'irai nulle part sans savoir où je mets les pieds. (...) Vous m'avez laissé dans le flou, et je veux savoir de quoi il retourne au juste.

Nichols : D'accord, d'accord. C'est au point mort, voilà. Tout est au point mort. Steve est fortement soupçonné d'être pour quelque chose dans la mort de l'autre gus. Mais nous ne sommes pas en cause.

Rand : Je flippe dès que j'aperçois un flic, mec !

Nichols : Écoute-moi bien. Écoute bien ce que je vais te dire, Jeff. Toi et moi, on ignore tout des micmacs de Steve. On n'y a jamais pris part. Le seul lien qu'on ait avec lui – tu m'entends bien ? – le seul lien qu'on ait avec lui, c'est notre affaire de tuiles. Personne ne cherche à nous questionner parce que... parce que le fait qu'on connaisse Steve ne nous rend pas coupables pour autant, tu comprends ? Lui, par contre, il a les flics aux fesses. Pour couronner le tout, la femme du type – ou sa veuve, appelle-ça comme tu veux – l'a traîné devant les tribunaux, alors il risque d'avoir les mains liées pendant encore six mois. (...) Mais on finira par obtenir ce qu'on attend. Pour notre affaire de tuiles, j'entends... Simplement, faudra pas compter sur lui pendant quelques mois. Crois-moi, il est d'humeur massacrante ces temps-ci. Alors je préfère l'éviter. Et puis, je ne veux pas qu'on puisse croire que je fricote avec des personnes impliquées dans l'affaire que tu sais.

Rand : Qui d'autre est impliqué ?

Nichols : J'en sais rien.

Rand : Qui d'autre est au courant ?

Nichols : Toute la ville. Je veux dire, on peut lire

dans tous les journaux que Steve était l'associé de ce type, alors forcément...

Fidèle à sa parole, Nichols appela Rand d'une cabine à 22 h 30. Ce dernier expliqua qu'il avait pris une chambre d'hôtel et lui dicta le numéro, lequel débouchait en fait dans les locaux du FBI de Carson City. Nichols le rappela aussitôt sur cette ligne.

— Tu sais, dit-il, si je jongle avec les téléphones, c'est seulement par précaution.

— Mais s'ils ne savent rien sur nous, de quoi as-tu peur ? objecta Rand.

— Je n'ai pas peur, Jeff. Ils ont déjà vérifié mes antécédents. Ils ont vérifié mon alibi. Ils ont épluché tout ce qu'ils trouvaient sur mon compte. Ils ont sorti mon casier, et ils n'ont rien trouvé. Rien du tout.

— Tu ne m'avais pas dit que tu avais fait de la taule en Arizona ?

— Écoute, ils se sont juste intéressés à l'entourage de Steve. Et ton nom n'est jamais... Tu n'existes même pas dans cette histoire, d'accord ? Alors t'as aucune raison de t'inquiéter. Et puis ça ne sert à rien de rester dans cette ville. Il n'y a rien à faire ici. Je m'y suis installé il y a quelques mois seulement parce que je venais souvent dans le coin, et qu'on était censés boucler l'affaire.

— Qu'est-ce que t'entends par là ?

— Toucher le gros lot, quoi. Prendre possession des clubs de Harris, etc. Mais les juges ont tout bloqué.

Jeff Rand demanda à nouveau ce qu'avait déclaré Steve aux enquêteurs.

— Ils lui ont posé quelques questions, répondit Nichols d'un ton dégagé. Il a dit où il se trouvait ce soir-là, ce genre de trucs. Le lendemain, ils lui ont demandé s'il acceptait de passer au détecteur de mensonges ou d'être hypnotisé. Il a répondu : « Allez vous faire foutre. À partir de maintenant, faudra vous adresser à mon avocat. » Un mois après, les mecs du FBI sont revenus et lui ont dit droit dans les yeux : « Nous savons que vous êtes derrière tout ça. Nous savons que vous avez embauché des professionnels. Nous finirons par trouver Jerry Harris. » Et depuis, silence radio.

Duke Diedrich hocha la tête en entendant ces paroles. Elles reprenaient presque mot pour mot son échange avec Bonilla deux jours après la disparition de Jerry.

Jeff Rand passa à l'offensive :

— Tu sais, quand ils ont découvert où on l'avait enterré, dans le désert du Nevada...

— Eh bien ? demanda nerveusement Nichols.

— Tu n'as pas dû l'enterrer très profond.

— Ne parle pas comme ça, enfin ! Imagine que quelqu'un nous écoute. Je sais de quoi tu parles, alors t'as pas besoin d'en rajouter.

— D'accord.

— Et puis, je te ferais remarquer que s'il n'avait pas été retrouvé, Steve aurait peut-être dû attendre des années et des années pour récupérer sa thune. En fait, ça nous arrange bien qu'ils l'aient découvert. Sans ça, sa femme aurait tout gardé. De toute façon, personne ne sait comment il est mort.

— Mais quand même, lança Rand, t'as refroidi ce mec et t'as pas gagné un rond ! Et moi, j'ai dû faire des pieds et des mains pour que Steve m'envoie un malheureux billet de 200 dollars ! Par contre, dès qu'il s'agit de payer ses avocats, il a tout le fric qu'il faut.

— Tu sais, on est tous à sec, à l'heure qu'il est.

Mais Nichols s'empressa d'ajouter que la découverte du corps allait accélérer les paiements, ne serait-ce que parce que Bonilla craindrait d'être trahi par ses complices. En revanche, l'inverse était inconcevable, puisque Steve ne pouvait les dénoncer sans se dénoncer lui-même :

— Tu crois quand même pas qu'il va s'envoyer lui-même dans la chambre à gaz ?

Il n'empêche, rien n'indiquait que le meurtre de Harris allait profiter à Bonilla. D'où cette nouvelle saillie de Rand :

— Mais alors t'as refroidi ce type pour quoi ? Pour des prunes ?

— Putain ! éructa Nichols. Mais qu'est-ce qui te prend de balancer des trucs comme ça au téléphone ?

— Excuse-moi. C'est juste que Steve commence sérieusement à m'agacer.

— Et tu crois que t'es le seul à être agacé ? Je lui ai déjà botté le cul, figure-toi.

— Comment ça ?

— Je te dis que j'ai botté le cul de cet enfoiré.

— Tu veux dire que tu l'as cogné ?

— Ouais, mon pote. Je lui ai foutu quelques torgnoles pour qu'il nous file du pognon. Ça fait quatre mois que j'essaie désespérément d'obtenir du fric.

— Et vous êtes toujours en bons termes ?

— T'inquiète pas pour ça. Dès que ce contretemps sera réglé, on touchera notre pognon. J'ai vu tous les documents juridiques, et je suis ça de près. On finira par toucher notre fric. Steve touchera le sien. Et il y en a bien plus qu'on ne croyait.

– Ça chiffre dans les combien ?
– Je lui ai dit qu'il te devait au moins 50.
– 50 ?
– 5 000. Minimum.
– Et toi, tu demandes combien ?
– Je ne sais pas encore. Mais je suis en pétard parce que j'ai déjà claqué 10 000 dollars depuis que je vis ici. Je suis carrément fauché. C'est pour ça que je veux me barrer dans le Sud. Faut bien que je gagne ma vie.

À la demande de l'opératrice, Nichols remit soixante cents dans la fente de l'appareil, puis annonça une bonne nouvelle à Rand :

– La veuve et Steve essaient de trouver un compromis.

Nichols assura à Rand que personne, hormis les intéressés, ne saurait comment Steve répartirait la fortune de Jerry, puis il épuisa son temps de communication en médisant sur Bonilla :

– Sais-tu qu'il n'a pas bossé un seul jour depuis que ça c'est produit ? Non, j'exagère, il a dû travailler une semaine. Je te jure, ce mec est en glandeur. Tout ce qu'il sait faire, c'est pleurnicher parce que telle chose l'inquiète, parce que telle chose le contrarie, et parce que telle autre chose ne va pas non plus comme il voudrait... Il pensait ne faire qu'une bouchée de cette fille, mais tu parles ! Elle se défend bec et ongles, la garce. Steve finira bien par remporter le morceau, mais en attendant, elle le fait mariner, et elle va le faire mariner le plus longtemps possible. Elle est bien moins bête qu'il ne le prétend.

Bill Nichols était un fin bonimenteur. Si l'essentiel de son discours consistait en un mélange de rhétorique et d'intox, il disait toutefois vrai en affirmant que Susan n'était pas la moitié d'une idiote. Par son courage et son obstination, elle avait réussi à semer la zizanie entre les trois complices. Mais cela, Nichols et Bonilla l'ignoraient encore.

Les conversations ultérieures entre Rand et Bill seraient du même acabit. Nichols essaierait d'attirer Rand chez lui, en promettant de lui expliquer entre quatre yeux comment il comptait forcer Bonilla à les payer, et Rand continuerait de se dérober, tout en grappillant chaque fois quelques aveux supplémentaires.

Bill Nichols se montrait facilement disert lorsqu'il pensait utiliser un téléphone sûr. Il se dit furieux que, six mois après le meurtre de Harris, Bonilla n'ait tenu aucun de ses engagements. Et puis, Steve ne lui faisait pas peur, et il n'hésiterait pas à le tuer s'il faisait des histoires :

— Le premier qui se met en travers de mon chemin, je le dessoude, affirma-t-il. Personne ne m'empêchera d'encaisser mon pognon.

Tout de même, ne craignait-il pas que la police s'intéresse à lui à cause du laboratoire clandestin que Steve et lui avaient autrefois mis sur pied ? Il écarta la question d'un rire sardonique. Cet épisode était bien loin, et il n'éclairait en rien les rapports qu'entretenaient les deux hommes en 1987. Non, Nichols était persuadé d'avoir été rayé de la liste des suspects. Il s'était fait faire de faux reçus pour justifier sa présence dans l'Arizona la nuit du meurtre.

– Et la police a tout gobé... Comme une lettre à la poste, je te dis.

Les enquêteurs de la cellule Harris écouteraient chacune de ces discussions, soit en direct, soit sur cassette. Malgré leur impatience, ils attendraient de posséder suffisamment de preuves pour lancer les mandats d'arrêt.

22

— Le plus difficile, se souvient Duke Diedrich, fut de me taire pendant une année entière, alors que je connaissais les circonstances de la mort de Jerry et l'identité de ceux qui voulaient tuer Susan.

Diedrich était en effet convaincu que Susan Harris courait un grand danger. Elle aurait pu se faire enlever avec son mari à la sortie du Lum Yuen, ou à un autre moment si Jerry n'avait pas suivi Bonilla le soir du 20 octobre. Et ce n'était sûrement pas un adolescent inconscient qui avait failli la renverser avec ses parents. Depuis qu'elle tenait tête à Bonilla, elle risquait sa vie à chaque instant.

Hélas, alors que l'étau commençait à se resserrer sur Steve, Duke Diedrich se vit affecter à mi-temps sur une autre affaire. Le 4 juin 1988, la petite Amber Schwartz, six ans, avait été enlevée en milieu d'après-midi alors qu'elle jouait devant sa maison de Pinole, Californie. Atteinte de surdité depuis qu'une voiture l'avait heurtée, elle était la fille de Bernie Schwartz, un policier abattu en service au moment où il tentait d'interpeller un meurtrier.

Les fenêtres de la maison grandes ouvertes, la maman d'Amber passait régulièrement la tête dehors pour surveiller la fillette. Lorsqu'il sortit pour enfourcher sa moto, le beau-père d'Amber ne la vit pas dans l'allée. Il supposa qu'elle avait rejoint son frère au jardin. Mais il n'en était rien. Elle avait disparu.

Bâti à flanc de colline, le pavillon surplombait une école primaire dont la cour jouxtait un ruisseau.

— Ils commencèrent les recherches à 18 heures, se souvient Diedrich. À minuit, ils n'avaient trouvé aucune trace de l'enfant. Mais le lendemain matin, on découvrit ses socquettes dans la cour de l'école. Elles n'y étaient pas la veille. Autrement dit, quelqu'un était venu les déposer dans la nuit.

En tant que spécialiste attitré des affaires d'enlèvement, Duke passa des jours et des nuits à chercher Amber Schwartz, en s'intéressant à tous les pédophiles connus dans la région.

— Nous avons longtemps suivi un type que l'on surnommait Graveyard Gus (« Gus Cimetière »), car il allait régulièrement se recueillir sur des tombes d'enfants, dont plusieurs victimes d'enlèvements.

Malgré les efforts conjugués de Diedrich, de ses hommes et de la police de Pinole, la petite Amber ne fut jamais retrouvée et sa disparition demeure à ce jour une énigme.

Pendant qu'il travaillait sur l'affaire Schwartz, Diedrich appelait Susan dès qu'il le pouvait, pour venir aux nouvelles mais aussi pour la mettre à l'épreuve :

— Une fois, confie-t-elle, il m'a demandé de but en blanc si je savais garder un secret. Comme toujours, je lui ai dit la vérité : « Tu me connais, Duke.

J'aimerais bien, mais je finirai tôt ou tard par en parler à ma mère, puis à toute ma famille. »

Après avoir entendu Rand évoquer l'attentat manqué contre Flora Blume, Duke s'était précipité chez sa protégée.

— J'avais revendu toutes les voitures, se souvient cette dernière, à l'exception du 4 × 4 Bronco. Sitôt arrivé, Duke a inspecté le dessous du châssis, puis examiné le coffre. Quand je lui ai demandé ce qu'il cherchait, il a simplement répondu : « Une bombe. » Il n'a pas jugé utile de m'expliquer.

Mais Susan était trop lasse pour s'affoler. Depuis des mois, elle avançait en pilotage automatique. Boulot, dodo, boulot, dodo. Elle s'était habituée à vivre dans la menace. L'avenir n'existait plus. Elle vivait au jour le jour.

— Duke était mon héros, mon grand frère. Ses appels tombaient toujours au bon moment, comme s'il devinait à distance ce que je ressentais. Il veillait sur moi. Il m'a même appris à semer une voiture si j'était prise en filature.

Un matin, Duke passa à l'appartement de Susan en compagnie du chef de la police de San Ramon.

— Je croyais qu'il venait juste me dire bonjour, et que l'autre type se trouvait là par hasard. J'appris plus tard qu'il était en fait venu lui montrer où j'habitais, afin que la police intervienne au plus vite en cas d'urgence.

Quelques jours plus tard, les autorités de la ville eurent justement l'occasion de prouver leur diligence quand Duke reçut un coup de fil de l'avocat de Susan, qui signalait que la ligne de sa cliente sonnait sans cesse occupée. Craignant le pire, Diedrich dépêcha aussitôt plusieurs unités chez elle.

– En voyant surgir toutes ces voitures, je me suis demandé ce qui se passait, se souvient Susan. J'ignorais que mon téléphone ne marchait plus. J'ai dû utiliser celui de la police pour joindre Duke et le rassurer.

En cet été 1988, toute l'action se déroulait en coulisses. Steven Bonilla était surveillé de près, mais ni lui ni l'entourage de Susan ne le savaient. Du coup, la peur était à son comble :
– L'avocat chargé de ma procédure de faillite s'était procuré un permis de port d'armes. Puis j'ai découvert que tous mes amis gardaient un revolver sur eux.

À défaut de pouvoir parler à Susan de la souricière montée contre Bonilla et Nichols, Duke décida qu'il fallait tout de même en informer quelques-uns de ses proches. Il pensa aussitôt à Mel et Judy Boyd, l'oncle et la tante de Susan. Étant eux-mêmes policiers, ils comprendraient la situation et la nécessité de garder le silence. Une parole de trop, et Bonilla pouvait flairer le piège. Il ne manquait plus que quelques phrases sur une cassette pour que les deux suspects soient irrémédiablement associés au meurtre de Jerry Harris. Mais nul ne savait combien de temps il faudrait encore patienter.

Duke invita les époux Boyd dans un restaurant tex-mex de Concord.
– Je leur ai dit que nous savions pourquoi, où, et comment Jerry était mort, que nous étions sur le point

d'arrêter les coupables, et qu'à mon avis Susan était en sécurité – et d'autant plus en sécurité qu'elle ne savait rien. Ils souhaitaient en apprendre davantage, mais ils n'ont pas insisté. Et n'ont rien dit à leur nièce.

23

Tout au long de l'été, Rand fut déplacé de QG en QG, entre le Nevada et la Californie, afin de laisser croire à ses complices qu'il changeait régulièrement de cabine téléphonique.

Nichols était presque aussi mobile que lui. Il regagnait Mountain View ou l'Arizona entre deux voyages en Californie du Sud, où se trouvaient ses nouveaux projets. L'un d'eux consistait à remettre à neuf des voitures de luxe ; un autre à rechercher des héritiers disparus.

Les policiers étaient subjugués par le bagout de Nichols. S'il avait opté pour une vie honnête, il aurait pu devenir un commercial hors pair. Voilà pourquoi il plaisait tant aux femmes, malgré son regard de chien battu et sa maigreur : il pouvait faire croire n'importe quoi à n'importe qui. Ou presque.

Lors d'un nouvel entretien, Jeff Rand s'inquiéta de ce que son complice ait pu laisser des indices matériels sur le lieu du crime ou autour de la sépulture :

– Et la Mercedes ? Et le camion ? Et mon couteau suisse ? J'avais un couteau suisse dans le camion.

– Ouais.

— Tu pourrais vérifier ? Il est recouvert de mes empreintes, tu comprends.

— Je l'ai balancé.

— Qu'est-ce que t'as balancé ?

— Ton petit couteau.

— Tu l'as retrouvé, alors ?

— J'ai balancé tout ce qu'il y avait dans le camion.

— Et la mallette ?

— Balancée. J'ai rien laissé de compromettant, je te dis.

— Et la bâche ?

— Pareil. Je me suis occupé de tout.

— T'en as fait quoi ?

— Je l'ai brûlée.

— Et l'adhésif ?

— Écoute, t'as pas besoin de raconter tout ça au téléphone, puisque je te répète que j'ai tout réglé.

Nichols affirma ensuite que Bonilla n'était même plus considéré comme suspect :

— Ils pensent à quelqu'un d'autre.

— Ah bon ? répondit Rand. J'ai du mal à le croire.

— Ils sont sur la piste d'une autre personne que ce gars aurait entubée. Le seul problème, désormais, c'est cette putain de bataille juridique. Bonilla a complètement sous-estimé la salope. Mais ça devrait s'arranger d'ici août ou septembre.

Steve Bonilla étant la cible numéro un des autorités, Rand tâcha de lui arracher un rendez-vous téléphonique par l'intermédiaire de Nichols.

— Je n'ai aucune confiance en Bonilla, commença-t-il.

— Entre nous, je peux le comprendre.

— Il refuse de me parler, et ne cesse de me renvoyer sur toi. J'ai l'impression qu'il compte me faire porter le chapeau si ça tourne mal.

— Mais non, allons. Ce serait suicidaire de sa part. Et puis on n'a rien à se reprocher, pigé ?

— N'empêche que toi, tu peux lui parler quand tu veux. Moi aussi, je veux lui parler. Je veux savoir ce qu'il a dit.

— Et ça t'apportera quoi ? Je te parie qu'au bout de vingt secondes, tu lui auras déjà brisé le cou. Résultat : on touchera jamais rien.

— Conduis-le à un téléphone sûr, insista Rand. Je ne plaisante pas.

— Il refusera de te parler. Il me l'a dit.

— Foutaises, oui ! (...) Au fait, c'est quoi qui est prévu en septembre ? Raconte un peu.

— Eh bien, si tout se passe comme on l'espère, c'est là qu'on devrait prendre possession des trucs. C'est parce que l'homologation du testament prend quatre-vingt-dix jours.

— En tout cas, Bonilla ne se débarrassera pas de moi aussi facilement. Je veux parler à ce type !

Nichols tenta de calmer le jeu en promettant d'en savoir plus dans quelques jours, le temps qu'il installe son garage d'occasions à Los Angeles. Sur sa lancée, il proposa de nouveau à Jeff de l'y rejoindre. Mais Rand n'était pas intéressé.

— Et si Bonilla nous dénonçait ? reprit celui-ci.

— Mais t'es bouché ou quoi ? Il signe son arrêt de mort s'il fait ça ! Il ne peut pas te balancer sans se balancer lui-même.

— Vous m'avez raconté tellement de salades depuis le début que je ne sais plus quoi penser.

Nichols tenta le coup de la dernière chance :

– Il ne t'a pas menti, Jeff. Tu peux pas dire ça. C'est juste que c'est le bordel dans sa tête et qu'il pète les plombs parce qu'il a pas son fric. Faut pas chercher plus loin, mec. Il n'essaie pas de t'embobiner. Ni toi ni moi. Tout aurait pu être réglé depuis trois mois s'il s'y était pris correctement. Mais le pauvre court comme un poulet qu'on vient de décapiter.

L'objectif de Nichols était limpide : tout d'abord, faire croire qu'il détestait Bonilla – ce qui n'était pas forcément très difficile – pour convaincre Rand qu'il était de son côté et l'empêcher ainsi de commettre l'irréparable. Ensuite, l'attirer à Los Angeles de sorte à pouvoir, s'il s'avérait vraiment incontrôlable, lui causer un accident mortel.

À l'évidence, il avait pour consigne de tenir Jeff à distance de Steve. Il céda cependant quand Rand menaça de faire une grosse bêtise s'il n'obtenait pas satisfaction. Et c'est ainsi que Bonilla eut un soir la surprise d'entendre la voix de Jeff Rand en décrochant son téléphone.

– Alors, quoi de neuf ? demanda ce dernier.
– Pas grand-chose à signaler...

Rand réclama son dû, et Steve d'expliquer que Susan Harris lui bloquait l'accès aux comptes des clubs. Puis il se raidit :

– Je refuse de poursuivre cette conversation, Jeff. On ne sait pas qui peut nous écouter. Mes propos risqueraient d'être mal interprétés.

– Ça a servi à quoi de tuer ce type ? demanda soudain Rand.

– Mais enfin, qu'est-ce que tu racontes ? bredouilla Steve avant de raccrocher.

Puisque Bonilla avait l'habitude de réunir ses complices dans des chambres d'hôtel, les enquêteurs chargèrent Rand d'obtenir une telle rencontre, que Tom Westin immortaliserait au moyen de caméras et de micros espions. Mais Steve leur fit chaque fois faux bond, craignant que Rand lui tende un piège ou cherche à le tuer.

Pourtant, Bonilla ne pouvait se permettre de couper totalement les ponts, au risque d'être dénoncé. Alors il choisit de se rendre à Elko, où il expliqua à Rand qu'il était grand temps d'accorder leurs violons au cas où on les interrogerait. Ainsi étaient-ils censés s'être connus par le biais d'un ami commun.

– Dis-leur que je t'ai appelé pour te proposer de monter un commerce de tuiles.

La suite de leurs échanges fut exclusivement téléphonique, et non moins épique : Bonilla et Nichols sautaient de cabine en cabine jusqu'à ce qu'ils soient convaincus d'appeler d'un lieu sûr. À croire qu'ils n'avaient jamais songé que Rand pouvait lui-même être relié à la table d'écoute...

Bill et Steve demandèrent à Jeff d'utiliser le « black horse »[1] – un code de potaches où chaque lettre correspond à un chiffre – pour dicter ses numéros de cabine en toute sécurité. Laborieusement, ils lui en expliquèrent le principe, que les policiers hilares recopièrent en direct.

Deux coups de fil plus tard, Bonilla reconnut que Bill et lui avaient décidé d'éliminer Jerry Harris six mois avant de contacter Rand. Puis Rand indiqua que

---

1. Cheval noir. (*N.d.T.*)

le FBI interrogeait les habitants d'Elko à son sujet. Steve parut troublé par cette nouvelle :

— Je crois qu'on a un sérieux problème. Et moi qui pensais que tout rentrait dans l'ordre... Tu ferais mieux de rester planqué, Jeff. Bon sang, j'arrive pas à croire qu'ils sont à Elko... Tu dois joindre Bill de toute urgence, et je vous conseille de répéter votre texte !

Rand lui sortit alors le grand jeu, expliquant que sa vie était en miettes, qu'il n'avait pas un sou hormis quelques billets grappillés par-ci par-là en travaillant sur des chantiers, et que, pour couronner le tout, sa femme s'était enfuie à Seattle avec leurs deux enfants. Bonilla fit alors preuve de compassion :

— Je suis navré, Jeff. Il n'y a rien de plus douloureux que de perdre sa femme — sinon perdre ses parents.

Puis il songea que si l'épouse de Rand l'avait quitté, elle pouvait leur causer un tort considérable. Elle était présente quand Jeff avait reçu Steve à Elko, elle avait vu son mari rentrer de Californie au volant de la voiture de Bonilla, et elle avait assisté au retour de Jeff et de Nichols après qu'ils eurent enterré le corps de Jerry Harris dans le désert du Nevada.

— Si ta femme leur raconte ça, prévint Steve, on est faits comme des rats. Elle a largement de quoi nous faire plonger. Pourtant je vous avais bien dit, à toi et à Bill, de prendre toutes les précautions...

Rand demanda ce que Bonilla avait lui-même raconté aux autorités. Rien, répondit-il, sinon qu'il avait conduit Jerry au parc d'activités dans la soirée du 20 octobre, puis que chacun était reparti de son côté.

Voilà pour sa version des faits. Ses deux complices n'avaient plus qu'à peaufiner la leur.

Les bandes magnétiques s'accumulaient. Le printemps 1988 s'était fondu dans l'été, et Bill Nichols semblait vaciller à son tour. Tantôt il se faisait l'avocat de Steve, tantôt il se montrait plein de défiance. Un jour, il promettait que l'argent serait débloqué sous peu, sitôt démêlées les tracasseries juridiques de Susan Harris, et le lendemain, il se plaignait de n'avoir toujours rien reçu.

Mais surtout, les enquêteurs sentaient Nichols et Bonilla prendre peur face à l'encombrant Jeff Rand. On pouvait presque les entendre transpirer au téléphone. Même le volubile Nichols s'exprimait désormais à mots couverts, comme si son patron l'avait mis à garde.

– Steve est-il surveillé ? demanda Rand.

– Tout va bien, répondit Nichols. Et on n'a rien fait de mal. T'inquiète pas pour les mecs du FBI qui rôdent à Elko. Ils font juste quelques vérifications. Ils ne cherchent personne en particulier. Crois-moi, tu seras récompensé pour ta patience.

Puis il expliqua qu'ils n'étaient jamais à l'abri d'une écoute, même en changeant régulièrement de cabine. Et d'ajouter :

– C'est pour ça que je ne dis jamais rien au téléphone.

Cette remarque fit bien rire Diedrich, Tollefson, Goodfellow et Whiston, qui avaient déjà enregistré une bonne trentaine de conversations remplies de déclarations compromettantes.

Le 9 août 1988, en composant le numéro que Nichols lui avait indiqué, Rand tomba sur un disque signalant qu'il n'était plus attribué. Il appela aussitôt Bonilla, qui feignit d'être ravi :

— Ah, Jeff ! J'attendais justement ton coup de fil.

— Quoi de neuf ? demanda Rand. Figure-toi que Nichols m'a donné un faux numéro.

— Oui, il a déménagé. Il doit m'appeler ce week-end, alors je lui dirai de te contacter.

— Il est où maintenant ? Toujours près de chez toi ?

— Écoute, je lui dirai de te joindre. Tu m'appelles et tu me donnes un numéro de dossier et une heure. Il va m'appeler samedi, puis il t'appellera dimanche. Tu sais utiliser un numéro de dossier, n'est-ce pas ?

— Ouais, ouais. Black horse.

— Exactement. Allez, à la prochaine.

Quand Jeff rappela Steve à son agence immobilière, comme convenu, il tomba sur un répondeur. Idem le lendemain, le 14 août. Alors il laissa le message suivant :

— Salut, c'est Jeff. Voici le numéro de dossier : o-e-l-a-l-a-s-a-k-l. Bon, je vais me chercher un truc à manger, et je suis de retour d'ici un quart d'heure. Si on se rate, je vous rappellerai demain ou après-demain soir. Entendu, les gars ? Essayez de me rappeler.

Ils n'en firent rien. Jeff laissa un deuxième numéro codé : o-e-l-o-r-c-s-l-e-b. Cette fois-ci Bonilla retourna l'appel, et promit que tout allait pour le mieux :

— Rien de nouveau sous le soleil, sinon que Bill cherche du boulot dans le bâtiment. Mais j'ai quand même un truc à te dire : au cas où mes chers amis [le FBI] te rendraient visite, sache qu'ils sont très joueurs et qu'ils adorent embobiner le monde. Ils font semblant de posséder tous les éléments et te proposent toutes sortes de marchés à la noix. Je le sais, il m'ont fait le coup.

— Que dois-je comprendre ?

— Ils aiment faire croire qu'ils connaissent la vérité, alors qu'ils ne savent rien du tout.

— Ils t'ont embêté récemment ?

— Pas de nouvelles depuis quatre mois.

— C'est vrai ?

— Un mois après l'incident, ils m'avaient déjà oublié.

Bonilla expliqua qu'il allait une nouvelle fois changer de numéro et le faire répertorier au nom de « K. Bonilla ». Il annonça de même que Nichols avait regagné sa maison de Mesa, et que la bataille contre Susan Harris devait se conclure à leur avantage le 14 septembre.

Fin août, Bonilla commençait à avoir très peur. Il craignait que Rand, qui répétait sans cesse que la police en savait trop, ne perde ses moyens s'il était interrogé.

— Ils vont te pousser très loin, et te poser des questions très directes. Évite à tout prix de rentrer dans leur jeu, tu m'entends ?

— C'est-à-dire ? demanda Jeff avec son éternelle fausse candeur.

— Par exemple, on m'a parlé d'un type condamné pour le meurtre de sa copine. Lors de l'interrogatoire, les flics l'ont forcé à se mettre dans la peau de l'assassin, puis à tout nier en bloc, et ainsi de suite. Pour finir, le type était tellement embrouillé qu'ils ont réussi à lui extorquer des aveux. Mais lui, il proteste : « Je n'ai rien avoué du tout ! Je ne savais pas ce que je disais ! »

Bonilla expliqua qu'il aurait bien envoyé Rand se cacher avec Nichols dans l'Arizona, s'il en avait eu les moyens.

À la mi-septembre, les communications avaient gagné en fréquence et en durée. Rand parlait à n'en plus finir, et les numéros codés changeaient tous les jours.

Le 14 septembre, ne voyant rien venir sur le plan financier, Nichols se mit à déchanter :

— Je lui ai demandé 1 600 dollars pour acquérir une licence d'entrepreneur en bâtiment, et tu sais ce que j'ai reçu ? dit-il à Rand.

— Non ?

— 180 dollars ! Et devine un peu par qui il se fait entretenir...

— Aucune idée.

— Par sa mère ! Ah, il est peinard, l'enfoiré, avec sa mère qui lave ses slips ! Maintenant qu'on a tous les deux quitté la ville, il est tranquille. Il joue au golf quatre fois par semaine et tond la pelouse tous les trois jours pendant que toi et moi on galère comme des cons. Je crois que le message est clair : on peut tous les deux aller se faire foutre.

Nichols était sur la paille. Bonilla aussi. Et Rand vivotait. Le meurtre de Jerry Harris aurait dû les rendre riches. Chacun comprit qu'il n'en serait rien.

La toute dernière cassette fut étiquetée : « 19 septembre 1988, 19 h 36. »

QUATRIÈME PARTIE

Septembre 1988

24

Onze mois après la disparition de Jerry Harris, les enquêteurs avaient dissipé toute zone d'ombre quant aux circonstances de sa mort. Une trentaine de cassettes audio attendaient d'être diffusées devant un jury et les mandats d'arrêt étaient prêts.

Dans la nuit du 19 septembre 1988, des hommes du département de police de Pleasanton, du comté de Washoe, du commissariat de Mesa, du bureau du district attorney d'Alameda et du FBI se rassemblèrent pour préparer les interpellations simultanées de Steven Bonilla et William Winifred Nichols. Le but était de les prendre par surprise afin qu'ils ne puissent se prévenir mutuellement. Sans ressources, le premier était rentré chez sa mère, et le second dans l'Arizona pour travailler sur des chantiers en attendant des jours meilleurs.

Duke Diedrich était de la première équipe qui arriva à Mountain View avant l'aube. Il était prévu de se présenter chez Ella Bonilla vers 7 heures, heure à laquelle ce lève-tard de Steve serait probablement encore au lit.

Ella Bonilla vivait depuis de nombreuses années

au 757 Leona Lane, dans un pavillon somme toute modeste ; sa fortune et ses ranches n'avaient pas survécu aux déboires financiers de son fils. Le lieutenant Tollefson et l'agent spécial Tom Westin frappèrent à la porte d'entrée tandis que Duke Diedrich couvrait l'arrière de la maison. Après un long moment, un Steve Bonilla engourdi vint ouvrir. Il s'était habillé à la hâte, ses rares cheveux en bataille. Cette visite impromptue acheva de le réveiller. Ses yeux gonflés s'écarquillèrent devant la demi-douzaine d'hommes massés sur le seuil. Aucun de ces visages ne lui était connu.

– Monsieur Steve Bonilla, je vous arrête pour le meurtre de Jerry Harris, déclara Gary Tollefson.

Sonné, l'intéressé se retourna, sans un mot, pour qu'on lui passe les menottes.

Ella et la sœur de Steve dormaient encore. Mais ses deux filles assistèrent à la scène. Les machinations de leur père venaient de faire quatre nouvelles victimes...

Bonilla reçut le coup de grâce quand apparut son vieil ennemi du FBI, Duke Diedrich.

– Je vous mentirais, confie ce dernier, en vous disant que ce ne fut pas le moment le plus jouissif de ma carrière. Je me souviens d'être resté un moment dans la cuisine avec Bonilla. Il était menotté, et fou de rage. Je me suis avancé vers lui, et j'ai dit : « Souvenez-vous, Steve. Je vous avais prévenu que je reviendrais. Eh bien, me voilà. » Il n'a rien répondu.

Duke souhaitait annoncer lui-même l'arrestation à Susan. Elle lui avait arraché une promesse solennelle, et il avait tenu parole. Il empoigna le téléphone de la cuisine et composa son numéro sous le regard noir du prévenu.

— Allô, Susan ? On vient à l'instant d'arrêter Steve Bonilla pour le meurtre de Jerry.

Tollefson enfourna le prévenu dans un fourgon en partance pour le commissariat central de Mountain View. Là-bas, le lieutenant lui relut ses droits, puis commença à l'interroger. Mais Bonilla n'avait rien à dire. Il avait pris soin de préparer le texte de Rand et de Nichols, sans penser qu'il pourrait lui-même en avoir besoin. Il était tellement persuadé d'avoir – pour une fois – réussi son coup...

Il fut incarcéré à la prison de Santa Rita, dans le comté d'Alameda.

Pendant ce temps, à des centaines de kilomètres de là, la seconde équipe arrêtait Bill Nichols à Mesa, dans la banlieue de Phoenix. Sa femme, ses deux filles et son petit garçon le virent partir les menottes aux poignets. On le conduisit au commissariat, où il refusa de faire la moindre déclaration. Lui non plus ne s'était douté de rien, persuadé que Rand lui mangeait dans la main. Il intégra la prison de Maricopa County, dans l'attente de son extradition vers la Californie.

Steve Bonilla et William Nichols furent inculpés pour assassinat avec préméditation et à fin d'enrichissement personnel, soit deux circonstances aggravantes qui les rendaient passibles de la peine de mort.

L'affaire Harris quitta les pages intérieures des gazettes pour revenir en une. « Double arrestation pour le meurtre du patron de night-clubs. Son associé incarcéré à Moutain View », titra le *Mercury News* de San Jose au-dessus d'un portrait de Jerry. Mais les journalistes en savaient très peu. S'ils connaissaient les noms des deux prévenus, tous ignoraient la nature des liens entre William Winifred Nichols et Jerry Harris. Le capitaine John Severini de la police de Pleasanton laissa seulement entendre que de nouvelles interpellations n'étaient pas à exclure.

Devant le silence des autorités, la presse se tourna vers la famille de la victime, où personne ne parut surpris de l'inculpation de Bonilla.

– Nous étions persuadés qu'il avait fait le coup, confia la mère de Jerry. Il était la dernière personne à l'avoir vu vivant.

Elle s'avoua néanmoins troublée par la façon dont Steve avait changé au fil des ans ; elle se souvenait qu'il avait fait livrer « un énorme et magnifique bouquet de fleurs » lorsque Jim Harris avait eu son attaque. En revanche, il n'avait pas assisté à l'enterrement de Jerry et n'avait même pas envoyé un mot.

Les frères de Jerry exprimèrent leur colère et leur rancœur en termes autrement violents, au point que Duke dut leur demander de modérer leurs propos.

Susan salua publiquement « le travail, le dévouement et la détermination » des enquêteurs, avant d'ajouter :

– Ce n'est pas seulement la présence de mon mari qui me manque terriblement, mais aussi cet amour de la vie que nous partagions tous les deux. Bien que rien ne puisse jamais remplacer Jerry dans mon cœur, j'éprouve un certain réconfort à voir ses meurtriers présumés traduits en justice.

Ella Bonilla se refusa à tout commentaire, mais une vieille voisine se dit consternée qu'un « brave jeune homme comme Steve » puisse être soupçonné de meurtre. Ginger Bonilla, pour sa part, n'accorda que des entretiens téléphoniques aux reporters qui la sollicitaient.

— J'ai conscience qu'il n'est pas très correct de se réjouir d'un tel événement, déclara-t-elle. Mais c'est une femme terrorisée qui vous parle.

Et d'expliquer qu'elle avait dû fuir le comté de Santa Clara au plus fort de sa bataille contre Steve pour obtenir la garde de leur fils.

Les enquêteurs perquisitionnèrent au domicile d'Ella Bonilla et saisirent quantité d'objets, de documents, de feuilles de comptes et de factures pouvant éventuellement servir d'éléments à charge. Mais rien qui n'eût à première vue l'aspect d'une preuve probante. Nichols et Bonilla avaient bel et bien pris soin de ne laisser aucune trace.

Jeff Rand avait mentionné un caisson en contreplaqué fixé au plancher du pick-up, qui avait accueilli Jerry durant le trajet jusqu'au désert. Mais l'objet avait disparu.

Ce n'était pas bien grave. Le contenu des cassettes, qui reposaient dans un coffre et dont les deux prévenus ignoraient l'existence, était suffisamment accablant.

Le 28 septembre, Steve Bonilla reçut lecture de son acte d'accusation au tribunal d'instance de Livermore-Pleasanton-Dublin. Il était représenté par Lincoln Mintz, un avocat corpulent à la voix grave et néanmoins chaleureuse. Avec son « pyjama » rayé de condamné et sans sa perruque, son client paraissait tout à fait inoffensif, n'eût été son éternel regard mauvais.

Il plaida non coupable de meurtre avec circonstances aggravantes. Sa demande de libération sous caution fut rejetée, jusqu'à nouvel examen le 26 octobre.

Le 7 octobre, comme convenu avec Tollefson, Jeff Rand se rendit de lui-même au commissariat de Pleasanton, où il fut inculpé pour complicité de meurtre et association de malfaiteurs, puis relâché en échange d'une caution de 8 000 dollars.

Tollefson refusa de préciser à la presse le rôle joué par cet « ouvrier du Nevada » dans le meurtre de Jerry Harris. Interrogé sur la possibilité de nouvelles arrestations, il répondit qu'il était trop tôt pour le dire.

Frustrés, les journalistes interviewèrent tous ceux qui avaient de près ou de loin connu Bonilla et Harris, et ressuscitèrent ainsi les vieilles rumeurs de structures pyramidales, de crime organisé et de luttes de pouvoir. Ils ne pouvaient savoir qu'ils se trouvaient en réalité face au plus vieux mobile du monde : la convoitise.

Jeff Rand se soumit sans tarder à une série d'auditions préliminaires, où il conta les aventures et mésaventures de son trio de bras cassés – ou de deux gangsters à la petite semaine ayant misé sur le mauvais cheval.

Les enquêteurs savaient que Steven Bonilla enviait le succès de Jerry Harris, tandis que Rand et Nichols s'étaient rêvés dans la peau d'un Steven Bonilla, entourés de femmes, d'argent et de belles voitures – avant de comprendre que leur modèle n'était qu'un pitoyable enfant gâté.

25

Susan Harris demeura presque trois ans dans son appartement de San Ramon. Personne, et surtout pas elle, n'aurait pu deviner qu'il faudrait si longtemps pour traîner Bonilla et Nichols devant un jury d'assises.

En novembre 1988, Bill Nichols luttait ferme contre son extradition vers la Californie, avec l'aide d'un avocat qui l'avait déjà défendu par le passé. Conscient que les circonstances aggravantes retenues contre lui pouvaient le conduire à la chambre à gaz, il proposa de collaborer avec Goodfellow et Whitson. En gage de bonne volonté, il leur offrit d'indiquer l'endroit où il avait enterré les menottes ayant servi à attacher Harris.

Trois jours avant Noël, un Whitson dubitatif se rendit donc dans l'Arizona, où l'attendaient un agent du comté de Maricopa et Bill Nichols. Celui-ci les conduisit jusqu'au lit d'une rivière asséchée. Whitson et le policier local creusèrent le sol pendant des heures, mais firent chou blanc. À se demander si les menottes s'étaient jamais trouvées là...

Nichols avait eu treize mois pour révéler aux autorités les circonstances du prétendu « accident » qui avait coûté la vie à Jerry Harris. Mais il avait laissé filer sa chance. Le 17 janvier 1989, il fut inculpé pour assassinat avec préméditation. Son audition préliminaire devant le tribunal de Livermore-Pleasanton-Dublin eut lieu dans la troisième semaine de mai. Comme Steven Bonilla, il clama son innocence.

Même dans l'épreuve, Nichols n'avait rien perdu de son humour. Quand Goodfellow diffusa l'enregistrement de ses conversations avec Rand, son visage exprima des sentiments contrastés, et lorsqu'il s'entendit affirmer : « Tant que personne ne nous écoute, on n'a rien à craindre », il adressa à son avocat un sourire plein d'autodérision. De même, quand Rand préciserait lors du procès dans quelles conditions s'étaient déroulés ces entretiens, Nichols soulèverait une vague de rires en s'écriant : « Je ne prendrai plus tes appels en PCV, Jeff ! »

Après les audiences préliminaires, qui confirmèrent les chefs d'inculpation, il faudrait attendre octobre 1991 – soit quatre ans après le décès de Jerry – pour que le procès débute enfin. Les tribunaux californiens étaient bondés, et les avocats de la défense multipliaient les procédures dilatoires.

Les parents de Jerry avaient tant attendu le procès des meurtriers de leur fils. Malheureusement, le destin les priverait de cet événement. Quelques jours après la disparition de Jerry, on avait diagnostiqué chez Faye Harris un cancer du sein. Des années plus tard, lors d'une pause dans son traitement, le couple s'était offert un voyage à travers le pays. Un soir, fatigué d'avoir conduit pendant des heures, Jim demanda à son épouse de le remplacer au volant. Ils s'arrêtèrent au bord de l'autoroute, et chacun sortit de son côté pour faire le tour du véhicule. Surgit alors un camion-benne conduit par un chauffeur ivre, qui emboutit le pick-up et traîna Jim sur une bonne centaines de mètres. Faye remonta la route en hurlant. Elle ne retrouva que l'annulaire de son mari, orné de l'alliance qu'elle lui avait offerte. Peu de temps après ce drame, le cancer de Faye entra en phase terminale. Arrachée à son fils et à son mari, elle n'avait plus la volonté de se battre. Elle s'éteignit avant l'ouverture du procès.

CINQUIÈME PARTIE

Le procès

Février 1992

26

La sélection des jurés dura presque quatre mois, si bien que le procès ne débuta réellement qu'en février 1992, au tribunal d'Oakland, sous la présidence du juge Benjamin Travis, de la Cour supérieure du comté d'Alameda.

Le procureur Jon Goodfellow représentait l'État de Californie, Steven Bonilla était défendu par Lincoln Mintz, et Bill Nichols par deux avocats commis d'office, Howard Harpham et Brian Pori.

La défense émit deux souhaits assez prévisibles : elle demanda que les témoins potentiels – dont Susan Harris – soient écartés des audiences pour éviter que leurs réactions n'influencent les jurés, ensuite que l'accusation ne puisse montrer aux jurés les photos du cadavre retrouvé dans le désert. Le juge accorda la première motion et rejeta la seconde. Jon Goodfellow avait bien l'intention de montrer des photos de la victime – vivante et morte – lors de sa déclaration initiale.

Jon Goodfellow se leva pour prendre la parole devant les huit hommes et quatre femmes composant le jury. Il estimait avoir besoin d'une journée entière pour introduire une affaire qu'il connaissait sur le bout des doigts. Sans regarder à la difficulté, il raconta la pépinière, les night-clubs, le mariage avec Susan... Il consacra six heures à expliquer qui étaient Jerry Harris, Steve Bonilla et Bill Nichols.

Goodfellow ne cacha pas que la victime avait pour habitude de financer une entreprise en ponctionnant une autre, et qu'il prenait l'argent partout où il se trouvait.

– C'est ainsi qu'il emprunta à la mère de Steve Bonilla, et dès lors ce dernier exigea sa part du gâteau. Il voulait prendre le train en marche pour accéder au prestige d'un Jerry Harris – autrement dit, devenir quelqu'un. (...) Nommé associé dans SteelFab, il acquit quelques parts du Baritz.

Mais Jerry commença vite à trouver Bonilla encombrant :

– Il s'en sortait très bien tout seul, et Steve ne lui était pas d'une grande utilité. Il dut le mettre en garde : « Les quelques parts que tu détiens ne te donnent aucun pouvoir sur mes entreprises. » Mais ces remarques n'empêcheraient pas Steve de se pavaner au Baritz en prétendant être le propriétaire des lieux. Jerry le savait, mais il fermait les yeux.

Goodfellow indiqua sur une carte les divers établissements de Harris. En 1987, les clubs étaient florissants, et Bonilla – qui n'avait manifestement jamais saisi la nuance entre chiffre d'affaires et bénéfices nets – s'estimait floué. Citant des documents retrouvés lors de la perquisition chez Ella Bonilla, le procureur exposa le mobile du meurtre :

— Les choix de Jerry Harris, tout comme les propos qu'il tenait à Steve Bonilla, étaient sans équivoque : ce dernier ne devait pas s'attendre à devenir son associé. Ce qu'atteste le fait que Jerry ait toujours refusé de signer les documents rédigés par Steve qui visaient à le promouvoir associé à part entière. Steve était, en somme, un éternel prétendant.

Jerry avait remboursé Ella Bonilla, et il n'avait plus besoin de sa fortune, ni de son fils.

Là-dessus, le procureur décrivit la dernière journée de Jerry Harris. Il en connaissait le déroulement minute par minute, du lever à 4 h 30 jusqu'aux ultimes coups de fil à Susan et à son frère, sur le chemin du parc d'activités. Puis, photos à l'appui, Goodfellow évoqua le 10 janvier 1988, jour de la découverte du corps. Les jurés tressaillirent devant l'image du cadavre en décomposition.

Juxtaposant avec adresse le destin de Jerry Harris et les machinations de Steve Bonilla, Goodfellow lut à voix haute une lettre adressée par ce dernier à l'Alcoholic Beverage Control, dans laquelle il se plaignait d'avoir été « manipulé, trompé, trahi par un individu que je tenais pour un ami et un associé depuis plus de vingt ans ».

— Ainsi, poursuivit le procureur, pendant que le coroner de Reno tentait d'identifier le corps de Jerry Harris, Steve Bonilla essayait encore de prendre le contrôle du Baritz.

Le juge Travis interrompit le procureur pour la pause de midi, en prononçant ce qui deviendrait son leitmotiv :

— Bon appétit à tous, et rendez-vous à 13 h 30.

Mais après ce qu'ils venaient de voir, l'appétit des jurés semblait quelque peu entamé.

À la reprise, Goodfellow fit entrer en scène les personnages de Bill Nichols et de Jeff Rand, et présenta un tableau récapitulant les nombreux échanges téléphoniques entre les trois complices depuis août 1987. Puis il décrivit les cogitations, les tentatives avortées, l'embuscade finale et le meurtre. Devant ce récit, il paraissait inconcevable qu'un Al Capone du dimanche flanqué de deux nervis ivres et incompétents soient parvenus à assassiner un homme aussi robuste et agile que Jerry Harris. Mais les jurés l'avaient vu mort. Ils savaient que c'était vrai.

Goodfellow rapporta ensuite les termes de l'accord signé par Jeff Rand le 12 avril 1988. Il était stipulé que, passé cette date, le moindre mensonge devant les policiers ou magistrats l'exposerait à la peine maximale. En revanche, s'il disait la vérité et permettait l'arrestation de ses complices, il encourrait, en plaidant coupable de complicité de meurtre et d'association de malfaiteurs, un maximum de trois ans de prison ferme. Le procureur justifia cet arrangement en expliquant que Rand avait joué un rôle crucial dans l'arrestation des deux inculpés :

– Les seuls éléments dont disposaient les autorités de Washoe concernaient Jeff Rand. Et rien ne permettait de lier Bill Nichols ou Steve Bonilla à ce crime, sinon le fait qu'ils se trouvaient ensemble au Baritz le 30 décembre 1987.

Cette date correspondait à la nuit où Steve avait voulu changer les serrures du club, mais également à celle où la police locale avait arrêté une voiture à proximité du lieu, vérifié l'identité de ses occupants, et noté que l'un des passagers s'appelait William Winifred Nichols.

Jon Goodfellow promit de diffuser aux jurés six mois d'entretiens téléphoniques entre Jeff Rand et ses complices. Mais il leur fit la primeur de deux extraits, qui à eux seuls laissaient entrevoir que Bonilla, Nichols et Rand avaient prémédité et commis le meurtre, puis passé l'année suivante à tenter d'échapper à la justice.

– Ce crime n'a rien d'accidentel ou d'inopiné, martela Goodfellow. Il s'agissait d'un coup monté, fomenté par Steven Bonilla et exécuté par ces deux brutes, Jeff Rand et Bill Nichols. Il importe que vous restiez extrêmement attentifs aux éléments qui vous seront communiqués : ils forment un véritable puzzle, et chaque pièce a son importance. Quand ce puzzle sera reconstitué et que vous serez prêts à vous prononcer sur cette affaire, après avoir pris connaissance de l'ensemble des preuves, vous aurez la certitude que le meurtre de Jerry Harris a bien été prémédité, orchestré par Steven Bonilla, et exécuté par ses acolytes. C'était un crime d'argent. Ni plus ni moins.

Le jury quitta la salle à 15 h 50.

La nuit fut longue pour Susan, qui serait le premier témoin cité par l'accusation.

Le lendemain matin, Jon Goodfellow présenta aux jurés la veuve de Jerry Harris. Celle-ci évoqua en termes poignants sa vie de couple et se remémora la dernière fois qu'elle avait entendu la voix de son mari. Le long contre-interrogatoire de la défense ne la déstabilisa guère ; elle avait la vérité pour elle. Au bout du compte, elle vécut cet exercice comme une délivrance : elle avait enfin pu parler pour Jerry.

On lui indiqua ensuite un banc à l'extérieur de la salle d'audience.

— Je n'avais pas le droit d'entendre ce qu'on allait dire sur la personne qui avait le plus compté pour moi ! Alors je collais mon front au hublot de la porte, essayant désespérément de lire sur les lèvres des intervenants. Heureusement, ma tante et Steve King étaient là pour me résumer les débats.

Un jour, en passant devant le bureau du procureur, Susan aperçut une série de photos alignées sur une table.

— Qu'est-ce ? demanda-t-elle en les prenant dans sa main.

Il s'agissait des derniers clichés pris de Jerry. Sur le lieu du crime, puis pendant l'autopsie... Susan sentit ses jambes flageoler, mais elle se retint de flancher.

— Ça va aller, dit-elle en reposant les photos. Je tenais à les voir, c'est tout.

Les journées de douze à dix-huit heures de travail étaient désormais de l'histoire ancienne pour Susan. Elle avait fermé le Hot Rod d'Alameda en janvier 1992. Peu avant sa déposition devant le jury – le jour de la Saint-Valentin, précisément –, un mystérieux incendie avait ravagé le club, réduisant en cendres la collection de reliques des *fifties*. Une enquête avait été ouverte, et Susan s'était logiquement retrouvée sur la liste des suspects.

— Je commençais à avoir l'habitude ! ironise-t-elle. Heureusement, je connaissais bien John Jacques, un ancien collaborateur de Jerry qui s'était reconverti chez les pompiers. Il savait que je n'avais aucun intérêt à incendier le Hot Rod, et il m'a permis d'être dégagée de tout soupçon.

Les dommages étaient estimés à 500 000 dollars minimum, et Susan n'était pas assurée. Un policier déclara avoir flairé un produit inflammable au foyer de l'incendie, derrière une porte située à l'arrière du bâtiment.

Plusieurs témoins se succédèrent à la barre pour affirmer que la jalousie de Steve Bonilla à l'égard de Jerry était devenue maladive et irrationnelle.
– Tout le monde aimait Jerry, affirma l'un d'eux, mais personne n'appréciait Steve. Après cinq minutes en sa compagnie, vous le trouviez déjà insupportable. Jerry l'a pris sous son aile parce qu'il avait pitié de lui.
Jeff Rand passa plus de deux semaines dans le fauteuil des témoins. L'homme qui avait livré ses complices pour éviter la chambre à gaz offrait une cible de choix aux avocats de la défense. Mais ses propos sonnaient juste.
Les enregistrements diffusés au jury se passaient de commentaires. Les trois meurtriers y évoquaient leur forfait à mots à peine voilés, s'impatientaient de ne pouvoir accéder aux clubs et s'efforçaient d'accorder leurs alibis au cas où ils seraient questionnés. On percevait sans mal que Bonilla et Nichols se méfiaient des réactions de Rand et cherchaient à l'amadouer pour l'empêcher de se rendre aux autorités sur un coup de tête. Ils ignoraient qu'il était passé à l'ennemi.

27

Début avril, le procureur laissa la place à la défense. Steve Bonilla enfreignit d'entrée de jeu l'une des règles d'or en matière pénale, en choisissant de venir lui-même à la barre, ce qui l'exposerait *ipso facto* au contre-interrogatoire de Goodfellow.

L'accusé nia avoir fomenté un enlèvement ou un meurtre, et soutint que Jeff Rand avait, d'une façon soudaine et inattendue, agressé Jerry Harris en lui pulvérisant quelque chose sur le visage.

— Je ne comprenais pas ce qui se passait, affirma-t-il d'un air innocent. J'étais surpris, choqué. Jeff et Jerry ont commencé à se battre, et c'est là que j'ai tourné les talons pour regagner ma voiture. J'avais peur, je ne savais plus où j'étais. Mon instinct m'a commandé de déguerpir.

Poursuivant le récit de la soirée du 20 octobre, il déclara avoir reçu un coup de fil de Bill Nichols au milieu de la nuit.

— Il m'a laissé comprendre qu'un accident était survenu. Je lui ai demandé des précisions, mais il refusait d'en dire davantage. Derrière lui, j'entendais

Jeff qui chuchotait : « Dis-lui de ne pas parler de nous. »

Et s'il n'avait pas alerté la police, ni cette nuit-là ni jamais, c'était de peur que Rand ne s'en prenne à lui ou à sa famille. Il reconnut néanmoins avoir organisé la rencontre au parc d'activités et menti à Jerry quant à l'objet de la visite. Il souhaitait en fait lui parler des 100 000 dollars qui avaient disparu des comptes d'une entreprise dont il possédait des parts. Il lui fallait cet argent pour monter un commerce de tuiles avec Bill Nichols. Ce dernier avait proposé ses services de « collecteur » afin de persuader Harris de restituer l'argent. Mais jamais il n'avait été question d'agresser Jerry, et encore moins de le tuer :

– Cette pensée ne m'a jamais effleuré l'esprit. Je n'avais rien à y gagner.

Lincoln Mintz ouvrit une parenthèse en interrogeant son client au sujet de sa jeune correspondante de Denver. Cette digression consistait vraisemblablement à montrer que Bonilla se laissait facilement berner.

– Comment vous êtes-vous liés d'amitié ? demanda l'avocat.

– On a échangé des lettres.

– Qui a écrit le premier ?

– C'est moi. Je souhaitais rencontrer une personne du Midwest.

Mintz eut toutes les peines du monde à lui faire avouer qu'il avait trouvé l'adresse de la jeune femme via une petite annonce dans un magazine de charme.

– Pendant combien de temps lui avez-vous écrit ?

– Un an et demi.

Et Bonilla d'expliquer que Leah et lui avaient noué une « relation intime » en se téléphonant régulièrement.

– Lui avez-vous envoyé de l'argent ?
– Oui, à plusieurs reprises.
– Combien lui avez-vous envoyé, en tout ?

Il y eut un long silence.

– C'est difficile à dire. La dernière fois, c'était avant que je parte en vacances. Je lui ai envoyé 500 dollars.
– Pourquoi vous êtes-vous rendu dans le Colorado ?
– Elle rencontrait des difficultés dans son travail, des difficultés financières, et elle m'a demandé de la dépanner. Le versement de son salaire était bloqué, et elle n'avait personne d'autre à qui s'adresser. Je savais qu'elle me rembourserait dès que possible. Alors je lui ai envoyé cette somme, et elle m'a tout de suite appelé pour me remercier. Puis je me suis dit que j'aurais peut-être dû lui donner davantage. Elle semblait traverser une très mauvaise passe...

Du coup, il avait annulé sa partie de chasse prévue avec Jim Harris et quelques amis pour rejoindre Leah à Denver.

– Lui aviez-vous annoncé votre venue ?
– Non.
– Votre intérêt pour cette femme était-il d'ordre sentimental ?
– En quelque sorte, oui.

Ils avaient échangé des photos et envisagé qu'elle s'installe en Californie.

– Alors vous vouliez lui faire une visite-surprise ?
– Oui.
– L'avez-vous trouvée ?

– Non. Je me suis rendu à l'adresse indiquée, et je suis tombé sur la maîtresse des lieux. C'était une de ses amies et, à l'origine, une amie de sa mère.
– Et où aviez-vous envoyé l'argent ?
– Au même endroit.
– Vous aviez posté un chèque ?
– Du liquide.
– Vous avez posté une enveloppe contenant 500 dollars en espèces ? demanda Mintz, abasourdi.
– Oui.
– Mais pourquoi avez-vous fait ça ?
– Je lui avais précédemment envoyé des chèques, mais elle n'avait aucun moyen de les encaisser.

L'avocat demanda à son client si l'occupante de la maison de Denver n'aurait pas pu être Leah :
– Sa voix vous était-elle familière ?
– Non. Par contre, elle savait très bien qui j'étais. Elle a dit : « J'aurais volontiers gardé Leah ici mais, comme vous le voyez, la maison n'est pas bien grande, et j'ai déjà du mal à m'en sortir avec mes deux enfants. Elle attendait votre argent avec impatience, et elle a pu prendre un nouveau départ. » En fait, je crois me souvenir que des amis à elle l'avaient emmenée en camping cette semaine-là pour lui changer les idées.

Mais la femme paraissait gênée qu'il ait fait un aussi long voyage pour rien.
– Elle m'a dit : « Indiquez-moi donc votre hôtel. Je vais tâcher de la joindre. »

Ces mots firent place à un long silence, comme si l'avocat avait perdu le fil de ses questions.
– Cet exposé appelle-t-il une question ? intervint Jon Goodfellow.
– Il semble que non, répondit le juge.

Des rires fusèrent dans la salle.
— Lui avez-vous jamais reparlé ? reprit Mintz.
— Si, répondit Bonilla, elle m'a rappelé le lendemain matin.
— Vous avez pu vous voir ?
— Non. Elle faisait du camping.
— Vous êtes-vous jamais rencontrés en chair et en os ?
— Non. Elle traversait une période difficile et elle était repartie dans le Missouri. Ensuite elle est retournée chez son père. Depuis, nous avons perdu contact.

Si le but de Lincoln Mintz était de démontrer la crédulité de son client, c'était réussi. Mais cela ne prouvait en rien son innocence quant aux faits qui lui étaient reprochés. Interrogé sur le coup de fil passé à Bill en quittant le Colorado, l'accusé expliqua qu'il concernait là encore leur projet de commerce de tuiles, comme l'ensemble des voyages de ses deux amis dans la baie.

Quand vint enfin le tour de Goodfellow d'interroger Bonilla, le procureur revint sur la finalité du piège tendu au parc d'activités.

— Si je comprends bien, commença le procureur, Bill Nichols était censé dire à Jerry Harris : « Je ne suis pas agent immobilier et vous n'êtes pas là pour visiter un bâtiment. Je suis venu vous parler des 100 000 dollars que vous devez à Steve » ?
— C'est comme ça que je voyais les choses, murmura Bonilla.
— Cela ne vous paraît pas un peu... fantaisiste ?
— Et comment est-on censé réagir face à un détournement de fonds ?
— Ça veut dire oui ou non ?

– Oui *et* non.

– Vous aviez déjà procédé de cette façon avec quelqu'un qui vous devait de l'argent ?

– De quelle façon parlez-vous au juste ? demanda Bonilla comme pour gagner du temps.

– J'entends par là, répondit Goodfellow d'une voix traînante, de l'attirer derrière un bâtiment désert pour que vos camarades lui touchent deux mots.

– Autant que je m'en souvienne, jamais.

Interrogé sur la scène de lutte, Bonilla répéta qu'il avait vu Jeff Rand asperger le visage de Harris d'une substance quelconque.

– Autrement dit, votre meilleur ami se fait agresser sous vos yeux et vous ne dites rien ?

– C'est exact.

– Puis vous les voyez se battre, et là vous décidez de tourner les talons, c'est bien ça ?

– Oui.

– Pouvez-vous être plus précis ?

– Après le coup de gazeuse, je suis remonté en voiture. Et la dernière chose que j'ai vue était Jeff allongé sur le dos de Jerry.

– Donc, vous voyez Jeff Rand pulvériser un produit sur le visage de Jerry, et vous regagnez aussitôt votre voiture ?

– Oui.

– Pour ne pas voir la suite, je présume ?

– Je ne sais pas... J'ai dû paniquer, et je suis parti.

Bonilla baissa la tête en reconnaissant qu'il avait lâchement laissé son « meilleur ami » se faire rosser. Mais, au coup de fil de Susan le lendemain matin, il ignorait encore que l'« accident » signalé par Nichols était en fait le décès de Jerry.

Steve n'était pas un témoin convaincant. Ses démentis et explications frisaient le ridicule, et son assurance s'était effritée à vue d'œil sous les questions du procureur. Il quitta la barre en s'épongeant le front.

Le 16 avril, après deux mois d'audience, Jon Goodfellow prononça son réquisitoire.

– Dans cette affaire, la question ne porte pas tant sur l'identité des coupables que sur la nature de leur forfait. Il s'agit d'un assassinat tout ce qu'il y a de plus classique : motivé, délibéré, prémédité. Et le mobile transparaît clairement à l'écoute des cassettes : l'argent. Ce crime était censé enrichir chacun de ses auteurs.

Jon Goodfellow connaissait par cœur les moindres détails de l'enquête, et son réquisitoire dénotait un travail de titan. Mais son meilleur atout était encore son éloquence. Parfois cabot, souvent grave et toujours captivant, il reconstitua pièce par pièce la fresque chronologique allant des heures de gloire de Jerry Harris jusqu'à son dernier soupir, étouffé par son vomi sous un bâillon de ruban adhésif, menottes aux poignets, alors que Steve Bonilla s'éclipsait.

Puis Goodfellow battit en brèche la stratégie de la défense :

– Des individus commettent un crime et se font prendre. Que font leurs avocats ? Ils s'écrient : « Nos clients n'auraient pas pu commettre un crime aussi stupide. La preuve : ils se sont fait coincer ! » Mais si les meurtriers les plus malins échappent souvent à la justice, il arrive aussi que les moins futés réussissent leur coup. Le plan pour assassiner Abraham

Lincoln n'était pas un modèle de finesse, et pourtant il a fonctionné. Monter sur les planches d'un théâtre, abattre le président devant tout le monde, puis se casser la jambe en prenant la fuite, c'était peut-être idiot, mais non moins efficace. Maladresse ne signifie en rien absence de préméditation. Au contraire...

Il conclut son propos en accablant le second accusé :

– Ce meurtre a placé Nichols et Rand en position de force, pour la simple raison que Bonilla était officiellement la dernière personne à avoir vu Jerry Harris vivant. Tous les regards convergeaient sur lui, et il ne pouvait dénoncer ses complices sans se compromettre lui-même. Eux, en revanche, pouvaient le faire chanter. Il était à leur merci.

Les jurés se retirèrent pour délibérer le mercredi 22 avril 1992. Le lendemain après-midi, ils demandèrent à écouter de nouveau l'enregistrement de la déposition de Jeff Rand. Le vendredi soir, ils interrompirent les débats jusqu'au lundi matin. Le suspense était à son comble.

Le mercredi 29 avril, le jury demanda un complément d'information sur l'un des points abordés lors du procès, puis poursuivit ses travaux.

Cette attente n'était pas bon signe pour l'accusation.

Dans l'après-midi du jeudi 30 avril, le président du jury Mark Schmoes annonça enfin au juge Travis que l'on était parvenu à un verdict. La salle d'audience retint son souffle. Schmoes prit la parole. Les jurés déclaraient les deux accusés coupables d'assassinat avec préméditation et à fin d'enrichissement personnel.

Lincoln Lintz et Howard Harpham demandèrent aussitôt que chaque juré confirme individuellement le verdict. Alors, un à un, les quatre femmes et huit hommes se levèrent pour dire : « Je confirme. »

Steven Bonilla blêmit, assommé par ce jugement auquel il ne s'attendait pas. Le jury allait à présent devoir choisir entre la réclusion à perpétuité ou la peine capitale pour chacun des deux coupables.

Steve King confia son soulagement aux journalistes :

— Les proches de Jerry vont enfin pouvoir tourner la page.

Susan partit sur la pointe des pieds, en évitant la presse. Jerry était mort depuis quatre ans, et les parents Harris n'étaient plus de ce monde. Ses sentiments se résumaient en une grande lassitude.

28

La seconde phase du procès, portant sur le choix de la sentence, s'ouvrit le 18 mai 1992. Mécontent de Lincoln Mintz, Steven Bonilla voulut se défendre tout seul. Mais le juge Travis lui refusa ce qu'il considérait comme une décision impulsive.

L'accusation était désormais autorisée à porter à la connaissance du jury les antécédents délictueux ou criminels des accusés. Ainsi, après avoir rappelé la fulgurante ascension de Jerry Harris et les multiples fiascos de Steve Bonilla, Jon Goodfellow révéla aux jurés médusés que Rand et les deux accusés n'en étaient pas à leur première tentative de meurtre. Dix ans avant la mort de Jerry Harris, ils avaient tenté de tuer Flora et Tip Blume. Nichols avait fabriqué une bombe que Rand était allé fixer sous leur voiture. Pris de remords, ce dernier avait désamorcé l'engin, mais à l'insu de Steve, qui laissa ses deux filles monter à bord du véhicule en croyant qu'elles risquaient leur vie.

Rand confirma ces informations, avant d'ajouter que Ponytail Willie et lui avaient aussi été chargés d'éliminer un propriétaire de bar dans la ville de Verdi.

Appelée à la barre, Ginger Bonilla décrivit le plaisir avec lequel son ex-mari lui avait détaillé son plan pour tuer Flora, et le peu de remords qu'il avait éprouvé à savoir ses filles en danger de mort. Elle évoqua ensuite une période où elle-même s'était vue menacée, notamment le jour où Steve lui avait enfoncé dans la bouche le canon d'un pistolet chargé. Quand Mintz lui demanda pourquoi elle n'en avait pas informé les autorités, elle répondit qu'elle espérait encore, à cette époque, sauver son mariage, et qu'elle préférait tant que possible régler ses problèmes toute seule. En revanche, elle avait bien alerté la police en découvrant le projet d'assassinat des époux Blume. Elle avait vu les trois malfrats tester des détonateurs, puis Jeff emmener la bombe.

– Mais la police m'a répondu qu'elle ne pouvait rien faire.

Steven Bonilla peina à trouver des témoins de moralité convaincants. Deux codétenus de la prison de Santa s'y essayèrent :

– J'étais abattu et déboussolé, confia l'un deux. Steve m'a expliqué qu'il ne faut jamais désespérer.

D'autres affirmèrent qu'il les avait poussés à abandonner la drogue et à étudier l'informatique.

Un homme qui l'avait connu à Fremont le dépeignit comme un père exemplaire.

Rebecca, sa sœur handicapée, jura que son frère était incapable de commettre un meurtre, et supplia les jurés de l'épargner :

— Il pourra toujours me soutenir et me conseiller par téléphone.

Pamela, la fille de Steve âgée de vingt ans, et Ella Bonilla abondèrent dans le sens de Rebecca. Aveuglées par l'amour, elles aussi voulaient le croire innocent.

À leur tour, les deux filles de Nichols vinrent plaider pour un père qu'elles avaient très peu connu. Comme lui, Madonna, dix-neuf ans, voulait devenir cascadeuse.

— Il m'a écrit de prison, déclara-t-elle. Dans ses lettres, il m'explique certaines cascades et se soucie de mes résultats scolaires. Je veux continuer à le voir. Je veux lui rendre visite. J'ai besoin d'un père. Nous n'avons jamais été très proches, mais je pense que nous méritons une seconde chance.

Leur mère Damiana, l'une des deux ex-femmes de Nichols, prit également la parole :

— Le Bill Nichols que je connais, celui qui, jeune homme, écrivait des poèmes, a du bon en lui. Et il peut en faire profiter ses enfants.

La Mme Nichols du moment ne fit pas le déplacement.

À l'heure des ultimes passes d'armes, Lincoln Mintz demanda aux jurés de ne pas entrer dans le jeu du procureur qui, selon lui, considérait que laisser les coupables en vie revenait à approuver leurs actes. Et l'avocat d'ajouter :

— À écouter Jon Goodfellow, l'existence de Steven Bonilla ne serait qu'une succession de crimes. Mais elle vaut bien mieux que ça, et c'est pourquoi elle mérite d'être préservée.

Goodfellow demanda pour sa part que l'on songe à la douleur des Harris :

– Bonilla et Nichols ont, à eux deux, anéanti trois familles : les leurs et celle de Jerry Harris.

Puis il haussa le ton :

– Il faut savoir dire : « ça suffit ». Ne laissons pas ces individus tisser leur toile et poursuivre leurs entreprises criminelles depuis l'intérieur de la prison. Regardons la vérité en face : l'attitude de ces deux hommes depuis 1979 relève de la pire forme d'anarchie qui soit. Ils agissent à leur guise, sans le moindre scrupule, en se moquant éperdument des conséquences pour autrui. Qu'importe que deux ou trois personnes – en l'occurrence les propres filles de Bonilla ! – se trouvent à l'intérieur d'une voiture piégée, pourvu que leur cible soit atteinte.

Howard Harpham répéta qu'il y avait « pire que William Nichols », avant d'égrener une liste de célèbres tueurs en série. Puis il suggéra que l'accusé pourrait « conseiller » ses codétenus, ce qui en laissa plus d'un songeur...

Goodfellow conclut en reprenant son argument clé : les talents de manipulateur de Bonilla.

– Du personnel pénitentiaire jusqu'aux détenus qui sortiront un jour, pensez-vous qu'une seule personne soit en sécurité avec Bonilla dans les parages ? Cet homme est un véritable sergent recruteur, et il fait éliminer tous ceux qui lui déplaisent. Qui sera le prochain ? Si Steven Bonilla reste en prison, il n'aura plus rien à perdre, et vous pouvez être sûrs qu'il récidivera d'une manière ou d'une autre.

Le jury se retira à nouveau. On voyait enfin le bout du tunnel. Mais, le vendredi 26 juin, coup de théâtre : lors du vote final, au moment de glisser dans l'urne un bulletin « vie » ou « mort », le douzième juré déchira le sien. Il refusait de se rendre complice d'une exécution.

Le jury se déclara donc dans l'impasse, avec onze voix contre une en faveur de la peine capitale. En l'absence de Benjamin Travis, appelé sur une autre affaire, le juge David Lee dut prononcer l'ajournement du procès pour défaut d'unanimité. Dans la salle, ce fut la consternation. Tant d'années de procédures pour en arriver là...

Bonilla et Nichols demeuraient coupables de meurtre, mais il fallait reprendre à zéro la phase du choix de la sentence. Jon Goodfellow confia à la presse qu'il espérait à cette occasion retrouver le juge Travis, ce qui permettrait d'écourter les débats.

Susan Harris était effondrée. Le cauchemar ne voulait pas cesser. Dans l'attente du nouveau procès, elle intenta des poursuites civiles en réparation contre Steven Bonilla, façon de le frapper au point le plus sensible : le portefeuille.

29

En 1992, Susan emménagea avec sa sœur Julie, tout juste divorcée, dans un pavillon de location à Fremont.

Susan pouvait légitimement croire que le pire était derrière elle. Les assassins de Jerry croupissaient en prison et Bonilla avait toutes les chances d'être condamné à mort. Au pire, elle serait une vieille dame lorsqu'il referait surface.

Grandes et sveltes, de longs cheveux blonds et les yeux bleus, les deux sœurs passaient souvent pour des jumelles lorsqu'elles s'élançaient en bicyclette dans leur nouveau lotissement, savourant leur sérénité retrouvée.

— En mai 1993, se souvient Susan, nous étions installées depuis à peu près un an, et j'avais vendu le Hot Rod de Fremont six mois plus tôt. Je venais de décrocher un emploi dans la vente d'espaces publicitaires. Je n'avais pas encore pris mes fonctions...

Un soir, au retour d'une promenade à vélo, on frappa à leur porte. Conditionnées par tant d'années de semi-clandestinité, elles sursautèrent. Seuls leurs proches connaissaient leur adresse. En collant son œil contre le judas, Susan vit un homme noir habillé avec soin.

— Je me suis dit que c'était sûrement un vendeur quelconque, et je ne voulais pas être incorrecte.

Elle entrouvrit la porte de quelques centimètres et vit que l'homme cachait ses mains derrière son dos.

— Je suis bien chez Susan Harris ? demanda-t-il poliment.

— Non, répondit-elle, sur ses gardes.

— Pourtant, d'après mes informations elle possède et habite cette maison, dit-il avec la même cordialité.

— Je ne sais pas qui vous a renseigné, mais toujours est-il que c'est moi qui loue cette maison.

Elle regrettait déjà d'avoir ouvert. L'homme la dévisagea d'un air sceptique. Elle songeait à présent à un mandataire de justice. Elle en avait vu défiler tellement, en six ans...

— Écoutez, reprit-elle, je peux toujours vous donner le numéro de l'agence immobilière, si vous me dites ce qui vous amène.

Il resta planté sur le seuil sans réagir. Les secondes s'écoulèrent dans une tension croissante. Julie Hannah se tenait discrètement derrière sa sœur, prête à intervenir à la première alerte.

Soudain, l'homme lança sa main en avant, et Susan s'attendait déjà à recevoir un coup de poignard ou de pistolet quand elle fut aveuglée par une lumière blanche. Le flash d'un appareil photo.

L'homme regagna aussitôt sa voiture, mais Susan avait appris à ne pas se laisser faire. Voyant que Julie avait ses baskets aux pieds, elle lui tendit le calepin et le crayon qu'elle conservait dans l'entrée.

— Je lui ai dit : « Vite ! Cours relever sa plaque ! » C'était peut-être un idée stupide, mais je voulais savoir qui était ce type et pourquoi il voulait ma photo. Julie l'a suivi, en avançant cachée derrière des arbres ou des buissons. Le lotissement était vaste, mais il n'y avait qu'une seule sortie. Elle l'y a précédé en empruntant un raccourci et a pu griffonner son numéro d'immatriculation, puis elle l'a suivi sur plusieurs dizaines de mètres encore, le temps de vérifier ses notes. Ne la voyant pas revenir, je suis partie à sa recherche. On s'est retrouvées à mi-chemin, et elle s'est écriée : « C'est bon, je l'ai ! »

Susan appela aussitôt la police. En apprenant que le mari de Susan s'était fait assassiner six ans plus tôt et qu'elle avait reçu de nombreuses menaces, on lui envoya une équipe de patrouilleurs. Susan leur décrivit l'individu, et Julie son véhicule.

Comme par magie, Duke Diedrich appela quelques instants plus tard.

– J'ignore comment il a su, confie Susan. Il avait un sixième sens pour deviner quand quelque chose n'allait pas. Ses premiers mots furent : « Qu'est-ce qui se passe ? » Alors je lui ai tout raconté.

Diedrich contacta sur-le-champ le bureau du district attorney du comté d'Alameda, qui joignit à son tour le sergent Bob Connor, au bureau du renseignement d'Oakland. L'immatriculation du véhicule leur apprit qu'il appartenait à une agence de location de Stockton. Mais Connor ne s'avouait jamais vaincu. Les gangs et les réseaux de la baie n'avaient pas de secret pour lui : il connaissait leur langage et savait se montrer têtu. Il promit de démasquer le mystérieux photographe et de percer ses motivations.

Quelques jours après l'incident, Susan reçut une lettre étrange. Aucun nom ne figurait sur l'enveloppe, mais seulement son adresse sur Quail Run Road.

– On se serait cru dans un film. Il fait nuit. Je sors prendre mon courrier. Je parcours rapidement la pile d'enveloppes, et je m'arrête sur celle-ci. Bizarre. J'ouvre le pli, et mon cœur fait un bond.

C'était une lettre dactylographiée mais incompréhensible au premier regard, en l'absence de majuscules et de ponctuation. Susan sépara les mots et les phrases, puis se mit à trembler.

> *Harris en 1988 emprunta 25 000 $ conjointement avec Bonilla. Total 50 000 $ dus aujourd'hui. Bonilla souhaite honorer dette. Impossible à cause plaintes contre lui. Abandonnez poursuites. Permettez à Boniilia* [sic] *de payer dette globale : 100 000 $ ou Jasper. Puis frère.*
>
> *Puis vous.*
>
> *Choses étranges se produiront très bientôt. Un de nos meilleurs agents vous a trouvée cette fois.*
>
> *Prochaine fois – qui sait ?*
> *Laissez Bonilla.*
> *Libérez fonds.*

Le message était clair : si Susan ne retirait pas ses plaintes, elle allait mourir. Pire : ses proches étaient également visés. Jasper était le deuxième prénom de son père. Mais personne ne savait cela en dehors du cercle familial.

Quand elle lut la lettre à sa sœur, toutes deux se remémorèrent la même anecdote. Un soir, leurs parents avaient été réveillés par une série de coups contre les murs de leur mobile home. Certain d'avoir affaire à un ours, Pete était sorti avec son pistolet et avait vu une silhouette sombre s'enfuir vers les bois. Il était rentré en souriant, songeant que Jerry, passionné d'ours, aurait apprécié cette histoire.

Susan et Julie croisèrent leurs regards et fondirent en pleurs. Ce n'était pas un ours qui avait cogné contre la paroi du mobile home, mais un tueur tout ce qu'il y avait d'humain ! Susan appela aussitôt ses parents pour les alerter. Mais Mary Jo ne voulait pas la croire. Quant à Pete, il lui dit simplement ceci :

— T'inquiète pas, Susie. J'ai mon flingue et on est en sécurité. Tout ce que je te demande, c'est de prendre soin de toi et de ta sœur, et moi, je veille sur le reste de la famille, d'accord ?

Sitôt informés de ces nouvelles menaces, John Whitson et Bob Connor se rendirent chez les sœurs Hannah pour les convaincre de déménager.

— Nous ne pouvons plus assurer votre sécurité, lui dit Connor de but en blanc.

Les deux policiers craignaient fort que la prémonition de Goodfellow se soit réalisée : même en prison Bonilla tirait les ficelles. Quelqu'un avait été chargé de localiser Susan et de lui adresser des menaces de mort. Le portrait de la jeune femme n'ayant jamais paru dans la presse, il avait fallu la photographier chez elle pour montrer son visage à un tueur à gages.

Whitson et Connor avaient réclamé une surveillance policière permanente au domicile de Quail Ruin Road, mais leur hiérarchie s'y était opposée, estimant qu'à ce compte-là, la police deviendrait vite une agence de baby-sitting pour toutes les personnes redoutant des représailles.

Mais l'insistance de Whitson n'y fit rien : Susan et Julie refusaient de quitter la maison. Elles avaient peur, bien entendu, mais elles ne pouvaient se résoudre à tout plaquer une fois de plus. Susan avait trouvé du travail et Julie se plaisait dans le pavillon de Fremont.

Duke tenta à son tour de les convaincre. Il leur assura que Whitson et Connor n'avaient pas grossi le trait ; quelqu'un était à leurs trousses et l'on ne pouvait rien faire tant qu'on ignorait son identité. Duke ordonna à Susan de faire ses valises et de disparaître immédiatement. Ce n'était plus un conseil, mais un ordre.

— Jusque-là, confie Susan, je m'étais toujours pliée aux volontés de Duke. Mais cette fois, j'ai dit non. Je refusais de bouger.

Diedrich appela l'oncle et la tante policiers à la rescousse. Judy et Mel Boyd firent le déplacement jusqu'à Fremont pour sermonner leurs nièces :

— Fini de jouer, les filles. Il faut partir, et tout de suite !

— Non, on reste ! rétorqua Susan.

— Très bien. Dans ce cas, nous restons aussi.

Le couple tint parole et emménagea avec ses deux nièces. Lesquelles trouvèrent cette cohabitation presque aussi pénible qu'un déménagement.

Finalement, Julie et Susan se rendirent à la raison en voyant combien Whitson, Connor, Duke et les Boyd s'inquiétaient. Tous ces policiers savaient de quoi ils parlaient. Susan était bel et bien en danger de mort, et la menace était d'autant plus insidieuse qu'on ne savait de quel côté chercher. Le prochain coup de sonnette pouvait lui réserver une balle au lieu d'un flash.

— On a jeté l'éponge, confie Susan. On a empoigné deux duvets, les premiers vêtements qui nous tombaient sous la main, et on a commencé à errer d'hôtel en hôtel. Il a fallu dire adieu à notre liberté, et à tout ce que nous avions reconstruit. Je conduisais une voiture de location, et nous empruntions de fausses identités, banales à souhait : Susan Smith et Julie Jones.

Mais elles ne pouvaient séjourner dans n'importe quel hôtel ; il en fallait un sûr, c'est-à-dire cher.

— Julie travaillait chez Intel, une société très sensible aux questions de sécurité. Elle risquait de perdre son poste si on découvrait qu'elle était suivie. Quant à moi, je n'ai même pas osé prendre le mien.

Leur garde-robe, l'ordinateur de Susan, tout ce qui pouvait leur rappeler qu'elles n'étaient pas des bohémiennes était resté dans le pavillon de Quail Run Road, où elles n'osaient plus retourner. Parfois Susan rêvait de retrouver l'Oregon, mais cela signifiait mettre toute sa famille en péril.

— Les gens lancés à mes trousses me suivraient forcément là-bas. J'ai insisté pour que Julie demeure chez une amie, mais elle refusa de me quitter. Et à vrai dire, je la sentais plus en sécurité à mes côtés. Nous étions littéralement inséparables. Cet été-là a créé un lien très fort et indestructible entre nous. Je savais qu'elle aurait pu tuer pour moi, et j'aurais tué pour elle sans la moindre hésitation. Nos années dans l'Oregon nous semblaient si lointaines... Nous évoluions dans un monde que nous n'avions jamais imaginé.

30

Au début de l'été 1993, Julie et Susan étaient à bout. Fatiguées des chambres d'hôtel, épuisées de devoir sans cesse surveiller leurs arrières et écœurées par les dîners au restaurant. Contrairement aux calculs de Susan, le produit de la vente du Hot Rod s'amenuisa en moins d'un an, notamment du fait qu'il fallait continuer de payer le loyer de la maison de Fremont.

– J'appelais sans cesse Bob Connor à Oakland pour lui demander : « Quand allez-vous agir ? Combien de temps allons-nous encore devoir vivre cachées ? » Mais je n'obtenais aucune réponse.

« Nous n'en pouvions plus de changer d'hôtel tous les quinze jours. Il nous fallait un vrai logis. Un retour à Fremont était exclu, et j'allais bientôt manquer d'argent, alors nous avons loué un petit appartement à Pleasanton, dans un immeuble suffisamment grand pour que personne ne nous remarque.

Pour sa part, Susan aurait volontiers fait ses adieux à la Californie, mais sa sœur ne voulait pas renoncer à sa situation professionnelle.

– On vivait dans le dénuement. On n'avait même pas une chaise pour s'asseoir !

Sa vie avait tellement changé qu'elle peinait à se souvenir du palais rose de Blackhawk, ou même de la première maison sur Chaparral Drive. Jerry et elle avaient-ils vraiment possédé un gigantesque yacht, ou son imagination lui jouait-elle des tours ? Assise sur la moquette du minuscule appartement, elle poursuivait ces vieilles images comme l'on tente de se remémorer un rêve.

– Tout s'écroulait autour de nous. Nous n'avions même pas le droit d'aller chercher notre courrier. Résultat : les factures n'étant pas payées à temps, nos cartes de crédit ont été bloquées et le téléphone coupé...

Au bout de plusieurs semaines à dormir par terre et à se nourrir de hamburgers, elles décidèrent de braver les consignes des autorités. Il leur fallait à tout prix récupérer certains objets – dont l'ordinateur, indispensable pour les devoirs universitaires de Susan. Après avoir rendu la voiture de location – que Susan n'avait plus les moyens de payer – et s'être fait rapporter la Bronco, elles entreprirent une expédition secrète dans leur maison, sans autre protection que le Magnum 357 de Susan.

– Nous savions qu'un tueur pouvait nous attendre à l'intérieur ou à l'extérieur. Nous nous sommes donc fixé un délai de deux minutes pour entrer, prendre les affaires et repartir. En chemin, nous avons dressé la liste précise de nos besoins : des sous-vêtements, quelques tenues de rechange, l'ordinateur... Tant pis pour les meubles ou la vaisselle.

Arrivée devant le pavillon, Susan actionna la télécommande du garage, y enfourna le 4 × 4 et referma aussitôt la porte. Puis les deux sœurs se précipitèrent dans la maison.

Il n'y avait personne, aucun bruit sinon ceux de leur respiration et de leurs pas courant d'une pièce à l'autre. En moins de deux minutes, elles étaient de retour à la voiture.

– Je tenais le pistolet dans une main et le volant dans l'autre, se souvient Susan. J'ai appuyé sur la télécommande, le panneau s'est lentement relevé, et nous avons vu apparaître deux jambes au bout de l'allée. J'ai pointé le pistolet sur l'individu et enfoncé le champignon. Nous avons vu au dernier moment qu'il s'agissait d'un simple promeneur avec son chien. Nous avions failli l'écraser.

Vivre dans la terreur les avait métamorphosées. Elles voyaient des ennemis partout, au point de devenir une menace pour autrui.

Après avoir passé huit semaines dans le petit appartement, les deux sœurs se virent à nouveau contraintes de partir.

– J'ai trouvé une petite maison à Fremont, se souvient Susan. J'ai versé d'un coup les six premiers mois de loyer, et ça m'a presque ruinée. Mais Julie devait impérativement se rapprocher de son lieu de travail.

Cette fois-ci, elles vidèrent de fond en comble le pavillon de Quail Run. S'y introduisant de nuit, elles tirèrent les rideaux et remplirent des cartons, à la lumière de bougies et de lampes torches. Elles chargèrent la Bronco à ras bord et abandonnèrent le reste.

Même sous des noms d'emprunt et dans un nouveau lieu, elles avaient peur. Elles paniquaient dès qu'un véhicule inconnu stationnait sous leurs fenêtres. Quand un camarade de fac proposa à Susan de lui prêter l'enregistrement d'un cours, elle lui dit de ne pas se présenter à la porte s'il apercevait une voiture devant la maison.

— Je ne voulais mettre personne en danger, explique-t-elle aujourd'hui. Ce soir-là, cet ami m'a appelée d'une cabine téléphonique pour me prévenir qu'un homme attendait devant chez nous. Julie et moi venions de rentrer, et nous avons aussitôt pensé qu'il y avait un intrus dans la maison. J'ai pris mon pistolet et j'ai inspecté toutes les pièces, jusqu'au moindre placard. Je n'ai trouvé personne. Mais la peur subsistait.

Elles appelèrent la police. Bob Connor leur avait promis qu'il leur suffirait de donner leur nom pour qu'une équipe de patrouille se mette en route. Vérification faite, elles durent patienter dix-huit minutes, les doigts crispés sur le Magnum, le ventre noué. Quelques instants avant l'arrivée des policiers, Susan laissa un message plein d'amertume sur le répondeur de Connor. Après avoir décrit le véhicule et son occupant, elle ajouta :

— Cela fait dix-huit minutes que nous attendons. Je tenais simplement, au cas où vos agents nous trouveraient mortes, à vous laisser quelques indices...

Arrivés sur place, les policiers de Fremont firent sortir l'individu de la voiture et le fouillèrent au corps. Il s'agissait du père d'un jeune livreur de journaux, qui attendait que son fils ait achevé sa tournée pour le ramener à la maison.

— Voilà à quoi nous en étions réduites, commente Susan dans un soupir. La menace était omniprésente et tout le monde était suspect. J'avais peur des gens, ce qui m'empêchait de me faire de nouveaux amis. Personne ne pouvait me protéger. Mes seules défenses étaient l'intelligence et la prudence. J'ai appris à semer une voiture, à inspecter une maison avec une arme à feu... Je ne me reconnaissais plus.

« Un jour, Julie informa le bureau du district attorney que je refuserais de témoigner lors du nouveau procès des assassins de Jerry. Suite à ce coup de fil, John Whitson m'avertit qu'il pouvait m'assigner à comparaître si nécessaire. J'ai rétorqué que personne ne pouvait m'obliger à vivre dans la terreur plus longtemps. Je craignais pour la vie de mes parents, de mes sœurs, de mes frères... J'en ai référé à Duke, qui ne m'a pas tenu tête. « La famille, c'est sacré, dit-il en haussant les épaules. Alors tu fais comme tu le sens. »

Whitson et Goodfellow comprenaient eux aussi. Mais ils connaissaient Susan, et savaient qu'elle aurait le cran de venir à la barre le moment venu.

On ne saura jamais combien de temps les deux sœurs auraient pu tenir dans ces conditions, auxquelles le comté d'Alameda mit brusquement fin le 29 juillet 1993.

Une gazette de la baie y consacra cet entrefilet :

QUADRUPLE ARRESTATION POUR CONSPIRATION
DE MEURTRE VISANT UNE ANCIENNE HABITANTE
DE SAN RAMON

Un individu de Mountain View, déjà condamné pour l'assassinat du propriétaire de night-clubs Jerry Harris en 1987 au parc d'activités de San Ramon, a été inculpé aujourd'hui pour tentative de meurtre sur la veuve de M. Harris. D'après Bob Platt, le substitut du district attorney du comté d'Alameda,

Stephen Wayne Bonilla, quarante-cinq ans, et trois autres prévenus – dont sa mère et un présumé tueur à gages appartenant au gang de détenus des Black Guerilla Family – sont accusés d'avoir commandité l'assassinat de Susan H. Harris.

Susan comprenait enfin pourquoi ses alliés s'étaient tant inquiétés pour elle. Leur ordre d'évacuer la maison de Fremont n'avait rien d'excessif, et il était presque miraculeux que les deux jeunes femmes fussent encore en vie. S'ils avaient pu, Diedrich, Whitson et Connor auraient chaque nuit monté la garde, arme au poing, devant les chambres à coucher des deux sœurs. Au lieu de quoi, ils avaient multiplié les heures supplémentaires pour réunir suffisamment de preuves contre celui qu'ils soupçonnaient depuis le début d'être à l'origine de la photo volée et de la lettre de menaces, à savoir Steve Bonilla, qui attendait d'être jugé à la prison d'Oakland.

Les enquêteurs trouvèrent un indicateur hors pair en la personne de Tiger, âgé de trente et un ans et membre d'un gang de la baie. Il avait sympathisé avec Bonilla au cours de parties d'échecs « à travers le mur », lorsqu'ils occupaient des cellules voisines, et Steve lui avait expliqué les trois étapes de son plan. Primo, éliminer ou terroriser Susan Harris de sorte qu'elle renonce à témoigner contre lui et lui donne enfin accès aux actifs gelés. Secundo, faire disparaître, grâce à l'argent ainsi récolté, un habitant du Nevada dénommé « Gary » – c'est-à-dire Jeff Rand. Tertio, être libéré et faire fortune dans le trafic de drogue.

Était-ce la perspective de tuer une femme pour de l'argent qui révulsait Tiger, ou bien espérait-il seulement être blanchi des charges de possession illégale d'armes à feu retenues contre lui ? Toujours est-il qu'il réserva aux autorités une histoire édifiante.

Tiger, qui pouvait sortir de son quartier plusieurs fois par jour, joua les intermédiaires entre Steve et Thomas Innsley, dit « Totomba », écroué à l'étage supérieur et « colonel » d'un gang sévissant dans toutes les prisons de la côte ouest. Condamné une première fois pour tentative de meurtre et en attente de jugement pour un délit similaire, Totomba demandait 35 000 dollars pour débarrasser Steve de la femme – Susan –, et 50 000 pour l'homme – Gary. Bonilla répondit qu'il pourrait payer en plusieurs fois, et les deux codétenus s'entendirent sur un acompte de 10 000 dollars.

Ella Bonilla n'avait jamais enfreint la loi, sinon pour couvrir certains agissements de son fils. C'était aujourd'hui une vieille dame de soixante-dix ans, appauvrie par les fiascos de son rejeton et accaparée par une fille invalide. Steve l'avait volée, manipulée, menacée plus d'une fois, mais elle l'aimait, et l'imaginer condamné à mort lui était insupportable.

Au printemps 1993, les larmes aux yeux, Steve expliqua à sa mère qu'elle seule pouvait lui épargner la chambre à gaz. Il avait besoin de 2 000 dollars sur-le-champ pour s'offrir l'entremise de Tiger, puis de 10 000 supplémentaires pour neutraliser Susan Harris. Ceci fait, il pourrait rentrer à la maison et aider sa maman à prendre soin de sa sœur.

Ella n'appréciait guère les nouveaux amis de Steve. Ceux qui avaient purgé leur peine n'hésitaient pas à venir chez elle pour prendre leurs aises, utiliser son téléphone et, soupçonnait-elle, lui dérober de l'argent. Terrorisée, elle les laissait faire. Et quand elle suppliait son fils de ne plus donner son adresse, il répondait en riant qu'elle n'avait rien à craindre.

De guerre lasse, Ella finit par débourser les 12 000 dollars exigés : 2 000 en espèces pour Tiger et 10 000 par chèque à l'ordre de l'avocat de Totomba.

En relevant le numéro de véhicule du mystérieux photographe, Julie avait, sans le savoir, permis une découverte capitale : les policiers apprirent ainsi que la voiture avait été louée par une dénommée Francine Curtis. Renseignements pris, celle-ci était l'assistance d'un avocat d'Oakland ayant pour client... Thomas Innsley. Mieux, Francine Curtis, que l'on surnommait « Big Woman », était la petite amie de Innsley-Totomba.

Innsley et Curtis avaient-ils vraiment l'intention de tuer Susan Harris ? Ou le chef de gang avait-il trouvé en Steve Bonilla un parfait pigeon ? Tiger ne pouvait le dire. Toujours est-il que Totomba devait donner des gages de bonne volonté pour décrocher le marché. En montrant à Steve un cliché de Susan ? demandèrent les enquêteurs. Oui et non, répondit Tiger. Car le photographe avait été chargé, d'abord et avant tout, d'enlever Susan. Et son lamentable échec avait mis Totomba hors de lui.

Susan croit savoir comment ce dernier l'a si vite localisée :

– Le bail de la maison était au nom de ma sœur. Mais j'avais commis une grave erreur : je m'étais inscrite sur les listes électorales.

L'acte d'accusation précisait qu'Ella Bonilla et Francine Curtis avaient elles-mêmes procédé à la transaction. Selon le substitut du district attorney Bob Platt, les quatre protagonistes de cette affaire – Steven Bonilla, Ella Bonilla, Thomas Innsley et Francine Curtis – étaient passibles de la réclusion à perpétuité.

Passé le choc, Susan fut plus que jamais déterminée à témoigner une troisième fois contre Steven Bonilla. Pour autant, elle ne se sentait pas davantage en sécurité qu'avant. Car comment croire que Bonilla avait dit son dernier mot ?

Susan continuait de déjeuner avec Duke et de passer des week-ends en compagnie des Diedrich. Elle s'efforçait d'afficher un visage épanoui, mais elle luttait en secret contre une profonde dépression. Son médecin lui prescrivait des anxiolytiques qu'elle refusait de prendre, préférant rester alerte en vue du prochain round, quel qu'il soit.

31

Le 16 février 1994, Tiger se soumit à une audience préliminaire au tribunal d'instance d'Oakland, en échange de l'immunité pour son intercession entre Steven Bonilla et Thomas « Totomba » Innsley.

Tiger rapporta les confidences que Bonilla lui avait faites en prison : celui-ci « haïssait » Susan Harris, qui l'avait privé de son argent en engageant des poursuites contre lui et s'apprêtait à témoigner à charge lors de son futur procès.

Au cas où elle n'eût pas voulu entendre raison, il avait été prévu que quatre molosses « l'enlèvent et l'emmènent dans le ghetto noir ». Là-bas, ses ravisseurs avaient pour instruction de lui arracher ses vêtements et de « l'asperger de sang de poulet – juste pour l'effrayer ». Elle devait être séquestrée pendant trois ou quatre jours, jusqu'à ce qu'elle soit terrorisée à vie.

– Et si ça ne marchait pas, précisa Tiger, alors il fallait la tuer.

Mais, d'après lui, Totomba avait pour intention d'empocher l'argent sans menacer ni tuer personne.

Francine Curtis affirma pour sa part qu'elle n'avait jamais envisagé cette opération comme un meurtre, mais comme un simple exercice d'enlèvement et d'intimidation.

Le 1ᵉʳ mars 1994, le juge Jack Gifford décida que les charges présentées suffisaient à déclarer Bonilla, Totomba et Curtis coupables de conspiration de meurtre sur la personne de Susan Harris. Le cas d'Ella Bonilla serait examiné ultérieurement.

Le 10 octobre 1994, soit presque sept ans jour pour jour après le décès de Jerry Harris, s'ouvrit l'épilogue de « l'État de Californie contre Steven Wayne Bonilla et William Winifred Nichols ». Douze nouveaux jurés furent sélectionnés, qui n'avaient jamais entendu parler de cette affaire.

Dans sa déclaration initiale, Jon Goodfellow rappela non seulement les circonstances du meurtre de Jerry Harris, mais détailla le contrat passé sur sa veuve.

Le lendemain, la parole fut à la défense. Ne pouvant revenir sur la culpabilité de leurs clients, les avocats tentèrent de leur sauver la vie par des moyens détournés. Ainsi Spencer Strellis, le défenseur de Bonilla, s'en prit-il violemment à Jerry Harris, qu'il accusa d'avoir escroqué les clients d'Agro-Serve, confisqué les profits revenant à Steve et fraudé le fisc.

— Par contre, il n'a jamais craché sur l'argent d'Ella Bonilla, qui lui accordait des prêts substantiels. Steve a fini par comprendre qu'il se faisait manipuler. Vous devez mesurer combien il s'est senti trahi par son vieil ami, et jusqu'à quel point cela a conditionné la suite.

Strellis éluda les liens troubles entre Bonilla et ses deux nervis, mais promit en revanche de pointer de nombreuses contradictions dans les différentes déclarations de Jeff Rand.

Howard Harpham, l'avocat de Nichols, affirma que son client n'avait jamais eu l'intention de tuer Jerry Harris. Il s'agissait selon lui d'un homicide involontaire, comme Nichols viendrait l'expliquer à la barre.

Pour la troisième fois, Susan Harris s'installa dans le fauteuil des témoins. D'une voix glaciale, elle certifia que Jerry n'avait jamais roulé personne.

– Rien n'était moins risqué que d'investir dans ses entreprises, martela-t-elle.

Spencer Strellis lui demanda pourquoi elle avait engagé une procédure de faillite après la mort de son mari.

– Je n'ai jamais eu le sens des affaires, répondit-elle. Après la disparition de Jerry, je n'ai pas su maintenir ses entreprises à flot, et elles ont périclité.

Interrogée ensuite sur les 20 millions de dollars de dommages et intérêts qu'elle réclamait aux coupables, elle répondit, le regard embué :

– Tout l'or du monde ne pourra jamais réparer ce qu'ils ont fait. Et j'en ai plus qu'assez de tous ces procès !

Quand on lui demanda de décrire les répercussions de la mort de Jerry, elle lâcha : « Ça m'a détruite », avant de s'effondrer. Elle parvint néanmoins à se ressaisir pour le contre-interrogatoire de Goodfellow :

– Bonilla pensait que je n'opposerais aucune résistance. Que j'allais gentiment rentrer dans l'Oregon et demeurer la jeune fille timide qu'il avait toujours vue en moi. Il ne s'attendait pas à ce que je défende bec et ongles ce que Jerry avait bâti. Je suis devenue un vrai fauve. Pour stopper Bonilla, j'ai engagé une procédure de faillite. Cela a pris huit années et coûté des millions de dollars, mais je m'en moque. Tant que je serai de ce monde, Steve Bonilla ne touchera pas un sou.

Bill Nichols fut questionné à son tour. Il soutint qu'il n'avait jamais, au grand jamais prévu de tuer Jerry. Il voulait seulement lui parler des 100 000 dollars qu'il devait à Bonilla et qui devaient permettre l'ouverture d'un commerce de tuiles. Mais, la situation s'envenimant, il avait été « contraint » de le maîtriser et de l'enfermer dans le pick-up marron.

— Susan Harris est convaincue que son mari a été froidement exécuté, déclara-t-il. Mais jamais je n'aurais pu le regarder droit dans les yeux tout en le bâillonnant avec du ruban adhésif. Ça ne s'est pas passé comme ça. Je serais incapable d'une telle atrocité. Je ne suis pas ce genre de monstre. Je ne suis pas un ange, loin de là, mais je ne suis pas un assassin.

À l'écouter, il n'avait cessé durant le trajet de crier à Harris qu'on allait le délivrer « très bientôt », et avait reçu un choc en découvrant, au bout de douze heures de route, que leur otage était mort.

— Ce que j'ai fait à la famille de Jerry Harris est impardonnable, dit-il au jury. Ce que j'ai fait à ma propre famille est impardonnable. Mais je ne peux pas faire revenir Jerry Harris. Tous les soirs, je me couche en pensant à lui, et chaque matin il m'attend au réveil. (...) Ce n'est pas pour moi que je vous demande de me laisser la vie sauve. J'ai neuf raisons de redouter l'avenir : mes neufs enfants. En toute honnêteté, je doute qu'ils soient assez forts pour surmonter une telle épreuve. Je passerai le reste de ma vie en prison. Mes quatre grands-parents ont tous dépassé les quatre-vingt-cinq ans, ce qui signifie que je vais sûrement souffrir longtemps. Et je vous promets que je me repentirai chaque jour que Dieu fera si vous choisissez d'épargner à mes enfants ce que Tiffany Harris a enduré. C'est pour cette seule raison que je vous supplie de me laisser en vie.

– Je n'ai pas d'autre question, conclut Harpham.

Jon Goodfellow prit le relais :

– Vous aurez assez de Kleenex, monsieur Nichols ?

– J'espère.

– À l'instant, vous pleuriez pour vous-même ou pour Jerry Harris ?

– Je pleurais pour mes enfants.

Là-dessus, Goodfellow ouvrit le feu, mitraillant l'accusé de questions relatives à ses « collectes », à ses escroqueries, aux femmes qu'il abandonnait les unes après les autres après les avoir mises enceintes...

– Je crois vous avoir entendu dire, poursuivit Goodfellow, que vous veilliez toujours à subvenir aux besoins de votre famille. Est-ce exact ?

– Oui.

– Après votre arrestation et votre incarcération dans le comté d'Alameda, avez-vous écrit à un ami producteur de films ?

– C'est exact.

– Vous lui proposiez de tourner un film sur votre vie, n'est-ce pas ?

– Il était surtout question de la vie de Jerry Harris, corrigea Nichols.

Et d'affirmer, solennel, que ce projet visait certes à subvenir aux besoins de sa famille, mais aussi et avant tout à ceux de Susan Harris.

Jon Goodfellow requit à nouveau la peine de mort pour les deux assassins. Cette fois-ci, il fut entendu par le jury qui, le 18 novembre 1994, après six jours de délibérations, recommanda que Steven Wayne Bonilla soit exécuté.

Les jurés étaient en revanche divisés sur le cas de William Winifred Nichols, qui fut donc condamné à la réclusion à perpétuité.

Épilogue

Susan Harris a quitté la Californie et utilise depuis un nom d'emprunt.

Dans les moments difficiles, elle aimait à se rappeler l'un des plus beaux instants de sa vie :

– Une nuit, lors de notre croisière mexicaine à bord du *Tiffany*, Jerry m'a conduite à la passerelle en me disant : « Prends la barre, Sue. Je vais me coucher. » Et il m'a laissée seule aux commandes du yacht. J'ai d'abord cru que je n'y arriverais jamais. Le bateau s'est mis à zigzaguer, mais j'ai finalement réussi à maintenir le cap. J'étais responsable de tous les passagers qui dormaient en dessous, et je me suis sentie valorisée. Je pouvais le faire. Toute seule, comme une grande.

En 1995, elle se prit de compassion pour les réfugiés bosniaques et se dit que ses problèmes n'étaient rien à côté du martyre de ce peuple. Ce fut l'appel du large.

– J'aimerais pouvoir dire que je suis partie dans le but d'aider les réfugiés, confie-t-elle. Mais je dois avouer qu'il s'agissait avant tout d'une quête personnelle.

Là-bas, elle rencontra un prêtre qui l'aida à retrouver la foi qui lui avait longtemps manqué.

Susan est devenue une battante, qui doute de pouvoir un jour redevenir une femme au foyer. Elle a pris goût aux défis, voire au risque, comme son mari avant elle.

— Après la mort de Jerry, je me suis relancée dans des études à l'université de Saint Mary. Mon professeur de sciences économiques m'a confié qu'il avait perdu sa femme après seulement cinq années de mariage. Il m'a livré ces paroles précieuses : « Un jour, vous trouverez une personne qui vous aimera de tout son cœur tout en acceptant votre premier amour. »

Elle s'est remariée il y a deux ans et vient d'avoir un adorable petit garçon.

Quand j'ai entrepris l'écriture de ce livre, Susan a débouché l'une des toutes dernières bouteilles du cabernet préféré de Jerry, et nous avons trinqué à sa mémoire, ainsi qu'à ce récit qui lui donnera vie dans l'esprit des lecteurs.

Mary Jo et Pete Hannah vivent toujours au bord d'une des plus belles rivières de l'Oregon. Ils sont très fiers de leur progéniture.

Julie, la sœur de Susan, s'est remariée et a eu un enfant.

Steve King, le témoin de mariage et meilleur ami de Jerry, est père de cinq fils et exerce le métier de prothésiste dentaire. Susan et lui se revoient régulièrement.

Jim et Faye Harris sont morts avant que justice ne soit rendue à leur fils. Peut-être savent-ils...

Les frères et sœurs de Jerry ont perdu contact avec Susan. Leurs liens se sont rompus suite au meurtre.

Duke Diedrich a quitté le FBI pour devenir chef de la sécurité dans une grande entreprise. Il prend souvent des nouvelles de Susan, et parvient toujours à deviner ses passages à vide.

Le procureur Jon Goodfellow et l'inspecteur John Whiston continuent d'instruire ensemble les dossiers sensibles dans le comté d'Alameda.

Promu inspecteur, le sergent Bob Connor a quitté Oakland pour le bureau du district attorney du comté d'Alameda, tandis que le lieutenant Gary Tollefson fêtera bientôt ses trente ans d'activités dans la police de Pleasanton.

Un an après l'arrestation de Bill Nichols à Mesa, l'inspecteur Mark Allen reçut une balle dans la nuque au cours d'une patrouille. Il en réchappa miraculeusement, et rejoignit Diedrich dans le privé.

Steven Bonilla attend son heure dans le couloir de la mort de San Quentin.

William Winifred Nichols ne sera jamais libéré.

À l'issue de ses trois années de détention, Jeff Rand a retrouvé sa femme et ses enfants dans le Nevada. Il mène depuis une vie rangée.

Ella Bonilla n'est plus de ce monde. Rebecca, la sœur de Steve, demeure fidèle à son frère.

Thomas « Totomba » Innsley a été condamné à perpétuité. Les charges requises contre sa fiancée Francine Curtis et le « photographe » ont été abandonnées. Mais ce dernier a été incarcéré pour une autre affaire.

Le concept des Hot Rod a été repris, et on en compte plusieurs dans le pays. Bien sûr, ce ne sont plus ceux de Jerry. Ses clubs à lui ont tous disparu, incendiés, détruits ou remplacés. Si la vie lui en avait laissé le temps, je suis persuadée qu'il aurait mené à terme son projet de franchise nationale aux couleurs des *fifties*.

Le sergent Ralph Springer, de la police de l'État de l'Oregon, qui fut longtemps le rédacteur en chef du magazine *Trooper* et un de mes bons amis, est celui qui interpella un jour Jerry Harris pour excès de vitesse. Bien avant que j'entende parler de ce dernier, Ralph m'avait relaté cette rencontre avec le conducteur de la Porsche rouge. Il lui avait reproché de « voler à trop basse altitude ». Les deux hommes, que quatre années séparaient, avaient sans le savoir de nombreux points communs. Motard et pilote d'avion, Ralph était lui aussi un incorrigible casse-cou, à l'humour apprécié de tous. Comme Jerry, c'était un homme bon. Il a péri dans le crash de son avion de tourisme le 23 septembre 1995, à l'âge de quarante-huit ans.

Remerciements

Je remercie Susan Harris d'avoir eu le courage de revenir sur les moments les plus pénibles de sa vie et de me confier ses souvenirs. Mais je sais qu'elle refuserait cet hommage si j'omettais d'y associer le policier qui devint son ami pour la vie : Gerald « Duke » Diedrich, ancien agent spécial au FBI. Merci, Duke, pour votre contribution. Vous m'avez aidée à démontrer une fois de plus que les flics ont un cœur gros comme ça.

Je tiens à saluer l'adjoint au district attorney Jon Goodfellow, le lieutenant John Whitson et l'inspecteur Bob Connor du bureau du district attorney du comté d'Alameda, et le lieutenant Gary Tollefson de la police de Pleasanton. Malgré leurs emplois du temps chargés, ils ont eu la gentillesse de me guider à travers les méandres d'une affaire qui les a mobilisés pendant près d'une dizaine d'années.

Une grande partie de ce livre a été rédigée lors du terrible hiver qui a vu ma maison endommagée par trois coulées de boue successives. Mais j'ai pu tenir les délais grâce à mes « reconstructeurs » : Martin et Lisa Woodcock, Larry Ellington, Don White, Tom

« Digger » Donovan, Tarlus Taylor, Merv et Cathy Leich, Mark Hansen. Tout le monde rêverait d'avoir des voisins comme les miens : Vicki Winston, Mark Iden, Margie et Bob McLaughlin ont été formidables.

Comme toujours, je remercie mon tout premier lecteur, Gerry Brittingham, mes assistants Donna Anders et Mike Rule, ma fille-photographe-écrivain Leslie Rule, mon éditrice Julie Rubenstein, mes agents Joan et Joe Foley, Anna Cottle et Mary Alice Kier.

Sans oublier le reste de ma progéniture – Laura Harris, Andy Rule et Bruce Sherles –, mon frère et ma sœur de cœur – « Ugo » et Nancy Fiorante –, mon « premier publicitaire » Lucas Saverio Fiorante, et mes nombreux cousins du Michigan – Chris et Linda McKenney, Sara et Larry Plushnik, Christa Hansen, Terry Hansen, Karen et Jim Hudson, Jim et Mary Sampson, Bruce et Diane Basom, Jan et Ebby Schubert.

Composition PCA
44400 – Rezé

Impression réalisée sur CAMERON par

BRODARD & TAUPIN
GROUPE CPI

La Flèche

pour le compte des Éditions Michel Lafon
en septembre 2001

Imprimé en France
Dépôt légal : octobre 2001
N° d'impression : 9362
ISBN : 2-84098-734-1
LAF : 177